KB198480

진짜 나를 찾아라

일러두기

· 이 책은 법정 스님께서 1970년대 후반부터 2000년대 초반까지 부산, 춘천, 대구, 창원, 광주, 청도 등 여러 곳에서 하신 강연 내용을 글로 풀어 쓴 것입니다.

· 가급적 말씀하신 내용을 그대로 싣고자 하였으나, 청중을 대상으로 한 강연을 글로 옮기는 과정에서 흐름이 잘 이어지지 않는 경우에는 첨삭을 하거나 부연을 하여 말씀하신 뜻이 바르게 전달될 수 있도록 글의 성격을 갖추었습니다.

· 비슷한 시기에 여러 곳에서 강연을 하시면서 일부 내용이 중복되기도 합니다. 겹치는 부분은 흐름을 해치지 않는 범위 안에서 덜어 내었습니다만, 전개상 필요한 경우에는 최소한으로 넣어 문맥을 살렸습니다.

진짜 나를 찾아라

법
정

샘터

지금 들어도 생생한
스님의 죽비 같은 말씀

법정 스님의 강연록이 새로 나온다는 소식을 듣고 설레고 기뻤습니다. 그동안 책으로 발표되지 않은 내용이어서 스님을 다시 뵌 듯 새삼 반가웠습니다. 올해는 스님께서 '마음을, 세상을, 자연을 맑고 향기롭게'라는 실천 덕목을 바탕으로, 1994년 3월 26일 서울 구룡사에서 첫 출발 모임을 이끄신 지 30주년이 되는 해라 더욱 울림이 크게 느껴집니다.

"남도 바람은 산자락 돌아 몸에 휘감기지만 강원도 바람은 내리꽂히는 바람이라, 가끔 아궁이 불붙이다가 깜짝 놀라 아궁이에 대고 욕도 퍼붓지요. 욕설도 적당하면 스트레스 해소되고, 혼자 하는 것은 노래도 됩니다."

2003년 9월 광주광역시 남도예술회관 대강당. '맑고 향기롭게' 10주년 기념 법정 스님 초청 강연이 열렸습니다. 저는 이 자리에서 법정 스님의 '말'을 처음 들었습니다. 물론 스님의 '글'은 오래전부터 읽고 있었지요. 저는 스님의 '말'을 들으면서 속으로 '법정 스님은 언문일치言文一致가 되는 분이구나.' 하고 느꼈습니다.

신문 기자들은 말과 글을 다루는 분들을 많이 만나게 됩니다. 그런데 말솜씨와 글솜씨가 꼭 일치하는 것은 아닙니다. 명문名文으로 이름을 떨친 분이 대중 강연에서는 어눌한 경우도 있고, 반대로 청중을 들었다 놨다 하는 명강사들의 글솜씨가 말솜씨에 못 미치는 경우도 있습니다. 법정 스님은 예외로 둘 다 빼어났습니다.

그날 법정 스님의 강연은 그대로 녹음해 풀어놓으면 훌륭한 한 편의 글이 될 내용이었습니다. 교훈과 유머와 위로와 격려까지 어느 하나 빠뜨리지 않았던 터라 재미있기까지 했습니다.

고향 남도를 찾은 때문인지 그날 스님은 약간 흥분(?)하신 듯했습니다. 앞에서 예로 든 말씀도 강원도 오두막 생활을 이야기하면서 '남도의 부드러운 바람'에 빗대어 '강원도의 내리꽂히는 바람'을 흉보는(?) 말씀입니다. 아궁이에 불을 붙이다가 굴뚝을 타고 내리꽂힌 바람 때문에 불길이 확 얼굴로 달려들자 깜짝 놀라 자신도 모르게 욕도 한다는 것이죠. 그러면서 '혼자 하는 욕은 노래도 된다'고 하면서 스스로 합리화(?)시키기도 하고요.

항상 스스로에게 엄격하기만 한 것처럼 보였던 스님이 강연장에서는 요즘 말로 '셀프 디스'도 한 셈입니다. 바로 이런 것이 강연 현장에서만 느낄 수 있는 맛이겠지요. 이런 에피소드 덕분에 그날의 강연장 분위기는 지금까지도 제 뇌리에 생생하게 남아 있습니다.

그날, 그리고 계속해서 스님의 강연과 법문을 들으며 이런 생각을 했습니다. '스님은 자신의 글을 직접 소리 내어 읽으면서 퇴고하시는구나. 자신의 평소 말 습관에 완전히 맞도록 퇴고한 덕분에 그 원고를 그대로 읽어도 강연에서 전혀 어색하지 않고, 청중들이 듣기에도 딱딱하지 않고 편안하게 들리는구나.' 마찬가지로 '현장에서 육성을 듣는 청중이든, 책으로 정리된 글을 읽는 독자이든 스님의 말을 똑같이 느끼는 것이구나.' 싶었습니다. 드물게 '말맛'과 '글맛'이 일치하는 분이었던 것이지요. 그러면서 또 한 가지 생각이 들었습니다. '그동안 법정 스님의 말맛은 저평가, 아니 무無평가, 평가 자체가 없었구나.'

그날 이후 2004년부터 서울 성북동 길상사 봄 법회나 가을 법회 때 스님의 법문을 듣곤 했습니다. 법문 때마다 스님의 '친절함'

을 느꼈습니다.

법정 스님의 법문과 강연을 많이 들어 본 분들은 알고 계시겠지만 스님은 강연 때 습관이 있습니다. 본인이 강조할 부분이 나오면 "명심하십시오.", "거듭 말씀드립니다.", "기억하십시오." 등 특별한 '언질'을 주십니다. 그리고 그 부분을 두 번, 세 번 반복합니다. 물 흐르는 듯한 스님의 법문이지만 듣고 난 후에도 기억 속에 그날 법문의 주제가 남는 이유가 바로 이 때문이었던 것 같습니다.

그런 친절함으로 급격한 산업화 과정에서 놓치고 잊고 살아가는 중요한 가치를 청중과 독자에게 일깨웠고, 무분별한 세태에는 가차 없는 죽비를 내렸지요. 스님은 그렇게 부처님께 '밥값'을 하셨습니다.

『진짜 나를 찾아라』는 우리가 그동안 눈여겨보지 않았던 법정 스님의 '말맛'을 만끽할 수 있는 책입니다.

저는 개인적으로 대중에게 '지금, 여기'의 가치를 가장 쉽게 각인시켜 준 분이 법정 스님이 아닌가 합니다. 앞에서 인용한 광주 강연에서도 이렇게 말씀하셨습니다.

"도착지와 시간을 먼저 생각하면 거기에 갇혀 가는 길을 즐길 수 없습니다. 인생도 마찬가지입니다. 삶은 과거나 미래가 아니라 바로 이 순간입니다. 이 순간을 살 줄 알아야 합니다."

스님은 지나간 과거를 후회하거나, 아직 오지 않은 미래를 걱정하지 말고 '바로 지금 여기, 이 순간'을 살라는 말씀을 이렇게 쉽게 표현하지요.

스님은 길상사 봄 법회 때면 법문 마지막을 "제 이야기는 여기서 끝내니 나머지 이야기는 저 찬란하게 피어나는 꽃들에게 들으시라." 이렇게 마무리하곤 했습니다. 이 말씀을 듣는 청중들은 자기도 모르게 시선을 돌려 꽃을 보곤 했지요.

저는 그 말씀을 들으면서 그저 '찬란한 봄을 놓치지 말고 만끽하라'는 의미 정도로 이해했습니다. 그런데 이 책을 읽으며 법정 스님이 그렇게 법문한 진정한 의미에 다다를 수 있었습니다.

"주위에 핀 꽃들을 보십시오. 이 꽃들은 생과 사에 연연하지 않고 그때그때의 자기 생에 최선을 다하지 않던가요?"

- 「자기의 일을 사랑하라」 중

"꽃은 묵묵히 피고 묵묵히 집니다. 다시 가지로 돌아가지 않습니다. 그때 그곳에 모든 것을 내맡깁니다. 그것은 한 송이 꽃의 소리요, 한 가지 꽃의 모습. 영원히 시들지 않는 생명의 기쁨이 후회 없이 거기서 빛나고 있습니다."

- 「없는 것을 어찌 찾으려 하는가」 중

'지금 여기, 이 순간'에 최선을 다하는 꽃들에게 배우라는 뜻이었던 것입니다. '바로 지금 여기, 이 순간을 제대로 사는 것이 진짜 나를 찾는 길'이라는 말씀이 아니었나 싶습니다.

오랜만에 새롭게 만나는 법정 스님 강연집입니다. 눈으로 활자를 따라가며 읽어도 좋지만, 작게라도 입으로 소리를 내며 읽으면 더욱 '말맛'이 느껴질 것 같습니다.

김한수 조선일보 종교전문기자

실질적인 선행善行을 했을 때 마음은 맑아진다

흔히들 마음을 맑히라고, 비우라고 말을 한다. 그러나 이것이 바로 마음을 맑히는 법이라고 얘기하는 이는 없다. 또 실제 생활이 마음을 비우고 사는 이처럼 여겨지는 사람 만나기도 쉽지 않다. 마음이란 결코 말로써, 관념으로써 맑혀지는 것이 아니다. 실질적인 선행善行을 했을 때 마음은 맑아진다.

선행이란 다름 아닌 나누는 행위를 이른다. 내가 많이 가진 것을 그저 퍼 주는 게 아니라 내가 잠시 맡아 있던 것들을 그에게 되돌려주는 행위일 뿐이다.

마음을 맑히기 위해서는 또 작은 것, 적은 것에 만족할 줄 알아야 한다. 살아가는 데 꼭 필요 불가결 한 것만 지닐 줄 아는 것이 바로 작은 것에 만족하는 마음이다. 하찮은 것 하나라도 소중히 여기고, 그것을 소유할 수 있음에 감사하노라면 절로 맑은 기쁨이 샘솟는다. 그것이 행복이다.

인간들의 이기적 욕심이, 만족할 줄 모르는 마음이 이제는 자신들의 생명마저 위협할 지경이 되었다. 이제 우리들, 인간들은 지혜의 선택을 해야만 한다. 물질의 노예가 아닌 나눌 줄 알고, 자제할 줄 알며, 만족할 줄 알고, 서로 손잡을 줄 아는 심성을 회복해 가야만 한다. 이것이 참다운 삶을 사는 길이며, 삶을 풍요롭게 가꿔 가는 방법이다.

깨달음에 이르려면 두 가지 일을 스스로 실행해야 한다. 하나는 자신을 속속들이 지켜보는 것이다. 스스로 자신을 관리, 감시하여 행여라도 욕심냄이 없도록 삿된 길로 빠지지 않도록 경계해야 한다. 또 하나는 사랑을 실천하는 것이다. 콩 반쪽이라도 나눠 갖는 실천행이 생활 속에, 자연스럽게 배어 있어야 한다.

이 두 길을 함께하고자 여러분께 '맑고 향기롭게 살아가기 운동'을 제안하는 바이다.

차례

육체와 정신이 하나가 되지 않으면

그 일을 원만히 성취할 수 없습니다.

육신의 힘과 몸의 지체가 하나가 되지 않으면

영혼도 하나가 될 수 없기 때문입니다.

자신의 일을 사랑하라

인류를 지시하는 말 중에 호모파베르라는 용어가 있습니다. 이를 우리말로 하면 공작인工作人이라고 할 수 있겠지요. 인간이 동물과 다른 특성은 물건이나 연장을 만들어 사용하는 데에 있다고 보는 것입니다. 공작성과 기술성에 중점을 둔 말입니다. 하지만 우리가 현생 인류를 인식하는 용어는 호모파베르가 아니고 호모사피엔스 입니다. 호모사피엔스는 지성인知性人이라는 뜻으로 현재의 인류를 가리키는 학술 용어입니다.

흔히 지성과 예지를 인간의 본질로 규정합니다. '우리는 지성 인, 또는 현명한 사람이므로 그에 어울리는 일을 하지 않으면 안 된다. 즉 사람으로서 사람답게 살지 않으면 안 된다.' 이런 의미를 담고 있습니다.

사람이 산다는 것은 어떤 추상적인 시간이나 공간에서 살아가는 게 아니고 지금 이 순간, 바로 이 자리에서, 이렇게 살고 있다는 것을 의미합니다. 그러므로 지금 하고 있는 일이 가장 중요한 일이어야 합니다. 그 일에 열의를 가지고 몰두할 수 있어야 합니다.

그런데 세상에는 입에 맞는 떡이 그리 흔치 않습니다. 일을 하면서도 속으로 '싫다, 싫어.' 마지못해 하는 경우가 많습니다. 이런 마음가짐으로 사는 삶은 어떨까요? 어쩔 수 없이 살아가는 인생, 시시한 인생이 될 수밖에 없습니다.

대부분 사람에게는 두 개의 공간이 있습니다. 하나는 가정이고 다른 하나는 일터입니다. 우리는 모두 집에서 휴식을 취하고 가족과 소통하고 잠을 잡니다. 그런데 직장인에게는 가정보다는 일터가 일상의 공간입니다. 일터에서 보내는 시간이 인생 대부분의 시간입니다. 아주 소중한 곳이지요. 그러므로 직장과 나의 인연을 깊이 살펴야 합니다. 기왕에 일을 하는 것이니 그것이 곧 내 일이라고 믿고 그 일을 통해서 내 인생을 형성하고 꽃피울 수 있어야 합니다.

다른 그 누구도 아닌 바로 내가 내 인생을 살기 위해서 직업을 선택하고 직장에 다니는 것이 아닙니까? 현재 하고 있는 일이 마음에 들지 않더라도 자신이 희망했던 것과 다른 길을 걷고 있다 할지라도, 우리에게 주어진 일을 열심히 하는 동안에 그 일을 크게 이룰 수 있고 일을 통해 현명한 사람이 될 수 있다는 사실을 명심해야 합니다.

미국의 자동차왕 헨리 포드 이야기를 해 보겠습니다. 포드가 처음부터 자동차 사업으로 성공하겠다는 포부를 가지고 있었던 것은 아닙니다. 처음에는 기계공으로 시작해 에디슨 회사의 기술 책임자에 올랐다가 나중에 자신의 공장을 세운 것입니다. 그가 기계공 시절에 '이곳은 그냥 지나가는 일터일 뿐'이라고 생각했다면 그런 자리에 오르고 성공을 거둘 수 있었을까요? 일에 흥미를 가지고 자기가 맡은 일에 최선을 다하는 동안 자신도 생각지 않았던 세계 제일의 자동차 생산 기업가가 된 것입니다. 목표와 방향이 뚜렷하지 못할 때라도 그날그날 자기가 하는 일이 곧 자기를 불태우며 자기를 형성해 가는 일이라 생각하고 열과 성을 다한다면 저절로 길이 열리기 마련입니다.

기왕에 일을 할 바에야 유쾌하게 하십시오. 그래야 능률도 오르고 피로하지도 않습니다. 그렇게 일을 통해 살아 있는 기쁨을 누릴 수 있습니다. 기쁨이 없는 곳에 진실한 삶, 아름다운 삶이 있을 리 없습니다. 자신이 어떤 일을 하고 있든 열의만 갖고 있다면 큰일을 해낼 수 있습니다. 일이 즐거우면 인생은 낙원이지만, 일이

의무가 되면 그때부터는 인생이 지옥에 들어서는 것이나 마찬가지입니다.

즐겁게 일을 하는 것과 마지못해 하는 것은 다릅니다. 귀찮은 일이다, 괴로운 일이다, 힘든 일이다, 생각하는 순간 그 일은 귀찮고 괴롭고 힘든 것이 되어 나를 짓누릅니다. 일을 시작하기 전부터 흥미를 잃고 머리가 무거워집니다. 그렇게 고통스러운 일을 치러야 한다고 생각해 보십시오. 그 일을 열심히 할 수도, 제대로 할 수도 없게 됩니다. 머리로 느끼는 고통과 괴로움은 그저 정신의 일일 뿐입니다. 막상 일을 시작해 보면 육체가 느끼는 고통이나 괴로움은 그리 크지 않습니다. 이 말은 곧 정신이 육체를 지배한다는 뜻입니다.

다정한 사람과 함께 걷는다면 십 리 길도 멀지 않겠지요? 오히려 그 길을 더 오래 걷고 싶을지도 모릅니다. 그런데 내 마음이 가기 싫다고 하면 아무리 아름다운 길도 백 리나 되는 것처럼 멀게 느껴질 겁니다.

우리는 흔히 선禪을 이야기합니다. 선의 본질은 최선을 다해 현재를 사는 데 있습니다. 그럼 묻지 않을 수 없습니다. 선이란 무엇입니까? 순수한 집중과 몰입입니다. 순수한 집중과 몰입을 통해 자기를 마음껏 살리는 것입니다. 진실한 자기가 움직이고 있을 때는 자기를 잊게 됩니다. 즉 무아의 경지에 이르며 창조적 망각에 이릅니다. 자기를 잊을 때 비로소 자기가 됩니다.

한 선사의 말씀입니다.

"진리를 배운다는 것은 자기를 배움이다.

자기를 배운다는 것은 자기를 잊어버림이다.

자기를 잊어버린다는 것은 자기를 텅 비우는 일이다.

자기를 텅 비울 때 비로소 체험의 세계와 하나가 되어

타인이나 객관적인 사물과 대립하지 않고

해탈한 자기를 알게 된다."

팽이가 잘 돌고 있을 때는 한 지점에 정지해 있는 것처럼 보입니다. 바로 정중동靜中動입니다. 고요 속에 끝없는 움직임이 있고, 움직임 속에 고요가 있습니다. 어떤 일을 할 때, 일 그 자체가 되어 순수하게 몰입하여 지속하면 자신도 사물도 의식하지 않게 됩니다. 불교에서는 이것을 삼매의 경지라고 합니다. 선정의 경지라고도 하지요. 알차게 살아 있는 순간입니다. 이때 잔잔한 기쁨이 꽃 향기처럼 은은히 배어납니다. 살아 있는 기쁨을 느끼게 됩니다. 진짜로 살고 있는 상태가 됩니다.

육체와 정신이 하나가 되지 않으면 그 일을 원만히 성취할 수 없습니다. 육신의 힘과 몸의 지체가 하나가 되지 않으면 영혼도 하나가 될 수 없기 때문입니다. 기독교의 성서에는 이런 구절이 있습니다.

"네 손이 찾아 하는 일에 너의 온 힘을 다하라."

영과 육이 하나가 된 사람이라야 일을 제대로 그리고 아름답게 할 수 있습니다. 영혼과 육신을 분리하여 다른 것으로 여기는 것은 잘못입니다.

그런데 흔히 세속인과 수행자를 나눠 생각합니다. 세속인들은 육신에 치우치는 존재라 믿고, 수행자들은 영혼에 치우치는 존재라 믿는 경향이 있습니다. 둘 사이에 차이가 있으니 세속에 살면서는 큰 가르침을 따르지 않아도 된다고 믿기도 합니다. 이것은 잘못 생각하고 있는 것입니다. 일을 하고 있으면서도 그 일에 구애받지 않는 경지에 이르면 이것은 육신의 일이 아니라 영의 일이 됩니다. 이럴 때 일이나 삶에서 그릇된 실수를 저지르지 않습니다. 이것이 순수한 기도의 경지이고 선의 경지이며 삼매의 경지입니다.

산다는 것은 순간마다 새롭게 태어나는 것이고 끊임없이 자기를 창조하는 일입니다. 인간은 스스로 자기 자신을 만들어 내는 존재입니다. 그렇다고 '만들다'라는 말에 이끌려 호모파베르를 떠올리면 안 됩니다. 이때의 '만듦'은 우리가 호모사피엔스이기에 가능한 것입니다. 우리가 지성인이기에 탄생과 창조의 과정을 이끌 수 있는 것입니다. 탄생과 창조의 과정이 멈추면 늙음과 질병과 죽음이 옵니다.

흔히 인생이 짧다고들 하지요. 어물어물하다 보면 어느새 늙음과 죽음이 우리의 곁으로 찾아옵니다. 그렇게 인생이 끝나 버립니다. 그러니 우리는 우리에게 주어진 얼마 안 되는 시간을 잘 활용해야 합니다. 우리에게 배당된 시간을 소중히 여기고 감사한 마음으로 활용해야 합니다. 사람으로서 해야 할 일이 떠오르면 바로 실행해야 합니다.

생명력에는 두 갈래 길이 있습니다. 창조하면 향상되고 파괴하면 타락합니다. 인간의 몸으로는 단 일회적인 인생밖에 살 수 없습니다. 삶의 이치가 그러하기 때문에 아무렇게나 살면 안 됩니다. 하루하루를 자기 자신답게, 순간순간을 인간답게 살아야 합니다. 우리는 언제 어디서 어떻게 될지 알 수 없는 불확실한 존재들입니다. 그래서 더욱 자기 몫의 삶을 후회 없이 살아야 하는 것입니다.

삶을 예측할 수 있는 사람이 있습니까? 삶은 예측할 수 없습니다. 그렇다고 이 불확실함에 흔들리지 마십시오. 우리는 불확실한 존재이지만 우리가 언젠가 죽는다는 사실만은 확실합니다. 죽음이라는 확실한 인생의 종착지가 있으니 우리는 그에 이르는 길을 걸으면서 또 그 끝에 닿기 전에 참되고 아름다운 행보를 해야 할 책임이 있는 것입니다.

생야전기현生也全機現

사야전기현死也全機現

　북송 말기의 선승 원오극근께서 하신 말씀입니다. 살 때는 삶에 철저하여 그 전부를 살아야 하고, 죽을 때는 죽음에 철저하여 그 전부를 죽어야 한다는 의미입니다. 삶에 철저할 때는 털끝만치도 죽음 같은 걸 생각할 필요가 없습니다. 또 죽음에 이르러서는 생에 조금의 미련도 두어서는 안 됩니다. 이것이 불교의 생사관입니다. 생에 처해서도 살지 못하고 죽음에 당해서도 죽지 못하는 것은 범부의 삶입니다. 사는 것도 나 자신의 일이고 죽음도 나 자신의 일이라면, 살 때도 철저하게 살아야 하고 죽을 때도 철저하게 죽어야 합니다. 살아 있는 동안은 전력을 기울여 활동하고 죽을 때는 미련 없이 물러나야 합니다.

　꽃은 피어날 때도 아름답지만 질 때도 아름답습니다. 개나리, 옥매화, 모란, 벚꽃…. 주위에 핀 꽃들을 보십시오. 이 꽃들은 생과 사에 연연하지 않고 그때그때의 자기 생에 최선을 다하지 않던가요? 이것이 생야전기현生也全機現 사야전기현死也全機現이 전하고자 하는 깊은 뜻입니다.

　고대 그리스 철학자 에피쿠로스는 "우리가 존재하는 동안에는 죽음이 여기에 있지 않으며, 죽음이 여기 있을 때는 이미 우리는 존재하지 않는다."라고 했습니다. 이 말을 따른다면 삶이 문제이고 과제이지, 죽음이 문제가 되는 것은 아닙니다. 죽음도 삶의 한 모습이기 때문입니다. 또 스피노자는 "현자는 삶에 대해서 생각하지, 죽음에 대해서 생각하지 않는다."라고 했습니다.

스피노자가 던진 사유는 '어떻게 살 것인가' 하는 물음과 다르지 않습니다. 죽음이라는 고통으로부터 벗어나려면 생에 집착하지 않고 삶을 소유물로 인식하지 않아야 합니다. 또한 부지런해야 합니다. 게으름은 악덕입니다. 악덕은 잘못된 습관과 함께 시작이 됩니다. 잘못된 습관은 녹입니다. 그것은 혼의 강철을 녹슬게 합니다.

호모사피엔스들이시여, 녹슬지 마십시오. 지금 현재에 충실하십시오. 자신의 일을 사랑하십시오.

1980년 8월 30일
부산주부대학

우리가 고독을 체험하는 것은

자기로부터 시작하기 위해서이지

거기 머무르기 위해서가 아닙니다.

자기 확산이 필요합니다.

진정한 고독에 이르는 길

우주의 질서를 생각해 보신 적이 있습니까? 우주의 질서는 무엇일까요? 나는 변화라고 생각합니다. '이 세상 모든 것은 변한다.' 이것이 우주의 근본 질서입니다. 불교에서는 이를 제행무상諸行無常이라고 합니다. 우주의 사물은 늘 변하여 한 모양으로 머물러 있지 아니함을 뜻하는 말입니다.

오늘날처럼 사람의 가치가 추락한 때가 있었는지 생각해 보곤 합니다. 사람이라는 존재가 처한 위기 앞에서 우리가 할 수 있는 일은 사람답게 변모하는 것입니다. 사람답게 변모한다는 것은 사람답게 살아야 한다는 말과 같습니다. 자기 변혁을 통해 거듭거듭 스스로를 재구성해야 합니다.

첫째, 자기 존재에 대한 자각이 있어야 합니다. 자기 존재를 자각하려면 고독의 의미를 알아야 합니다. 흔히 고립과 고독을 혼동하기도 합니다만, 고립이 아니라 고독의 의미를 알아야 합니다. 사람은 저마다 특성과 재능을 지니고 있습니다. 그걸 깨우려면 자신을 엄격하고 철저하게 응시할 필요가 있습니다. 자신만의 깊은 고독에 빠져 보아야 합니다.

현대인들은 진정한 고독의 의미를 모릅니다. 서로 닮으려고만 합니다. 사각형 아파트처럼 모두들 같아지려고만 합니다. 슈퍼마켓에서 똑같은 그릇에 담긴 똑같은 식품을 사서 먹습니다. 비슷한 가구로 집을 꾸미고 자신의 개성과는 아무 상관이 없는 공간에서 똑같은 옷을 입고 똑같은 방식으로 살아갑니다. 대중 매체에 세뇌를 당하고, 획일화된 교육에 지배를 받고 있습니다. 여행을 떠나만난 고속도로 휴게소들도 모두 똑같고, 심지어 자유로워야 할 시장마저도 모두 똑같아지고 있습니다. 개성과 특성의 뜰이 시들어가고 있습니다.

왜일까요? 현대인들에게는 자신만의 언어가 없기 때문입니다. 자신만의 사유가 없기 때문입니다. 유명한 사람이 한 말이라고 하면 그 말의 의미도 모른 채 가져다 씁니다. 그것이 마치 자신의 정신세계를 깊게 해 주는 것처럼 믿지만 실상은 머리가 빈 속물이 되어 가는 것입니다. 이 역시도 진정한 고독을 알지 못하기 때문입니다. 진정한 고독은 우리 영혼 한가운데에 있는 심연深淵 같은 것입니다.

고독의 깊이를 깨달으려면 홀로 있는 시간이 필요합니다. 우리는 너무 많은 것에 의존합니다. 그래서 모두 똑같은 건물에서 똑같은 음식을 먹으며 똑같은 사고방식에 젖고 마는 것입니다. 마음을 열고 자신만의 시간을 보내 보십시오. 홀로 있어 보십시오. 침묵의 바다에 들어가 봐야 벌거벗은 자신을 만날 수 있습니다. 이런 시간을 경험할 때 진정한 고독의 깊이를 깨달을 수 있습니다.

우리가 고독을 체험하는 것은 자기로부터 시작하기 위해서이지 거기 머무르기 위해서가 아닙니다. 자기 확산이 필요합니다. 인간의 기본은 세상에 존재하는 것이라고 할 수 있습니다. 삶에 적극적으로 참여하고, 주변 환경과 자신의 존재에 대해 인식하며, 사회에서 활동하는 것을 의미합니다. 즉 주체적으로 존재하고 주변의 일과 사람에 적극적으로 대응하는 것을 의미합니다.

세상에 있다는 것은 '함께 있음'을 뜻합니다. 우리는 수많은 이웃들과 함께 살 수밖에 없는 운명을 지니고 태어났습니다. 우리 고독의 최종적인 관계는 결국 이웃입니다. 서로가 영향을 주고받으면서 함께 살아가는 것입니다. 이것이 진정한 고독의 의미입니다.

1981년 9월 29일
춘천 성심여자대학교

과장과 남용은

본래의 아름다움을 스스로 소멸시키는 것입니다.

중요한 것은 조화로움입니다.

영혼을 맑게 혹은 아름답게 가꾸는 것,

이것이 본질입니다.

자신만의 얼굴을 만들어 가라

계절에는 얼굴이 있습니다. 봄의 얼굴은 꽃이고, 여름의 얼굴은 무성히 핀 잎입니다. 가을이면 또 결실을 맺지 않습니까? 가을의 얼굴은 열매입니다. 또 세월에도 얼굴이 있습니다. 계절의 얼굴이 꽃이고 잎이고 열매라면, 세월의 얼굴은 흔적이 될 수 있습니다. 흔적은 세월이 우리의 삶에 남긴 시간을 상징합니다. 이 상징들은 우리의 경험이고 성취이고 또한 변화를 보여 줍니다.

　세월의 굴곡은 얼굴의 주름으로 나타납니다. 주름이라고 하니 늙음을 떠올리십니까? 아닙니다. 주름은 우리가 쌓은 경험을 나타내는 은유입니다. 우리가 살아온 과정을 보여 주는 직유이기도 합니다. 따라서 세월의 얼굴은 우리의 삶에 대한 흔적과 변화를 상징하는 것입니다.

얼굴 없는 사람은 없습니다. 모두 다 얼굴이 있습니다. 사람의 얼굴은 하나의 풍경이라는 말이 있습니다. 한 폭의 풍경화나 다름이 없어요. 또 한 권의 책이라고 말하기도 합니다. 하지만 저마다 다른 그림이 그려져 있고, 다른 내용이 적혀 있습니다. 이 그림을 그리는 사람도 나고, 이 책을 쓰는 사람도 나입니다.

부끄러운 일이 생기면 우리는 얼굴을 붉힙니다. 또 창피한 일을 당했을 때도 그렇지요. 어디 쥐구멍에라도 숨고 싶은 것은 얼굴이 있기 때문입니다. 얼굴이 없다면 그럴 일이 없겠지요. 얼굴이 있기 때문에 우리는 인간 노릇을 하는 것입니다. 부끄러움은 우리가 다른 사람들과 맺은 관계 속에서 나타나는 인간적인 반성입니다. 저마다 자기 얼굴을 지니고 있기 때문에 떳떳하지 못한 일 앞에서 얼굴을 붉히고 얼굴을 높이 세울 수 없는 것입니다.

사람마다 다른 얼굴을 지니고 있다는 것은 저마다 가려진 내면 세계가 다르다는 그런 의미이기도 합니다. 기쁨에 넘칠 때에는 밝은 얼굴과 미소로 자기 속을 드러냅니다. 또 언짢을 때, 슬플 때, 외로울 때 혹은 괴로울 때는 우수에 젖은 얼굴로 자기 내면의 세계를 노출시킵니다. 가장 감추어야 할 얼굴을 만인 앞에 공개하는 것입니다. 자신의 내면을 드러낸다는 것은 굉장히 크고 위험한 모험입니다. "나는 이런 마음을 지니고 있습니다. 나는 이런 속생각을 하고 있습니다." 하는 것을 그대로 전시하는 것이기에 그렇습니다.

흔히 남자의 얼굴을 가리켜서 이력서라고 그럽니다. 이 풍진세상을 살다 보니까 주름도 생기고, 마음에 금도 그어집니다. 그게 얼굴에 고스란히 드러난다고 해서 이력서라고 표현하는 것입니다.

반면에 여자의 얼굴은 청구서라고 합니다. 남편들 쥐꼬리만 한 월급을 가지고 살려니 힘에 벅찹니다. 오늘은 장을 어떻게 봐야 하나, 아이 월사금은 어떻게 내야 하나, 학원비는 또 어떻게 해야 하나, 걱정이 많습니다. 이 걱정을 청구할 수밖에 없습니다. 그것이 꼭 남편에게만은 아닙니다. 스스로에게 하는 청구, 안타까운 마음에 하는 청구일 수 있습니다. 이력서니, 청구서니 하는 표현 속에는 우리들 얼굴의, 우리들 인생의 애환이 담겨 있습니다.

요즘은 여성의 사회 활동이 활발해지고 있습니다. 어머니의 얼굴이 이력서가 되기도 하고, 아버지의 얼굴이 청구서가 되기도 합니다. 남자의 얼굴, 여자의 얼굴이 아니라 사람의 얼굴에 시대의 용어가 새겨지는 것입니다. 모두 시대의 슬픈 얼굴입니다.

얼굴은 얼의 꼴입니다. 얼의 꼴, 자기 내면세계의 형태입니다. 정신세계가 모양으로 드러나는 것입니다. 그래서 사람의 얼굴이 모두 다릅니다. 만약 사람 얼굴이 무슨 양화점에서 만든 구두처럼 똑같다고 하면 굉장히 큰 혼란이 일어날 겁니다. 그렇게 되면 이마에다 일련번호를 써 붙이고 다녀야 될지도 모릅니다. 차량처럼 번호판을 붙여야겠지요. 안 그러면 누가 누군지 모를 테니까요. 하지만 다행스럽게도 저마다 얼굴이 다르기 때문에 그런 수고를 할 필요는 없습니다.

왜 이런 시답잖은 농담을 하는가 하면, 사람은 저마다 나름의 특색을 지니고 있다는 것을 말씀드리기 위해서입니다. 불교의 표현을 빌리자면 저마다 각기 업이 다르기 때문에, 순간순간 하루하루 쌓는 업이 다르기 때문에 서로 다른 얼굴을 그렇게 지니고 있는 것입니다. 그런 연유로 사람은 저마다 이 세상에 하나밖에 없는 얼굴이에요. 설령 일란성 쌍둥이라고 해도 분명 어느 한구석 다른 점이 있습니다. 비슷하지만 똑같을 수는 없습니다. 어딘가는 다릅니다. 사람마다 다른 업을 지니고 있기에 그렇습니다.

사람은 저마다 세상에 하나밖에 없는 얼굴을 지닌 존재입니다. 우리라는 존재가 이 지구에 불려 나온 것은 왜일까요. 자기의 특성을 실현하라고, 내보이라고, 그런 깊은 뜻이 있는 것은 아닌가 생각해 봅니다. 자기 특성을 실현하기 위해서는 어떻게 해야 할까요. 꼭 뛰어난 능력을 선보이라는 그런 의미는 아닐 겁니다. 자기 분수에 맞게, 자기 틀에 맞게 행동하라는 의미일 것입니다. 자기 자리를 잘 지키라는 것입니다. 남의 자리를 차지하려고 든다거나, 남의 거죽을 흉내 내려고 한다면 이도 저도 아닌 얼굴이 됩니다. 저마다 특색을 타고났기 때문에 남의 얼굴을 닮으려고 해서는 안 됩니다. 남의 얼굴을 따라 해서도 안 됩니다.

　사람 얼굴에 어떤 표준형이 있는 건 아닙니다. 각자 자기 얼굴을 지닐 수 있으면 돼요. 그런데 자의식이 강하지 못한 사람들은 이발소나 미장원 같은 데 가서 배우 아무개 머리처럼 해 달라고 하고, 탤런트 누구처럼 화장해 달라고 합니다. 그건 자기 모습을 망각하는 일입니다. 자기 자리를 모르고 자기 특성을 해치는 것입니다.

　자기 얼굴을 지니려면 자기답게 살 수 있어야 합니다. 자기답게 살아야 자기 얼굴이 형성돼요. 처음 어머니한테 받은 얼굴은 아직 완성된 것이 아닙니다. 비유하자면 반죽이 아직 덜 굳은 상태입니다. 이 반죽을 빚고 다듬어 아름다운 형상을 갖추는 것은 나의 몫입니다. 여기서 제가 아름다움이라고 했다 해서 이를 미추美醜로 이해할 분은 안 계시겠습니다만, 굳이 강조해 말씀을 드리자면 제가 말하는 아름다움은 자기다움입니다. 세상을 살아가면서 스스로 자기 얼굴을 자기가 형성하는 겁니다. 자기답게 살아야 자기다운 얼굴을 갖출 수 있는 것이지, 자기답게 살지 못하고 남을 닮으려고 하면 자기 얼굴을 가질 수가 없는 겁니다. 자기 얼굴은 그 누구도 아닌 자기 자신이 만드는 겁니다. 그 얼굴이 소중한 것입니다.

　꽤 오래전에 "사랑을 하면은 예뻐져요." 이런 노래가 유행한 적이 있습니다. 봉봉 사중창단이 불렀나 그래요. 그때는 유행가라고,

흘러가는 노래라고 여겼는데, 이제 와 곰곰 생각해 보니 아주 진리의 말씀입니다. 사랑을 한다는 것은 자기가 지니고 있는 것 중에서, 가장 지극하고 가장 착하고 가장 아름답고 가장 덕스러운 것을 내뿜는 것입니다. 그러니 정신의 꼴이, 얼의 꼴이 아름다워지지 않을 수 없습니다.

불교 경전 『인과경因果經』에도 "법당 청소를 하면 내생來生에 아름다운 얼굴을 받는다." 이런 구절이 있습니다. 청소를 하는데 어떻게 아름다운 얼굴을 받는다는 것일까요? 청소를 한다는 것은 단지 먼지나 때를 닦아 내는 것이 아닙니다. 마음을 닦는 일입니다. 내 마음에 있는 조그마한 티 하나도 용납하지 않으려는 것입니다. 청소를 한다는 것은 그런 마음을 갖겠다는 것이니 얼굴이 아름다워지지 않을 수 없습니다.

제가 이런 말씀을 드리면 "스님, 저는 매일 박박 청소를 하는데 하나도 안 예뻐져요." 이러는 분이 계십니다. 그건 마음이 아니라 바닥만 닦았기 때문에 그렇습니다. 마음을 닦는 일은 하루아침에 갑자기 이루어지는 것이 아닙니다. 조금씩 조금씩 쌓아 갈 때 그렇게 되는 것입니다. 또 이렇게 말씀하시는 분도 있어요. "스님, 법당 청소를 하면 예뻐진다는데 그럼 매일 절에 와야 하나요?"

법당은 절에만 있는 게 아닙니다. 각자 집에 다 법당이 있어요. 오늘 못 오신 분들 집에도 법당이 있습니다. 부처님의 형상을 새겨

놓은 불상을 모셨건 안 모셨건 다 법당이 있습니다. 우리들 마음이 닿아 있는 곳, 바로 그곳이 법당입니다. 비록 눈에는 보이지 않지만 부처님이 어느 곳에나 계시므로 법당 또한 어느 곳에나 있는 것입니다. 우리들의 청정한 자성, 청정한 생각, 이게 바로 부처의 마음이니 그 마음이 있는 곳이 바로 법당입니다. 그 법당을 청소하십시오. 비싼 돈 주고 헬스클럽 다닐 필요 없어요. 무슨 음식 먹으면 예뻐진다고 기를 쓰고 찾아다닐 필요도 없습니다. 자기 집에서도 얼마든지 미인이 될 수 있는데, 왜 문밖에서 찾으려고 합니까? 마음 법당을 청소하십시오. 그렇게 청소를 하고 나면 얼굴이 밝아지지 않을 수 없습니다. 정결해지지 않을 수 없습니다.

제 중학교 때 이야기를 하나 해 드리겠습니다. 그때 영어를 가르치시던 선생님이 계셨는데 학교 관사에서 사모님과 사셨어요. 이런 말씀은 좀 죄송스럽습니다만, 이분 얼굴이 좀 낮습니다. 낮다고 하니 무슨 말인가 싶겠는데, 세간의 말로 하면 못났다고 할 수 있습니다. 곱슬머리에다 얼굴은 불그죽죽하고 눈은 뱁새눈처럼 쭉 찢어지고 그랬습니다. 물론 그때 어린 마음에 그리 생각했던 것입니다. 사람을 외형으로 판단할 수는 없는 노릇입니다.

반면에 사모님은 그렇게 예뻐요. 평양 미인이라는 말이 있지 않습니까. 우리 어린것들이 보기에도 아주 시원스럽고 늘씬하게, 평양 미인처럼 생기셨습니다. 아주 아름다운 사모님이었지요. 그

때 친구들끼리 모이면 "어떻게 우리 선생님 같은 분이 저리 아름다운 사모님과 짝이 되셨을까?" 수군거리기도 했습니다. 그런데 이제 그 뜻을 알겠어요. 사모님은 우리 선생님에게서 속사람을 찾으셨던 겁니다. 사실 영어 선생님은 선량하면서도 사나이다운 매력이 넘치는 분이셨거든요. 사모님은 바로 그것을 찾으신 겁니다. 아마 사모님 마음에는 선생님 얼굴이 가장 멋있게 느껴졌을 겁니다.

얼굴은 하나의 소재에 지나지 않아요. 미추는 껍데기일 뿐입니다. 마음이 밝으면 그 얼굴도 밝습니다. 밝은 마음이 만들어 낸 얼굴은 껍데기와 상관없이 아름답습니다. 한 조각가가 이렇게 말했습니다.

"예술은 돌덩이에다가 아름다움을 새겨 넣는 것이 아니다. 원래 돌이 가지고 있는 아름다움을 캐어 내는 것이다."

어떤 소재에다가 아름다움을 새겨 넣는 것이 아니라고 합니다. 소재가 지니고 있는 원천적인 아름다움을 하나하나 쪼아서 캐내는 거라고 합니다. 이런 것이 바로 아름다움을 찾는 눈입니다. 생각이 전혀 다른 겁니다.

요즘 일 때문에 여기저기 다니다 보니까 재미있는 것을 많이 봅니다. 한번은 고속버스 터미널에 갔는데 터미널이랑 붙어 있는 백화점에 사람들이 많이 모여 있어요. 거기서 누가 마이크를 잡고 "뭐는 오른쪽에 바릅니다. 뭐는 왼쪽에 바릅니다." 이러면서 강의를 해요. 처음에는 무슨 소린가 했는데, 가만 보니 화장품 회사에서 홍보를 나온 거예요.

요즘 세상에 화장을 안 할 수는 없어요. 하지만 '화장은 여자의 자존심'이라느니, '화장을 하지 않으면 실례'라느니 하는 말에는 동의할 수 없습니다. 그럼 연세 많이 드신 할머니들이 로션 하나 달랑 바르고 화장 안 하고 다니는 것도 잘못이라는 이야기가 되지 않습니까? 할머니들이 화장을 안 하고 다니면 자존심도 없는 것이 되고, 예의도 안 지키는 것이 되는데, 그런 억지 논리가 어디에 있습니까. 화장은 단지 필요에 따른 것이지 그것이 무슨 변명이나 명분이 되어서는 안 됩니다.

더 중요한 것은 마음입니다. 아름다움은 화장품을 바르고 머리를 가다듬고 해서 얻는 것이 아닙니다. 조각가의 말처럼 내 마음 안에 들어 있는 보석을 캐냄으로써 얻는 것입니다. 그럼 우리는 어떻게 해야 내 얼굴을 만들 수 있을까요? 어떻게 하면 자기다운 얼굴을 만들 수 있을까요?

화장은 겉모습만 치장하는 것일 뿐 내면을 가꾸지 못합니다. 그런데도 많은 사람들이 그저 칠하고 바르면서 겉을 화려하게 꾸미는 데에만 치중하고 있습니다. 하지만 예술은 감출수록 오히려 드러나는 법입니다. 화장이 예술이 되어서는 안 됩니다. 마음이 예술이 되어야 합니다.

여러분, 화장은 왜 하는 것입니까? 예뻐지기 위해서 하는 것입니까? 그럼 화장을 하지 않은 어머니들의 민낯은 왜 아름다운 것입니까? 수유 중인 어머니가 아이에게 젖을 먹이기 위해 눈에 뭐 칠하고 입술에 뭐 칠했다는 이야기는 들어 본 적이 없습니다. 화장과 아름다움은 상관이 없는 것입니다. 화장을 하는 본질적인 이유가 무엇인지 진지하게 생각해 보아야 합니다.

현대인은 도시의 강렬한 빛깔, 어지러운 간판, 구조라든가 색채라든가 여러 가지 혼잡과 소음에 묻힙니다. 그러다 보니 그 안에서 좀 더 자신을 드러내고 싶은 심리가 발동합니다. 그런데 이것이 지나치다 보니 중독에 이릅니다. 자꾸 더 진하게 해야 돼요. 하지만 과장과 남용은 본래의 아름다움을 스스로 소멸시키는 것입니다. 중요한 것은 조화로움입니다. 영혼을 맑게 혹은 아름답게 가꾸는 것, 이것이 본질입니다.

사람의 얼굴은 또 많은 것을 이야기합니다. 즐겁고 기쁠 때는 표정이 맑고 환합니다. 하지만 슬프고 괴로울 때는 어둡고 자신도 모르게 찡그리게 됩니다. 즐겁고 기쁠 때는 웃음이 나옵니다. 하지만 슬프고 괴로울 때는 눈물이 나오지요. 웃음만 있으면 좋을 것 같지만, 사람 사는 일이 그렇지 않습니다. 눈물이 있다는 것은 구원이 있다는 뜻입니다. 웃음과 눈물 모두 필요합니다. 웃음으로써 슬픔을 견디기도 하고, 눈물로써 괴로움을 이겨 내기도 하는 것입니다.

다만 환기가 필요하기는 합니다. 환기란 얼굴의 상相을 바꾸는 것입니다. 늘 찌푸리고만 있는 얼굴, 그렇게 우거지상을 하고 있으면 나의 마음이 더 무거워집니다. 곁에 있는 사람에게도 영향을 미칩니다. 온화하고 잔잔한 미소를 띤 모습을 만나면 그 얼마나 신선합니까. 그런 얼굴을 해야 합니다. 그렇게 하면 가족에게도 이웃에게도 선하고 복된 기운을 전할 수 있습니다.

물론 언짢은 일도 있고 참기 어려운 일도 있습니다. 있기 마련이지요. 그게 사바세계의 구조입니다. 그렇다고 해서 신호등처럼 그것을 즉각적으로 얼굴에 나타내면 자칫 그대로 굳어져 버릴 수 있습니다. 신호가 켜지면 그것을 끄십시오. 극복할 수도 있어야 합니다.

극복이라고 하니 어렵게 생각하는데, 맑은 생활 습관을 익히면 됩니다. 불자들이 공통적으로 지켜야 하는 것이 있습니다. 그것은 바로 다섯 가지 계戒입니다. 영혼을 아름답게 가꾸기 위해서 맑은 생활 습관, 맑은 생활 규범이 있어야 하는데 그것이 오계입니다.

하나씩 말씀드려 보겠습니다.

첫째는 사람 목숨을 해치지 않겠다는 것, 둘째는 남의 것을 훔치지 않겠다는 것, 셋째는 자기 가정을 이탈해서 딴눈 팔지 않겠다는 것, 넷째는 진실한 말만 하겠다는 것, 다섯째는 취하지 않고 늘 맑은 정신을 가지겠다는 것입니다.

이것이 부처님께서 말씀하신 다섯 가지 습관, 규범을 정리한 오계입니다. 원래 계라는 것은 "이거 하지 마라. 저거 하지 마라."
이런 것이 아닙니다. "이것을 하겠다. 저것을 하겠다." 이렇게 다짐
하는 거예요. 내가 어떻게 살겠다는 다짐을 보이는 것입니다.

그런데 율律은 좀 달라요. 율은 규제입니다. 하지만 본질적으로
는 같습니다. 그래서 계와 율을 합해 계율이라 부르기도 합니다.
쉽게 얘기해서 하나의 생활 습관이에요. 두 가지 다 생활 습관입니
다. 몸에 익혀 실천하는 것입니다.

『천수경千手經』에 "도량청정무하예道場淸淨無瑕穢 삼보천룡강차지
三寶天龍降此地"라는 구절이 있습니다. "도량이 깨끗해져서 티끌과 더
러움이 없을 때, 불법승 삼보와 천룡팔부가 이 땅에 내려온다." 이
런 뜻입니다.

여기서 도량이라 하는 것은 꼭 절을 의미하는 게 아닙니다. 우
리가 몸담고 사는 곳이 다 도량이에요. 우리가 살고 있는 집도 도
량입니다. 아파트가 됐든 빌라가 됐든 다 도량이에요. 이곳을 깨끗
하게 더러움이 없게 하면, 즉 내 영혼을 정결하게 하면, 진리가 법
이 부처님이 내려온다는 것입니다.

우리는 종종 집을 치우지 않을 때가 많지요. 그냥 막 잔뜩 늘어
놓고 살기도 합니다. 그것은 나의 혼란스러운 정신 상태를 나타내
는 것입니다. 나의 혼란스러움이 적나라하게 드러나는 거예요. 그
러지 마세요. 그때그때 정리 정돈을 하세요. 부모가 그렇게 하면

자녀들도 따라서 배웁니다.

저는 뭐 가진 게 없으니 그다지 정리할 게 없습니다만, 그래도 길을 나서기 전에 꼭 휴지통을 비웁니다. 이틀이 됐든 사흘이 됐든 기거하는 곳에서 나올 때는 꼭 휴지통을 비워요. 아궁이에 넣고 태워 버립니다. 거기에 무슨 크고 거창한 비밀이 있어서 그런 것이 아닙니다. 대부분 종이 쪼가리입니다. 끄적거리다 만 글 같은 겁니다. 간혹 쓰다 만 편지 같은 것도 있습니다.

보통 사람들 같으면 두었다가 나중에 다시 이어 쓰겠지만 나는 일단 태웁니다. 불에 태워 버려요. 왜냐하면 내가 집을 나섰다가 다시 돌아가지 못했을 때, 남은 물건들이 내 추한 꼴을 드러낼까 싶어 그래요. 내 추한 꼴을 보이기 싫으니까. 그래서 그때그때 정리를 해 버려요. 그것이 생활 습관이 돼서 일이 있어 나가다가도 다시 들어가 한 번 더 정리를 합니다. 물건이 아니라 마음을 정리하는 것이지요.

계절이 깊어 가고 있습니다. 조금 있으면 나무들이 잎을 다 떨어뜨립니다. 계절의 변화를 보면서 '벌써 가을이다. 세월이 덧없구나. 올해도 두 달밖에 안 남았네.' 이렇게 한탄하지 마세요. 계절이 우리에게 주는 의미가 무엇인지 생각해 보세요. 나무에서 이탈해 떨어진 낙엽, 계절이 빚어낸 열매, 이런 자연의 변화가 하루하루 살아가는 인생에서 어떤 의미인가 천착해 보세요. 다르게 생각할 수 있어야 합니다. 비본질적인 것, 불필요한 것은 다 버리세요. 털어 버리세요. 그래야 홀가분해집니다. 마치 나뭇잎이 다 떨어져야 내년에 새로 움이 트는 것처럼 모두 버려야 새로 시작할 수 있습니다.

사람도 마찬가지입니다. 가졌던 어떤 생각, 불필요한 소유물을 계절의 변화가 있을 때마다 정리할 수 있어야 돼요. 그래야 사람이 새로워져요. 그래야 내 주위로 맑은 바람이 붑니다. 그렇게 하지 않으면 고정적인 틀에서, 관습적인 늪에서 벗어날 수가 없어요.

도배를 하거나 이사를 하려고 짐을 챙기다 보면 생각지도 못한 물건들이 많이 나오지 않습니까? 주인은 생각합니다. 이걸 챙기자니 짐스럽고, 그렇다고 남 주기는 아깝습니다. 그런 짐들이 얼마나 많아요. 처음에는 다 필요한 것 같아서 사들이고 들여놓은 것이지만, 살다 보니 점점 의미는 사라지고 짐만 되는 것이 얼마나 많습니까. 생활에 꼭 필요한 것도 있지만 없어도 상관없는 것이 얼마나 많아요. 그건 그냥 물건이 아니라 마음의 짐입니다.

덜어 버리세요. 그러면 훨씬 마음이 가벼워져요. 신경이 분산되지 않고 생활이 단순해집니다. 단순해지면 마음이 굉장히 맑아집니다.

아까울 게 뭐 있어요? 언젠가는 이 몸뚱이도 다 버리고 갈 텐데 그깟 물건쯤이야 아무것도 아닙니다. 그런 연습을 해야 됩니다. 아무 연습도 하지 않고 있다가 이 세상을 떠날 때가 되면 어떻게 합니까? 그러면 숨이 넘어가는데도 눈을 못 감습니다. 죽음은 고통이 아니어야 하는데, 그렇게 되면 고통만 남습니다. 준비를 해야 합니다. 떠나는 연습을 해야 돼요. 그러기 위해서는 버릴 줄 알아야 합니다.

사람이 산다는 건 뭡니까? 순간순간 새롭게 피어나는 것입니다. 꽃처럼 순간순간 새롭게 피어날 수 있어야 사람입니다. 그래야 살아 있는 사람입니다. 맨날 똑같은 거 되풀이하는 사람, 어떤 틀에 박혀서 벗어날 줄 모르는 사람, 그건 죽은 사람이라고 할 수 있습니다. 낡은 것으로부터, 묵은 것으로부터, 비본질적인 것으로부터 벗어나야 합니다. 거듭거듭 털고 일어설 수 있어야 합니다. 그래야 자기가 지니고 있는 가능성을 새롭게 개발할 수가 있는 거예요.

그런 노력, 새롭게 피어나려는 노력을 하지 않으면 어떤 결과가 옵니까? 늙음과 질병과 죽음이 옵니다. 창조적인 노력이 없을 때 늙음과 질병과 죽음이 오는 거예요. 흔히 그런 얘기들을 하지 않습니까. 가난하고 어려워서, 아등바등 또순이처럼 살 때는 아무렇지 않잖아요. 아픈 게 뭐예요? 감기가 뭐예요? 그런 거 없잖아요. 그런데 살 만해지면, 몸이 편안해지면 그때부터 아파요. 쑤시고 결립니다. 그래서 순간순간 깨어나라고 하는 겁니다.

사람은 날마다 새롭게 피어날 수 있어야 합니다. 꽃도 그렇게 피어나서 새로운 향기를 내뿜으며 자신의 존재를 드러내는데, 사람이 제자리걸음만 해서 되겠습니까? 창조적인 노력을 하십시오.

흑인 노예 해방을 선언한 링컨 대통령을 다들 잘 아실 겁니다. 그가 대통령이 됐을 때 친한 친구가 자기 주변 사람을 한 명 천거해요. 새로운 내각에 필요한 사람이라고 생각했겠지요. 그런데 그 사람을 만나 본 링컨은 단번에 거절을 합니다. 친구는 서운했습니다. 자기가 볼 때는 가장 일을 잘할 수 있는 적임자인데 왜 그 사람을 안 쓰는지 말이죠. 나중에 왜 그를 발탁하지 않았는지 물어봤다고 해요. 그러자 링컨이 이렇게 답합니다.

"그 사람 얼굴이 마음에 들지 않았네."

친구가 어이가 없었는지 되묻습니다.

"이보게, 얼굴이 어디 그 사람 탓인가? 얼굴이야 부모가 준 대로 타고나는 것인데 그런 이유로 유능한 사람을 쓰지 않는다니 말이 되는가?"

일리가 있는 말입니다. 제가 가끔 농담처럼 반죽 이야기를 합니다만, 반죽이야 부모가 했으니 그 사람 책임이 아니지요. 그러자 링컨은 또 이렇게 답합니다.

"어릴 때는 부모가 준 얼굴로 세상과 마주할 수밖에 없지. 하지만 나이 마흔이 넘으면 자기 얼굴에 책임을 져야 하네."

마흔이 넘었다는 것은 어른이 되었다는 의미입니다. 어른은 자신이 쌓은 인생에 책임을 져야 합니다. 어릴 적에는 부모가 준 얼굴로 살 수밖에 없으니 허물을 잡을 수 없지만, 어른이 된 후의 얼굴은 자기가 살아온 삶이 투영된 것이니 거기에는 책임이 따른다는 말입니다.

이 말을 다시 하면 저마다 스스로 자기 얼굴을 만들어야 한다는 소리입니다. 링컨이 사람을 미추로 판단했을까요? 아니겠지요. 링컨 친구가 천거한 그 사람의 얼굴에는 못남이 아니라 어떤 그늘이나 어두움이 있었을 겁니다. 링컨은 그걸 알아본 것입니다.

미소라든가 찡그림이라든가 얼굴 표정을 나타내는 말이 여럿 있지만, 본디 얼굴에는 어떤 표정도 있는 게 아닙니다. 하지만 자기다운 삶을 살면 자신만의 표정이 나타납니다. 기본을 지니고 마음의 안정을 이루고 지혜롭게 살 때 진정한 자기 얼굴, 얼의 꼴을 이룰 수 있습니다.

자기답게 살지 못하기 때문에, 생활 규범 없이 무질서하게 살기 때문에 마음은 안정되지 못하고 흔들립니다. 이리저리 갈피를 잡지 못하니 자기가 지니고 있는 무한한 잠재력도 깨우지 못합니다. 그냥 허둥지둥 그렇게 사는 겁니다.

우리는 종종 외모나 외적인 특징에만 집중하여 사람을 판단하고 평가하기도 합니다. 하지만 진정한 아름다움은 내면에서 비롯되는 것입니다. 너그러움과 선량함이 그런 것들입니다. 그리고 지혜로움이 내면에서 발산되어 밝아질 때 아름다운 얼굴이 됩니다.

앞에서 얼굴은 이력서라는 말씀을 드렸습니다. 자기 얼굴은 자기가 만들어 가야 하고, 동시에 자기 얼굴에 대한 책임도 자기가 져야 합니다. 아름다운 얼굴이니, 선량한 얼굴이니 하는 기준이 있는 것이 아닙니다. 미추에 사로잡히지 마세요. 광대뼈가 튀어나왔다고 해서 허물이 될 것 하나 없습니다. 얼굴에 기미가 끼었다고 해서 흉이 되지도 않습니다. 자기다운 생활에서 자기다운 얼굴을 지닐 수 있으면 되는 겁니다. 그것이 좋은 얼굴입니다.

굳은 표정을 한 얼굴은 좋은 얼굴이 아닙니다. 찡그리고 있는 얼굴도 좋은 얼굴이 아닙니다. 항상 온화한 미소를 머금고 있는 얼굴, 활짝 웃고 있는 얼굴이 좋은 얼굴입니다.

닫힌 얼굴도 좋은 얼굴이 아닙니다. 세상을 향해 활짝 열린 얼굴이 좋은 얼굴입니다. 열린 얼굴은 짙은 화장으로 이루어지지 않습니다. 짙은 화장으로 자신의 본모습을 감추지 마세요. 탐욕을 버린 얼굴, 너그럽고 덕스러운 얼굴이 되도록 하세요. 그렇게 할 때 진정 아름다운, 그리고 자신만의 얼굴을 가질 수 있습니다.

또 지혜로 빛나는 얼굴이어야 합니다. 지혜는 어려운 일을 겪는 사람들을 도울 수 있습니다. 지혜는 다른 이들을 평온하게 할 수 있는 힘이 있습니다.

우리가 명심해야 할 것은 외모가 아니라, 마음가짐과 행동입니다. 얼굴은 마음의 창窓입니다. 선량함과 너그러움을 지닌 얼굴은 주위 사람들에게 영감과 안정감을 줄 뿐만 아니라 모두 함께 아름다움을 발산할 수 있도록 합니다.

온화한 미소를 머금고 있는 얼굴, 세상을 향해 활짝 열린 얼굴, 탐욕을 버린 얼굴, 너그럽고 덕스러운 얼굴, 지혜로 빛나는 얼굴, 이러한 얼굴들이 진정 아름다운 내면입니다. 어떤 사람이든 그 얼굴에는 그의 내면이 반영됩니다. 그래서 얼굴 하나만으로도 사람의 성품과 내적인 세계를 엿볼 수 있습니다. 그렇기에 아름다운 얼굴은 그 사람의 선량한 마음가짐과 지혜로움 그리고 인내와 이해심을 모두 나타냅니다.

우리는 언제나 내면의 아름다움을 키우고 발전시키는 데 주력해야 합니다. 외면의 아름다움은 시간이 지나면 사라질 수 있지만, 내면의 아름다움은 영원히 변하지 않습니다. 너그러움과 선량함을 지니고 지혜롭게 삶을 살아가는 것이 진정한 아름다움을 향한 길이라는 것을 기억해야 합니다.

여러분 모두가 자기다운 모습을 지니고 자기 인생을 거듭거듭 새롭게 꽃피울 수 있기를 바랍니다.

1985년
장소 미상

나는 너로 인해 내가 되고

또한 우리가 되는 것입니다.

모든 참된 삶은 만남에 있습니다.

만남을 통해 눈이 뜨이고

새롭게 태어나게 됩니다.

부처님과 같은 공덕을 이루려면

우리나라 불교도들은 경전을 잘 읽지 않습니다. 몇 가지 이유를 생각해 볼 수 있겠습니다.

우선, 탐구력이 부족한 것을 들 수 있습니다. 부처님께서 하시고자 한 말씀의 의미가 무엇인지, 불교가 무엇을 말하는 종교인지, 불자는 무엇을 등불로 삼아야 하는지, 어떻게 수련하고 세상을 향해 어떤 보살행을 해야 하는지 탐구하지 않습니다. 쉽게 말해 궁금하지 않은 것이지요. 혹은 알아야 할 이유를 느끼지 못하기 때문이라는 생각도 해 봅니다.

다음, 경전이 한문으로 이루어져 있다는 점을 들 수 있습니다.

불경이 한문으로 전해지다 보니 한자를 읽지 못하고 한문을 알지 못하면 경전 또한 읽을 수 없겠지요. 그러나 요즘은 번역서가 많으니 이것이 변명이 될 수는 없습니다.

또한 불립문자不立文字의 영향 때문일 수 있습니다. 불립문자란, 불도의 깨달음은 마음에서 마음으로 전하는 것이므로 말이나 글에 의지하지 않아도 된다는 생각을 뜻하는 말입니다. 아마도 이 말의 의미를 잘못 해석하여 경전을 읽지 않는 것일 수도 있습니다.

하지만 이는 어느 정도 경지에 오른 사람들에게 해당하는 이야기입니다. 근본을 알기 위해서는 역시 말씀과 지혜를 담고 있는 경전을 읽지 않으면 안 됩니다. 간혹 말씀을 잘못 이해하기도 합니다. 누구나 부처라고 하니까, 이를 말 그대로 받아들여 거기에 안주해 버리는 것을 보기도 합니다. 진짜 부처라면, 참으로 눈뜬 사람이라면, 진실로 열린 마음을 지니고 있다면, 무엇 하나라도 거리낌이 없어야 합니다. 무엇 하나라도 버릴 게 없어야 합니다. 그것이 불교에서 말하는 진짜 불법입니다. 이를 설명하는 무수한 선의 기록들이 있으니 음미하며 읽어 보시기를 바랍니다.

외국에서는 선종의 스님들도 독경을 일상적인 일과로 삼고 있습니다. 선사들의 어록 읽기 또한 게을리하지 않습니다. 경전에 대한 이해가 넓고 깊다는 생각을 합니다. 그런데 어쩐 일인지 우리나라는 독경을 떳떳하지 못한 것으로 취급해 왔습니다. 불립문자를 편한 대로 해석한 결과가 아닌가 싶기도 합니다. 하지만 길잡이를 따라 길을 가는 것과 제멋대로 가는 것에는 큰 차이가 있을 수밖에 없습니다. 경전을 읽지 않으면 저마다 자기 방식의 불교에 갇히게 됩니다. 바로 알아야 바로 행할 수 있습니다. 이를 신해행증信解行證이라고 합니다. 먼저 교리를 믿고 그 뜻을 잘 살핀 뒤 그에 따라 실천하여 마침내 깨달음을 얻는 과정을 말합니다.

뜻을 잘 살피려면 경전을 읽어야 합니다. 불교의 참된 교리를 깨치기 위해서는 경전을 읽어야 합니다. 부처님께서도 "이미 모든 법이 잘 말하여졌고 또한 준비되어 있으니 오직 법에만 기대어 자신을 수련하면 충분하다."라고 하셨습니다.

『화엄경華嚴經』의 한 부분 중에 보현보살의 법문을 살핀 「보현행원품普賢行願品」이 있습니다. 여기에서 행원行願이란 행동과 소원이 따로 떨어져 있지 않고 하나를 이룬 것을 말하는데, 행동은 소원에 뿌리를 두고 있고, 소원은 곧 행동으로 드러나야 함을 뜻하는 것입니다.

『화엄경』의 「입법계품入法界品」에 선재동자라는 젊은 구도자가 등장합니다. 깨달음을 얻기 위하여 선지식을 차례로 찾아 진리를 묻고 배우는 긴 여정을 한 끝에 마지막으로 보현보살을 만나 진리의 세계에 들어갔습니다. 선재동자의 구도 행각이 지혜를 상징하는 문수보살로부터 출발하여 온갖 덕행을 상징하는 보현보살에 이르러 마치게 되는 것은 불교의 본질이 어디에 있는가를 명확하게 보여 주는 실증입니다. 선재동자의 선지식 구도는 존재에 대한 자각을 통해 여러 계층의 이웃을 만나고, 눈뜨고, 거듭 이루어짐으로써 자유와 평화에 도달하는 참된 자아실현의 여정이기도 합니다.

우리는 흔히 '아무개 보살'이라는 표현을 쓰곤 합니다. 또 "사람은 본래 성불이다. 날 때부터 부처다. 그래서 저마다 여래의 덕을 갖추었다." 이렇게 말하기도 합니다.

그러나 이름만 붙인다고 하여 보살이 되는 것이 아닙니다. 그저 태어났다고 하여 부처가 되는 것도 아닙니다. 실제 행동으로 순간순간 그렇게 살아야 보살이고 부처인 것입니다. 그럼 어떻게 살아야 보살이 되고 부처가 되는 것이겠습니까? 보현보살께서는 "부처님과 같은 공덕을 이루려면 열 가지 크나큰 행과 원을 쌓아야 한다."라고 하셨습니다.

열 가지 큰 행과 원을 말씀드립니다.

첫째 행원은 예경제불禮敬諸佛입니다. 모든 부처님께 예배하고 공경을 드리는 것입니다. 보현보살이 말씀합니다.

"온 법계, 허공계, 시방삼세의 수없이 많은 부처님께 보현의 행과 원의 힘으로 깊은 신심을 내어 청정한 몸과 말과 뜻으로 항상 예배하고 공경한다. 허공계가 다해야 나의 예배와 공경도 다하겠지만, 허공계가 다할 수 없으므로 나의 예배와 공경도 다함이 있을 수 없다. 이와 마찬가지로 중생계가 다하고 중생의 업이 다하고 중생의 번뇌가 다해야 나의 예배와 공경도 다하겠지만, 중생계의 그 업과 번뇌가 다할 수 없으므로 나의 예배와 공경도 다함이 있을 수 없다."

절에 가면 배拜를 하지요. 그런데 그 배를 누가 받습니까? 부처님이 받습니까? 부처님은 "스스로에게 의지하고 법에게 의지하라." 이렇게 말씀하셨습니다. 그런데 우리는 스스로에게 의지할 수 있다고 말하기 어렵습니다. 예가 없기 때문입니다. 배를 통해 예절을 지키는 것은 일상에 닳은 자신을 회복하는 길입니다. 단순히 절을 몇 배 채우기 위해 몸을 굽히는 것은 잘못입니다. 오직 간절하고 공경하는 마음으로 부처님을, 스스로를 예배해야 합니다.

예배는 헌신이자 귀의를 표현하는 행동입니다. 집에서는 가족 간에 예절을 지켜야 하고, 공공장소에서는 모르는 사람 간에 서로 예절을 지켜야 합니다. 예절이 사람을 만드는 것입니다. 예절이 그 사람의 품위를 말해 줍니다. 나의 가족을, 나의 이웃을 부처님처럼 대하십시오. 그래야 나도 부처가 될 수 있습니다.

둘째 행원은 칭찬여래稱讚如來입니다. 곧 부처님의 덕행을 찬탄

하는 것입니다. 보현보살은 "부처님 계신 데마다, 깊고 뛰어난 지혜로써 눈앞에 대하듯 알아보고, 변재천녀辯才天女보다 더 뛰어난 변재로써 부처님의 모든 공덕을 찬탄한다." 이렇게 말씀하셨습니다. 그렇다고 하여 이 말씀이 부처님에게만 향하는 것은 아닙니다. 이웃에게도 향해야 합니다.

하지만 이웃의 덕행을 진심으로 기뻐하는 일은 생각만큼 쉽지 않습니다. 헐뜯고 흉보기는 쉬워도 칭찬하기는 어려운 일입니다. 마음이 열려 있어야 상대를 받아들일 수 있는데, 우리 스스로가 그런 경지에 있지 못하기 때문입니다.

불교를 배운다는 것은 자기를 배우는 일입니다. 자기를 배우는 일은 곧 자기를 비우는 일과 같습니다. 자기를 온전히 비울 때 비로소 자기가 됩니다. 이것이 '개체인 나'로부터 '전체인 나'로 깊어지고 승화되는 일입니다. 남의 일이 곧 내 일이라는 사실을 인지하십시오.

셋째 행원은 광수공양廣修供養입니다. 여러 가지를 공양하는 일입니다. 부처님 말씀대로 행하는 공양, 이웃들을 이롭게 하는 공양, 이웃을 거두는 공양, 이웃의 고통을 대신 받는 공양, 착한 일을 부지런히 닦는 공양, 보살의 할 일을 버리지 않는 공양, 보리심을 떠나지 않는 공양 등을 말합니다. 여러 공양 중에서 으뜸은 법공양입니다. 법공양은 불경을 남에게 읽어 들려주거나 불경 따위를 보시하는 일을 말합니다.

보현보살께서는 "온갖 물건으로 공양한 공덕일지라도 법공양에 미치지 못한다. 부처님은 법을 존중하기 때문이며, 부처님 말씀대로 행하는 것이 곧 부처님을 이 세상에 출현케 하는 일이고, 보살이 법공양을 행하면 곧 부처님께 공양하는 것과 다름이 없기 때문이다. 이와 같이 수행하는 것이 참다운 공양이다."라고 하셨습니다. 법공양의 기본 정신은 인간과 함께해야 한다는 말씀입니다.

마르틴 부버는 『나와 너』에서 이렇게 말합니다.

"사람인 나는 '나' 혼자서는 존재할 수 없다. 우리가 '나'라고 말할 때, 그것은 '나와 너'의 나이거나, '나와 그것'의 나이지, 이 밖의 나란 있을 수 없다.

그러면 이 둘의 근본적인 차이는 어디에 있는가? '나와 너'는 내가 내 온 존재를 기울여서만 비로소 말할 수 있는데, '나와 그것'은 내 온 존재를 기울일 수 없는 것이다. 그러므로 '나와 그것'의 관계는 인간의 객체적인 경험, 즉 지식의 세계이지만, '나와 너'의 관계는 인간의 주체적인 체험, 즉 인격의 세계이고 지혜의 세계이다."

나는 너로 인해 내가 되고 또한 우리가 되는 것입니다. 모든 참된 삶은 만남에 있습니다. 만남을 통해 눈이 뜨이고 새롭게 태어나게 됩니다. 사람은 얼마든지 거듭 형성될 수 있습니다. 자신에게 주어진 인생을 보다 넓고, 보다 크고, 보다 깊게 가꾸어 나갈 수 있습니다. 자기 하나만을 위해서 산다면, 자기 가족만을 위해서 산다면 그 인생은 너무 보잘것없지 않습니까? 그것은 짐승의 삶과 다를 바가 없습니다.

우리는 종교를 통해 배울 수 있습니다. 종교란 끝없는 개선과 개혁을 가르칩니다. 개선과 개혁이 어려운 게 아닙니다. 이웃이 기쁘면 나도 기뻐하고, 이웃이 슬프면 나도 슬퍼하는 것입니다. 그게 공동선共同善이고 다른 나로의 변화입니다. 우리가 인간일 수 있는 것은 함께 살아가는 모든 이들에게 저마다 책임이 있다는 뜻입니다. 그러므로 내 일과 남의 일이 결코 무연無緣할 수 없습니다. 우리는 같은 뿌리에서 자란 나무이고, 그 나무에서 나뉘어 뻗은 가지들입니다. 이웃을 위하는 일이 곧 나를 위하는 일입니다.

넷째 행원은 참회업장懺悔業障으로, 자신이 지은 허물을 참회해야 한다는 뜻입니다. 참회는 자기반성을 통해 흐려진 마음을 맑게 해 빛을 얻는 일입니다. 진리를 실현하려면 먼저 자기 자신에 대한 철저한 반성과 정화가 선행되어야 합니다. 나 자신이 빛을 지니고 있어야 이웃을 비출 수 있고, 세상을 밝힐 수 있습니다. 나 자신이 어두우면 아무리 밝은 세상이라도 암흑이나 다름없습니다.

보현보살께서 말씀하십니다.

"보살은 스스로 이와 같이 생각하고 다짐한다. 내가 지금까지 오랜 세월을 두고 살아오면서 탐내고 성내고 미워하고 어리석은 탓에 몸과 말과 뜻으로 지은 악업이 한량없을 것이다. 만약 그 악업에 어떤 형체가 있다면 끝없는 허공으로도 그것을 다 받아들일 수 없을 것이다.

나는 몸과 말과 뜻의 청정한 업으로 법계에 두루 계시는 부처님과 보살 앞에 지성으로 참회하고, 다시는 악업을 짓지 않으며, 항상 청정한 계율의 모든 공덕에 머물겠다."

진정한 성찰이고 진정한 참회입니다. 참懺은 지나간 허물을 뉘우치는 것이고, 회悔는 다시는 되풀이하지 않겠다는 다짐입니다. 즉 참회는 거듭 태어나고 싶은 몸부림입니다. 진정한 참회는 변화하는 삶을 뜻합니다. 참회를 거치지 않은 발원은 메아리가 없는 헛된 소망에 불과한 것입니다. 참회로써 묵은 짐을 버릴 때에야 비로소 발원은 꽃을 피우고 열매를 맺을 수 있습니다.

극락세계에 가기 위해, 혹은 병을 낫기 위해, 혹은 무언가를 바라기 위해 기도하고 염불한다면 그것은 진짜 불심이 아닙니다. 이기심이고 공리심입니다. 종교는 달마 스님이 말씀하신 것처럼 본래 무공덕無功德이지 않으면 안 됩니다.

양나라 무제는 불심천자佛心天子라 불릴 정도로 불교를 신봉했습니다. 그가 달마대사에게 묻습니다.

"나는 수많은 절을 짓고 승려를 육성했을 뿐 아니라 직접 경문을 옮기기도 했소. 나는 어떤 공덕이 있고, 어떤 보답을 받을 수 있겠소?"

"그것은 무공덕無功德입니다. 즉 공덕이 아닙니다. 그러니 어떤 보답도 받을 수 없습니다."

달마는 자신을 내세우거나 바라는 마음이 있다면, 비록 선행을 했더라도 참다운 공덕이 아니라는 말을 한 것입니다. 아무 공덕도 없는 데에서 비로소 참공덕이 움트는 것입니다. 이러한 마음이 진정한 종교라고 할 수 있습니다. 진정한 불심 없이 기도만 한다고 무엇이 이루어집니까? 중생 스스로가 자신을 건지는 것이지, 부처님이 중생을 구제하시는 것이 아닙니다.

지계持戒란 계를 받은 사람이 계법을 지키는 것을 말합니다. 청정한 생활 규범을 지키는 데에는 파계가 뒤따르기도 하지만 참회를 계기로 오히려 수행을 심화할 수 있습니다. 참회는 어디까지나 자발적인 고백이기 때문입니다. 동서고금을 통틀어 참다운 종교인에는 이런 정형이 많습니다.

사람은 항상 새롭게 시작할 수 있어야 합니다. 새로워지려면 참회하고 발원해야 합니다. 자기 자신의 허물을 되돌아보고 반성하고 그릇된 생활 습관을 버려야 합니다. 허물 없는 사람이 어디 있겠습니까? 그러나 그 허물을 고쳐서 새로워져야 참다운 인생을 살 수 있습니다.

『천수경』의 한 구절입니다.

"죄는 자성自性이 없어 한 생각을 따라 일어난다. 한 생각이 사라지면 죄도 없어진다. 죄도 없고 생각도 쉬어 이 둘이 함께 공하면, 이를 가리켜 진짜 참회라 한다."

다섯째 행원은 수희공덕隨喜功德입니다. 곧 남의 공덕을 함께 기뻐하는 것입니다. 오늘날 우리들은 너무 인색하고 옹졸합니다. 누가 땅을 사면 배가 아프다는 말을 나는 이해할 수 없습니다. 사람으로서 부끄러운 생각입니다.

시기와 질투는 일종의 열등감입니다. 나는 그렇게 할 수 없으니 시기하고 질투하는 것이지요. 다 부질없는 번뇌입니다. 번뇌에 빠지니 내 마음이 어두워질 수밖에 없습니다. 함께 나누어 가질 수 있어야 합니다. 기쁨과 고통을 나누어 가질 수 있어야 합니다. 신앙생활을 한다면서 남의 흉이나 보는 것은 스스로 허물을 드러내는 것입니다. 그러므로 항상 참회하고 발원하는 마음으로 살아야 합니다. 자기 세계가 없는 사람, 마음이 불안하고 정서가 불안한 사람이 시기와 질투에 빠집니다.

발보리심發菩提心, 불도의 깨달음을 얻고 중생을 제도하려는 마음을 일으키십시오. 자기중심적인 사고에서 벗어나십시오. 나 혼자만이 아닌 전체를 생각하십시오. 우리 모두가 한 뿌리에서 자라고 나뉜 가지임을 기억하십시오. 한 나무는 같은 바람에 따로 흔들리지 않습니다.

보현보살께서 주신 말씀을 전합니다.

"온 법계, 허공계, 시방삼세 불국토의 수많은 부처님이 처음 발심한 때로부터 모든 지혜를 위해 복과 덕을 부지런히 닦을 때에 몸과 목숨도 아끼지 않았다. 끝없는 세월을 지나면서 머리와 눈과 손발까지도 아끼지 않고 보시하였다.

또 행하기 어려운 고행을 하면서 갖가지 보살행을 원만히 갖추었고 가장 뛰어난 보리를 성취했다. 이와 같이 온갖 착한 일을 나도 같이 기뻐하며, 일체중생이 지은 털끝만 한 공덕일지라도 내 일처럼 기뻐한다."

여섯째 행원은 청전법륜請轉法輪, 곧 설법하여 주시기를 청하는 것입니다.

요즘 우리들은 자기 말만 하려고 들지 남의 말을 들으려고 하지 않습니다. 본시 듣는다는 것은 어려운 일입니다. 그러나 진심으로 들을 때 진정한 만남이 이루어집니다. 의사소통이 단절된 이유는 사람들이 마음으로 듣지 않거나, 귀를 기울이지 않기 때문입니다. 남의 말을 들으려면 그만한 정성과 인내력이 있어야 가능합니다.

옛사람들은 수백 리 길을 걸어서 다녔습니다. 같이 길을 걸으니 많은 이야기를 나눌 수밖에 없습니다. 내 이야기를 하자면 남의 이야기도 들어야 합니다. 그런데 작금의 상황은 다릅니다. 다들 혼자만의 세계에 들어가 있습니다. 텔레비전에 빠져 있는 시간이 길어진 것도 한 원인일 테지요. 오늘날 가정이 건조해져 가는 이유는 대화가 단절되었기 때문입니다. 공통적인 지적 관심사가 없습니다.

톨스토이의 기도문에는 "나의 내부에 있는 존재여, 나를 도와주소서. 남을 대할 때 그의 내부에서 내 자신을 발견할 수 있도록 나를 도와주소서." 이런 구절이 있습니다. 남의 내부에서 내 자신을 발견할 수 있다는 말을 기억하십시오. 대개 우리의 마음에는 강한 자의식 덩어리가 있어 남의 말을 주의 깊게 듣지 못합니다. 제대로 듣고 배우려면 공명할 수 있어야 합니다. 공명할 수 있으려면 마음속 덩어리를 버려야 합니다. 빈 마음이 필요합니다. 비어 있어야 채울 수 있습니다.

보현보살께서는 이렇게 말씀하십니다.

"아주 작은 미미한 것에도 수많은 부처님 세계가 있다. 그 낱낱의 세계 안에서 헤아릴 수 없이 많은 부처님께서 바른 깨달음을 이루고 있다. 그때 내가 몸과 말과 뜻의 갖가지 방편으로 설법해 주시기를 간청한다."

일곱째 행원은 청불주세請佛住世, 곧 부처님이 세상에 오래 계시기를 청하는 것입니다.

보현보살께서 말씀하십니다.

"부처님이 열반에 드시려고 하거나, 보살들과 선지식들이 열반에 드시려고 하거든, 열반에 드시지 말고 세상에 오래 머물면서 모든 이웃을 이롭게 하여 주시기를 무량겁이 다하도록 권청勸請한다."

진정한 스승을 청하는 말씀입니다. 마음으로 존경할 수 있는 스승과 함께한다는 것은 행복한 일입니다. 누구와 함께할 수 있다는 것은, 서로가 영향을 주고받으면서 인간이 되어 간다는 것을 의미합니다.

그 '누군가'가 꼭 위대한 인물일 필요는 없습니다. 내 부모를 모시는 것도 스승을 모시는 것과 같습니다. 부모 모시는 일은 지금과 같은 핵가족 시대에 더욱 중요한 일이 되었습니다. 송강 정철도 어버이 살아 계실 때 섬기기를 다하라고 하지 않았습니까. 떠나신 후에는 애달픈 것입니다. 평생에 고쳐 못 할 일은 효일 것입니다.

여덟째 행원은 상수불학常隨佛學, 늘 부처님을 본받아 배우는 것입니다.

가르침은 무엇입니까? 가르침이 있는 까닭은 또 무엇입니까? 가르침만 있고 배움이 없다면 그것은 아무도 가지 않는 길과 같습니다. 길을 닦아 놓았는데 왜 가지 않습니까? 아무도 가지 않는 길은 필요 없는 것처럼, 배우지 않으면 가르침 역시 아무 소용이 없는 것입니다.

옛 성인들이 인생을 어떻게 살았는지 배움으로써 우리는 앞날의 밝은 지표를 얻을 수 있습니다. 옛사람들의 자취에서 많은 지혜와 위로와 용기를 얻을 수 있습니다. 적어도 불자들은 석가모니의 생애와 가르침을 환히 알아야 합니다. 텔레비전 연속극이나 시시한 잡지는 거르지 않고 보면서 성인의 가르침에 대해서는 얼마나 알고 있는지 반성해야 합니다.

출가인과 재가인을 막론하고 불자이면서도 불교 교리에 문맹인 사람이 많습니다. 그래서 저마다 자기 방식의 불교를 믿고 있습니다. 막연한 종교관에 휘말려 확신을 갖지 못하기 때문에 이리 흔들리고 저리 흔들리는 것입니다. 많이 알기보다는 제대로 알고 바르게 행하는 일이 소중합니다. 바른 신앙생활을 하는 사람이라면 바깥만 쳐다보려 하지 말고 안을 들여다보는 마음 자세를 익혀야 합니다.

뭐든지 가득 채우려고만 하지 말고 텅텅 비우십시오. 그래야 새로운 눈이 뜨입니다. 그리고 홀로 있는 시간을 준비하십시오. 몸만 덩그러니 혼자 있는 것이 아니라 마음으로 고독을 음미해야 합니다. 그것이 곧 비우는 일입니다.

많은 사람이 시간을 귀하게 쓸 줄 모릅니다. 목적 없는 생활에 휩쓸리지 말아야 합니다. 시간은 지나가는 것이지 오는 것이 아닙니다. 우리 삶의 순간이 지금 이렇게 소멸해 가고 있는데 무섭지 않습니까? 이 소멸에서 벗어나는 것은 배움밖에 없습니다. 진리를 담은 사상이나 경전이 우리를 형성시킨다는 사실을 명심하십시오. 그렇다고 새로운 샘물만을 끝없이 계속 찾아다니는 것은 정신적으로 깊이 탐구하는 사람의 자세가 아닙니다. 가장 맑은 샘물을 하나 정하여 그곳에서 날마다 새로운 지혜를 길어 마시는 것이 더 좋습니다.

보현보살의 말씀을 전합니다.

"부처님께서는 처음 발심한 때로부터 정진하여 물러나지 않으셨다. 수없이 몸과 목숨을 보시하고, 경전 쓰기를 수미산만큼 하셨다. 부처님은 법을 소중히 여겼기 때문에 목숨도 아끼지 않았는데, 하물며 제왕의 자리나 재산을 아끼셨겠는가. 보리수 아래에서 깨달음을 이루던 일과 우레와 같은 음성으로 법을 설하신 일, 중생의 소원을 이루어 주고 마침내 열반에 드신 일, 이와 같은 일들을 모두 본받아 배운다."

　아홉째 행원은 항순중생恒順衆生입니다. 늘 이웃의 뜻에 따르라는 가르침을 말하고 있습니다.

　하루하루 생활 속에서 이웃과의 반목과 사소한 이해관계 때문에 얼마나 옹졸하고 꽉 막힌 행동을 하게 됩니까. 부자란 많이 가지고 있는 사람이 아니라 많이 나누는 사람입니다. 줄수록 열리는 것이 사람의 마음입니다. 받는 것은 큰 부담이 따르지만, 주는 것은 안과 밖이 모두 홀가분한 일입니다. 남을 돕지 않는 사람은 남을 해치는 것과 다름이 없습니다. 누군가의 곤궁함에 손을 내밀지 않으면 그가 위험에 빠질 수도 있기 때문입니다. 나 또한 타인의 도움 속에서 사는 존재입니다.

　보현보살은 이렇게 말씀하십니다.

　"모든 이웃, 곧 일체중생一切衆生을 섬기고 공양하기를 마치 부모와 같이 하라. 스승과 같이 받들며 성자나 부처님과 다름없이 받들라. 병든 이에게는 의원이 되어 주고, 길 잃은 이에게는 바른 길을 일러 주라. 이웃의 뜻에 따르는 것은 곧 부처님께 순종하고 공양하는 일이며, 이웃들을 존중하여 받드는 것은 곧 부처님을 존중하여 받드는 일이다. 이웃을 기쁘게 하는 것은 곧 부처님을 기쁘게 하는 일이다. 이웃으로 큰 자비심을 일으키고, 자비심으로 보리심을 발하고, 보리심으로 깨달음을 이루는 것이다. 나무뿌리가 수분을 받으면 가지와 잎과 열매가 무성해지듯이, 생사 광야의 보리수도 이와 같다. 모든 이웃은 뿌리가 되고, 부처님이나 보살은 꽃과 열매가 된다. 자비의 물로 이웃을 이롭게 하면 지혜의 꽃이 피고 열매가 맺는다. 그러므로 이웃이 없다면 보살은 끝내 깨달음을 이루지 못할 것이다."

열째 행원은 보개회향普皆廻向입니다. 모두 다 돌려보내는 것입니다. 그럼 무엇을 돌려보내야 하는 것일까요?

"처음 예배하고 공경하는 것부터 이웃의 뜻에 따르기까지, 그 모든 공덕을 온 법계에 있는 모든 이웃에게 돌려보내라. 이웃들이 항상 평안하고 즐겁고 병고가 없게 하라. 나쁜 일은 하나도 이루어지지 않고 착한 일은 모두 성취된다. 온갖 나쁜 길의 문은 닫히고 인간이나 천상이나 열반에 이르는 바른 길은 활짝 열린다. 이웃들이 저지른 나쁜 업으로 인해 받게 되는 온갖 고통의 과보를 대신 받으라. 그 이웃들이 모두 다 해탈을 얻고 마침내는 더없는 보리를 성취할 수 있도록 힘쓰라."

보현보살께서 주신 말씀입니다. 이웃들이 모두 해탈하고 보리를 성취하도록 모든 공덕을 돌려보내라는 것입니다.

신자들 가운데 삼재를 면하는 법이나 지옥의 고통을 피하는 법을 묻는 분들이 있습니다. 삼재를 면하려면 그리고 지옥고를 면하려면, 지장보살과 같은 비원을 세우시면 됩니다. 『불설연명지장보살경佛說延命地藏菩薩經』에는 지장보살의 바람이 이렇게 적혀 있습니다.

"깨닫지 못한 모든 중생에게 무거운 괴로움이 있다면 내가 대신 받고, 깨닫지 못한 중생이 하나라도 남아 있다면 나는 깨달음에 들지 않을 것이다."

이것이 보살의 미덕이고 전체인 자기를 드러내는 소식입니다. 그럼 다시 한번 보현보살께서 말씀하신 열 가지 행원을 돌아보겠습니다.

첫째, 모든 이웃에게 예배하고 또 그들을 공경하십시오.

둘째, 이웃의 덕행을 찬탄하십시오.

셋째, 여러 가지로 공양하십시오.

넷째, 지은 허물을 참회하십시오.

다섯째, 남이 지은 공덕을 함께 기뻐하십시오.

여섯째, 설법을 청해서 들으십시오.

일곱째, 부모와 형제가 오래 살아 계시기를 바라십시오.

여덟째, 부처님을 본받아 배우십시오.

아홉째, 이웃의 뜻에 따르십시오.

열째, 내가 지은 공덕을 모두 이웃에게 돌려보내십시오.

다시 보현보살께서 말씀하십니다.

"이것으로써 보살의 열 가지 큰 서원이 원만히 갖추어진 셈이다. 만약 모든 보살이 이와 같이 큰 서원을 따라 나아가면, 모든 이웃의 기틀을 성숙시키고, 더없는 깨달음에 이르게 되며, 수행과 원력을 성취하게 될 것이다. 어떤 사람이 깊은 신심으로 이 열 가지 원을 받아 지녀 읽고 외우고 베껴 쓴다면, 무간지옥에 떨어질 죄업이라도 이내 소멸할 것이다. 이 세상에서 받은 몸과 마음의 병이며, 갖가지 괴로움과 사소한 악업까지도 모두 소멸할 것이다.

그러므로 이 보현보살의 원을 몸소 행하는 사람은, 어떤 세상에 있더라도 달이 구름에서 벗어나듯 거리낌이 없을 것이다. 부처님과 보살이 모두 칭찬하고, 천상과 인간이 모두 예배하고 공경할 것이다."

맛있는 음식을 대할 때 가족이나 친구를 생각하십시오. 좋은 책을 읽었을 때도 그렇게 하세요. 이웃과 함께 나누는 것은 기쁨입니다. 인연이고 또 맺음입니다.

지난 사흘 동안 「보현행원품」을 함께 들은 이 인연 공덕으로 여러분 모두 시들지 않는 아름다운 보살의 꽃을 피우시리라 믿습니다.

삶은 항상 새롭게 시작할 수 있어야 합니다. 개선이 없는 삶은 침체됩니다. 종교는 자기로부터 시작하여 이웃과 세상에 도달하는 데서 그 뜻을 찾는 것입니다. 우리들이 날마다 대하고 마주치는 구체적인 이웃이, 나를 깨우쳐 주고 나를 형성시키는 고마운 선지식인 줄 알아야 합니다.

사람은 본질적으로 혼자서는 살 수 없습니다. 이웃을 통해서 만남과 눈뜸과 새로운 삶을 이룰 수 있습니다. 그리하면 오늘부터 우리는 보현보살의 화신입니다.

1986년
동덕여자대학교 동덕미술관

질문을 멈추어야

비로소 해답이 나옵니다.

침묵을 지켜야

답이 들리기 시작합니다.

없는 것을 어찌 찾으려 하는가

선禪은 인도에서 발생하고 선종은 중국에서 일어났습니다. 좌선은 석가모니 이전부터 행하던 것인데, 불교의 실천 방식으로 발전했습니다. 특히 선종에서 중요하게 여기는 수행법입니다.

그런데 중국에서 일어난 선종이 좌선을 곡해합니다. 좌선으로 마음을 안정하는 것이 곧 선이라고 착각하는 것이지요. 하지만 이는 오류입니다. 유마힐 거사와 사리불 존자의 문답을 보면 좌선의 의미를 알 수 있습니다.

한번은 사리불 존자가 고요한 숲속, 큰 나무 아래에 앉아 좌선하고 있을 때, 유마힐 거사가 그를 보고 말했습니다.

"앉아 있는다고 해서 그것을 선이라 할 수 없습니다. 현실 속에 살면서도 몸과 마음이 동요됨이 없는 것을 좌선이라 합니다. 생각이 쉬는 듯한 무심한 경지에 있으면서도, 온갖 행위를 할 수 있는 것을 좌선이라 합니다. 마음이 고요에 빠지지 않고 또 밖으로 흩어지지 않는 것을 좌선이라 합니다. 번뇌를 끊지 않고 열반에 드는 것을 좌선이라 합니다. 이와 같이 앉을 수 있을 때, 그것이 부처님이 인정하시는 좌선일 것입니다."

『육조단경六祖壇經』에서는 "모든 대상에 대해 생각이 동요됨이 없는 것을 좌坐라 하고, 본성을 보아 흩어지지 않음을 선禪이라 한다."라고 말합니다. 여기서 '본성을 본다'는 것은 지혜의 활동을 가리키는 말입니다. 이를 잘 알려 주는 일화가 있습니다. 마조 스님이 젊었을 때 남악회양 선사 문하에서 좌선하고 있었습니다. 하루는 선사가 물었습니다.

"무엇 하고 있느냐?"
"좌선하고 있습니다."
"좌선은 해서 무엇 하게?"
"부처가 되려고 합니다."

이튿날이 밝았을 때, 선사는 마조가 좌선하는 앞에 가서는 벽돌을 갈았답니다.

"스님, 무엇 때문에 벽돌을 갈고 계십니까?"

"거울을 만들려고 한다."

"아니, 벽돌을 갈아 거울을 만들다니요? 그 무슨 괴이한 말씀입니까?"

"그래? 그럼 앉아만 있는다고 부처가 될 줄 알았더냐?"

이 말씀에 젊은 마조는 정신이 번쩍 들었습니다. 자신이 생각할 때는 최선의 수행이라고 믿었던 것이 허상일 수 있음을 깨달은 것이지요.

"스님, 그럼 어떻게 해야겠습니까?"

"소수레가 움직이지 않을 때는 어떻게 해야겠느냐? 수레에 채찍질을 해야겠느냐, 아니면 소를 몰아야겠느냐? 선은 앉거나 눕는 것과 상관이 없는 것이며, 가만히 앉아 있는다고 부처가 되는 것도 아니다. 집착이 없는 것, 그리하여 취하고 버릴 게 없는 것이 진짜 선이다."

이 말을 들은 마조 스님, 마음의 눈을 떴습니다. 이 이야기에서 우리가 마음에 새길 것은 무엇입니까? 좌선이 잘못된 것입니까? 아닙니다. 남악회양 선사는 좌선을 부정한 것이 아닙니다. 좌선의 태도, 특히 그 마음가짐의 잘못을 지적한 것입니다. 마음을 안정시키기보다는 마음을 어지럽히지 않는 것이 더 중요한 일입니다.

『선가귀감禪家龜鑑』에서 서산 대사는 "중생의 마음을 버릴 것 없이, 자기 성품을 더럽히지 말라. 바른 법을 찾는 것이 바르지 못한 일이다."라고 말합니다. 버리는 것이나 찾는 것이나 다 같이 더럽히는 일입니다. 그렇게 서산 대사는 인위적인 행위를 물리쳤습니다. 바로 무심입니다.

양나라 무제가 산에 은거하고 있는 도홍경을 조정으로 불렀으나 도홍경은 이를 거절하고 나아가지 않습니다. 무제가 "산중山中에 무엇이 있기에 오지 않는가?" 묻자, 도홍경이 다음과 같은 시를 써서 답합니다. 가만히 읽어 보면 담담하고 소탈한 삶, 무심의 경지를 느낄 수 있습니다.

산중하소유山中何所有
영상다백운嶺上多白雲
지가자이열只可自怡悅
불감지증군不堪持贈君

산중에 무엇이 있는가?
산마루에 떠도는 구름 무더기
다만 홀로 즐거워할 뿐
그대에게 보내 줄 수가 없네

원래 선은 좌선으로써 행동의 근본을 삼지만, 좌선뿐 아니라 일상의 기거동작起居動作마다 삼매의 정신으로 순화하고 통일해야 하는 것입니다.

　그럼 우리는 왜 좌선을 하는 것입니까? 깨달음을 목적으로 하는 것입니까? 앞에서 말씀드린 고사들을 떠올려 보십시오. 유마힐 거사의 말처럼, 남악회양 선사의 가르침처럼 좌선은 깨달음을 위한 것이 아닙니다. 좌선 그 자체가 부처나 조사의 살아 있는 모습, 깨어 있는 모습이기에 하는 것입니다.

　임제 선사의 말씀입니다.

　"그대들은 입버릇처럼 도를 닦아 진리를 깨닫는다고 말하고 있다. 도대체 어떤 진리를 깨닫고 어떤 도를 닦는다고 하는가? 그대들의 지금 행동에 무엇이 모자라 또다시 깁고 보태겠다는 것인가?"

　말에 팔리지 말고 말 뒤에 숨은 뜻을 읽어야 합니다. 임제 선사의 출발점은 본래청정本來淸靜, 즉 사람은 본래 저마다 사기 특성을 지닌 온전한 존재임을 전제한 데에 있습니다. 본래란 소급된 시간이 아니라 '지금 당장'을 의미합니다.

　무사시귀인無事是貴人이라는 말도 있습니다. 일이 없으면 그것이 곧 귀인이라는 뜻입니다. 그러나 일이 없다는 것이 빈둥거린다는 의미는 아닙니다.

임제 선사가 남긴 유명한 말이 또 있습니다. 바로 살불살조殺佛殺祖입니다.

"진정견해眞正見解. 그대가 바른 견해, 즉 걸림 없는 청정한 지혜를 얻고 싶거든 타인으로부터 미혹을 입지 말라. 안으로나 밖으로나 만나는 것은 바로 죽여라. 부처를 만나면 부처를 죽이고, 조사를 만나면 조사를 죽이고, 아라한을 만나면 아라한을 죽이고, 부모를 만나면 부모를 죽이고, 친척 권속을 만나면 친척 권속을 죽여라. 그래야만 그 어떤 것에도 구애받지 않고 자유자재하리라."

선의 세계에서는 평상심平常心을 귀하게 여깁니다. 평상심이 바로 도道입니다. 신보다는 사람을, 신기한 것보다는 평범한 일상을, 성인聖人보다는 무사인無事人을 귀하게 여기는 것도 같은 이유입니다. 일 없는 사람을 귀하게 여기고 한가한 사람을 귀하게 여기는 까닭입니다.

부처나 조사, 전통이나 스승을 최고 가치로 삼게 되면 거기에 얽매이게 됩니다. 임제 선사는 그것을 단호히 거부한 것입니다. 이때 거부한다는 것은 극복한다는 뜻입니다. 스승과 제자의 관계도 새로운 가치 창조를 방해합니다. 진정한 종교인은 종교 그 자체로부터 해방되어야 합니다. 그래야 개인의 창조력이 살아납니다. 선이라는 것은 창조를 충실히 존중하면서 모방을 철저히 배격하였습니다. 그 자리에서 바로 큰 의미를 찾습니다.

서산 대사와 사명 대사의 만남을 떠올려 보십시오. 그들은 첫 만남에서 새를 잡고 물고기를 먹고 바늘을 삼켰습니다. 생각이 존재를 얽어매지 못한 것입니다. 임제 선사가 주장한 무위진인無位眞人이란, 범부도 성인도 중생도 부처도 소용없는 절대 자유의 주체를 말한 것입니다. 곧 자주적인 인간이기를 희망한 것입니다. 이런 의미에서 임제, 그는 가장 종교적인 인간이라고 할 수 있습니다.

초기 인도의 불교가 인간 부정으로부터 출발한 것과 대조적으로 중국의 선은 현실의 인간을 긍정합니다.

다시 임제 선사의 말씀입니다.

"그대들은 잘못 알지 말라. 나는 그대들이 경전이나 주석서를 이해하는 것을 대단하게 여기지 않는다. 그대가 아무리 높은 자리에 있다 해도 대단하게 여기지 않는다. 폭포수와 같은 말재주를 가졌더라도 대단하게 여기지 않는다. 오로지 그대들의 진정한 견해, 곧 깨어 있는 정신만을 대단하게 여길 뿐이다."

설명을 통해 진리를 인식하는 것이 아니라 자기 속에 살아 있는 진리를 자기 눈으로 분명히 확인하라는 말입니다. 밖에서 구하지 말고 안에서 구하라는 뜻입니다. 그러려면 쳐다보지 말고 들여다보아야 합니다. 채우려고 하지 말고 텅 비워야 합니다. 지식과 지혜의 차이를 직시하십시오.

　보조 국사의 법어를 모은 『수심결修心訣』을 보면 마음 닦는 길이 있습니다.

　"윤회의 고통에서 벗어나려면 먼저 부처를 찾으라. 부처란 곧 이 마음인데, 어찌 먼 곳에서 찾으려 하는가? 육신은 허망하여 생멸이 있지만 참마음은 허공과 같아서 끊어지지도 변하지도 않는다. 요즘 사람들은 어리석어서 자기 마음이 참부처인 줄 알지 못하고, 자기 성품이 참법인 줄 알지 못한다. 멀리 지나간 성인들에게서만 법을 구하려 하고, 부처를 찾고자 하면서도 자기 마음은 살피지 않는다. 자기 마음을 알면 끝없는 법문과 한량없는 진리를 저절로 얻게 될 것이다."

　어느 날 혜가가 달마에게 말합니다.

　"스님, 제 마음이 몹시 불안합니다. 제 마음을 편하게 해 주십시오."

　"그래? 그럼 어디 네 마음을 가져오너라. 편하게 해 주마."

　한참을 망설이던 혜가가 다시 말합니다.

　"아무리 찾아보아도 마음을 찾을 수 없습니다."

　"없는 것을 어찌 찾으려 했느냐? 찾는다 하더라도 그것이 어찌

네 마음이겠느냐?"

혜가는 크게 깨닫습니다. 달마는 혜가에게 마음을 편하게 하는 방법을 가르쳐 준 것이 아니라 실제로 마음을 편하게 해 준 것입니다. 이처럼 달마와 혜가의 문답에서도 길을 찾을 수 있습니다. 만약 오늘날 우리가 혜가처럼 물었다면 달마는 분명 같은 답을 주었을 것입니다. 이것이 진정한 선의 기능이요, 정신입니다. 선문답은 지식과 정보의 교환이 아니라 지혜의 계발입니다.

또 다른 이야기도 하나 들려드리지요. 어떤 지방 관리가 고승의 초상을 모신 영각影閣을 들여다보다가 곁에서 안내를 하는 사람에게 물었습니다.

"이분이 누구십니까?"

"이 절에 계시다 입적하신 고승입니다."

그러자 관리가 주변을 이리저리 둘러보며 말했습니다.

"그럼 다른 큰스님은 어디 계신가요? 이 절에 다른 큰스님은 없습니까?"

안내를 하던 이가 무엇이라 대답해야 좋을지 몰라 우물쭈물하는데 임제 선사가 홀연히 나타나서는 그 관리에게 물었습니다.

"그대는 어디 있는고?"

이 말을 들은 관리는 크게 깨닫습니다. 바로 "밖에서 찾지 말라."는 그 깨달음입니다. 질문은 지성知性으로 전개되는데, 답은 지성이 아니라 체험體驗이어야 합니다. 지知를 바탕으로 한 답은 꼬리에 꼬리를 물고 의문을 일으키기 때문에 궁극에 이를 수 없습니다.

질문을 멈추어야 비로소 해답이 나옵니다. 침묵을 지켜야 답이 들리기 시작합니다. 답을 얻으려면 침묵이 필요한 것입니다. 요즘처럼 어지러운 세상, 시끄러운 소음에 묻혀서는 답을 얻기 힘듭니다. 침묵이 드물기 때문입니다. 침묵은 깊은 무게를 지니며, 그 무게 속에 우리가 필요로 하는 답이 담겨 있습니다.

선문답은 상대가 설정한 전제 조건을 거부하고 절대 무전제의 경지로 몰고 갑니다. 그것은 대개 일문일답으로 그칩니다. 그 이상의 설명은 불필요하기 때문이지요.

한 학인이 스승에게 물었습니다.

"무엇이 해탈, 곧 자유입니까?"
"누가 너를 묶어 놓았느냐?"
"어떤 곳이 정토, 곧 청정한 세계입니까?"
"누가 너를 더럽혔느냐?"

이처럼 선은 설명하거나 해석하지 않습니다. 논리적인 전개를 거부합니다. 그뿐만 아니라 자기에게서 나온 의문에 대한 답은 자기 자신 안에서 찾으라고 합니다.

답은 이미 질문 속에 있습니다. 자기를 잊어버릴 때 모든 것은 비로소 진정한 자기가 됩니다. 사람은 언제 어디서건 부분인 자기가 아니라 전체인 자기 안에서 살 수 있어야 합니다.

꽃은 묵묵히 피고 묵묵히 집니다. 다시 가지로 돌아가지 않습니다. 그때 그곳에 모든 것을 내맡깁니다. 그것은 한 송이 꽃의 소리요, 한 가지 꽃의 모습. 영원히 시들지 않는 생명의 기쁨이 후회 없이 거기서 빛나고 있습니다.

1987년
부산가톨릭센터

행복의 척도를 소유에 두지 마십시오.

불필요한 것으로부터 얼마나

자유로워질 것인지를 고민하십시오.

인간을 벗어나 자연으로 살아가라

좋은 시절입니다. 이런 자리에서 여러분을 뵙게 된 지금의 이 시절, 고마운 일입니다. 이에 먼저 감사 인사를 드립니다.

아시는지 모르겠습니다만, 저는 요즘 강원도에서 삽니다. 강원도, 참 좋지요. 우리 국토 가운데서 가장 오염되지 않은 곳이라고 생각합니다. 강원도는 농경지가 적기는 하지만 많은 곳이 산악 지대여서 참으로 청정한 곳입니다.

제가 기회 있을 때마다 얘기합니다. 강원도를 도민들이 아껴야 한다고 말이지요. 아낀다는 것은 무엇인가요? 사랑하는 일입니다. 여러분이 지키지 않으면 이 청정함이 오염될 수밖에 없습니다. 이것은 비단 강원도만의 문제는 아닙니다. 우리 국토 전체에 관한 일입니다. 우리가 우리 땅을 아끼고 지킨다는 차원에서 우리가 짊어져야 할 책임입니다.

요즘 흉악 범죄가 판을 치고 있습니다. 이런 세태를 보면 몹시 우울하고 착잡해집니다. 제 자신을 돌아보게 되고, 인간이란 존재에 대해 생각하게 됩니다. '도대체 인간이란 무엇인가? 인간이 짐승보다 나을 게 뭐가 있는가? 삶의 가치를 어디다 두고 살아야 할 것인가?' 여러 의문이 떠올랐다가 다시 깊어집니다. 일찍이 이 세상을 살다 간 우리 선조들은 작금의 우리를 보고 무슨 생각을 할까요? 아무 거리낌 없이 우리를 당신들의 후손이라고 여길까요? 이런 생각과 물음을 스스로에게 던지곤 합니다.

흔히 '짐승만도 못하다.' 이런 이야기를 하곤 합니다. 그런데 짐승의 입장에서 생각해 보세요. 억울한 소리 아닙니까? 짐승 입장에서는 "나는 아무 잘못도 하지 않았는데 왜 나보다 못하다고 하는가?" 이렇게 반문할 수 있습니다. 물론 이것은 수사적인 표현이기는 합니다. 무엇과 비교할 수 없을 만큼 인간이 극악하게 타락해 있다는 것을 의미하는 것일 뿐입니다.

아마 많은 분들은 요즘 세태가 '나와는 상관없는 일'이라고 생각하실 테지요. 그 생각처럼 극악한 인간은 일부분입니다. 그런데 그렇게 나와는 상관이 없다고 안심해도 될까요? 거대한 우주의 섭리를 앞에 두고 생각해 보면, 인간은 모두 별개의 존재이면서 또한 족속입니다. 이렇게 어울려 살고 있는 한, 누구 한 개인의 일탈이 아니라 각각의 개인이 책임을 져야 하는 것입니다. 어떤 한 개인의 잘못은 인간 전체의 잘못이라고 할 수 있습니다. 어쩌면 이것이 '인간이라는 존재는 무엇인가?' 하는 의문에 대한 답이라고 할 수 있습니다.

일찍이 흙을 가까이하고 살던 농경 사회에서는 도저히 상상조차 할 수 없던 일들이 벌어지고 있습니다. 아까 제가 국토를 아끼고 사랑하는 것이 우리의 책임이라고 말씀드렸지요? 흙과 더불어 살고 계신 여러분, 청정 지역에 살고 계신 여러분께 이 말씀을 드리게 된 것은 어쩌면 이런 깊은 인연의 골이 이어져 이루어진 일인지도 모릅니다.

미국의 철학자 마르쿠제는 우리가 살고 있는 이 시대를 '풍요로운 감옥'에 비유하고 있습니다. 이 감옥에는 텔레비전 수상기와 오디오가 놓여 있습니다. 냉장고와 세탁기도 갖추어져 있습니다. 그런데 정작 거기에 살고 있는 우리는 자신이 감옥 안에 있다는 사실조차 모르고 있습니다. 이런 감옥에서 벗어나려면 어떻게 해야 하겠습니까? 답은 간단합니다. '어떤 것이 진정한 인간이고, 사람은 무엇을 위해 살아야 하며, 또 어떻게 살아야 할 것인가?' 이런 근원적인 물음 앞에 마주 서야 합니다.

우리 앞에는 항상 평탄한 길만 놓여 있는 것이 아닙니다. 오르막길과 내리막길이 있습니다. 우리는 이 중에서 반드시 하나를 선택해야 합니다. 오르막길을 오르는 것은 힘이 들고 어렵습니다. 그러나 그 길은 인간의 길이고 정상에 이르는 길입니다. 내리막길은 쉽고 편하지만 그 길은 짐승의 길이고 구렁으로 떨어지는 길입니다.

순간의 선택이 십 년을 좌우한다는 광고 문구가 있었지요. 그런데 우리의 선택은 십 년이 아니라 평생을 좌우합니다. 한순간의 선택이 그렇기 때문에 선택의 기로에 놓여 있을 때 눈앞의 일에만 팔리지 말고 지금 내가 하고 있는 이 선택이 어떤 의미가 있는지 곰곰이 헤아려야 합니다.

처음부터 살인자로 태어나지는 않습니다. 순간의 선택이에요. 자기가 지금 하고 있는 일이, 하고자 하는 일이 자기 생애의 전 과정에서 어떤 의미를 차지하고 있는지를 조금이라도 생각하고 헤아린다면 인간으로서 끔찍한 일을 저지를 수 없는 것입니다. 요즘 우리 사회의 병리病理를 한마디로 진단한다면, 자기 자신밖에 모르는 이기적인 탐욕과, 남을 미워하는 증오와, 전체를 망각한 무지에 있습니다.

탐욕과 증오와 무지는 그 자체가 독성을 지니고 있어서 주위에 해악을 끼칩니다. 하지만 이 세 가지 독성은 우리의 의지와 노력으로 얼마든지 극복할 수 있습니다. 탐욕은 베풀고 나누는 일을 통해서 극복할 수 있고, 증오는 넓은 사랑으로 극복할 수 있습니다. 그리고 무지는 차디찬 지식이 아닌 따뜻하고 밝은 지혜로 극복할 수 있습니다. 아무리 이 세상이 암담하다 하더라도 우리는 좌절할 이유가 없습니다. 바로 이런 극복의 길이 있기 때문입니다.

세상이 왜 이 모양이냐고 한탄만 할 게 아니라 이것이 우리 시대에, 우리가 받은 삶의 과제라고 생각한다면 그걸 극복할 수 있는 지혜와 용기도 동시에 개발할 수 있어야 합니다. 사람은 무엇보다도 사람답게, 떳떳하게 살 수 있어야 합니다. 사람이 사람답게 살기 위해서는 무엇보다 자기 자신에 대한 각성이 전제되어야 합니다. 자기 자신에 대한 각성은 결국 존재에 대한 각성이 필요하다는 뜻입니다. 각성이 앞선 후에야 비로소 마음이 열립니다.

그런데 지금 우리 마음은 겹겹으로 덮여 있지 않습니까? "내 마음 나도 모르게." 이런 노래 가사도 있지만, 자기 마음 자기가 모르면 누가 알아요? 마음이 켜로 덮여 있기 때문에 그렇습니다. 자기 각성이 부족해서 그래요. 마음이 열리지 않으면 세상을 내가 받아들일 수가 없습니다. 그래서 세상과 내가 하나를 이룰 수 없는 겁니다. 각성을 해야만 비로소 마음이 열리는 거예요. 또한 마음이 열려야만 평온과 안정을 이룰 수 있고, 세상과 내가 하나를 이룰 수 있습니다.

세상과 내가 하나를 이루려면 어떻게 해야 할까요? "나는 누구인가?" 스스로 물으세요. 자신의 안에 들어 있는 얼굴이 온전히 드러날 때까지 묻고 또 물어야 합니다. 건성으로 묻지 말고 목소리 속의 목소리가 귓속의 귀에 닿을 때까지 간절하게 물으세요. 해답은 그 물음 속에 들어 있습니다. 묻지 않고는 해답을 이끌어 낼 수 없어요. "나는 누구인가?" 거듭거듭 물으세요.

그렇게 하여 변하는 것입니다. 이 세상에 변하지 않는 것은 없습니다. 흔히 '무사하다'라는 말을 하지 않습니까? 무사하다는 것은 속세의 의미로는 아무 일이 없다는 뜻입니다만, 불가에서는 '덧없다' 이런 의미로도 씁니다.

무엇이 덧없습니까? 거죽이 덧없는 것입니다. 젊어서 생생한 피부도 언젠가는 늙어 쭈글쭈글해집니다. 튼튼하던 몸도 차츰 약해집니다. 반드시 변한다는 소리예요. 세상 그 무엇도 영원하지 않고, 항상 같지 않습니다. 모든 것은 세월의 풍상에 삭아서 시들고 허물어져 갑니다. 그게 우주의 실상이고 근본 원리입니다. 그래서 서글프다고요? 아닙니다. 그래서 편안한 것입니다.

만약 이 세상이 잔뜩 굳어 있어서 변함이 없다면 어떻게 될까요? 숨 막혀요. 변하기 때문에 병든 사람이 건강을 되찾을 수도 있는 것이고, 가난한 사람이 부자가 될 수도 있는 것이고, 오만한 사람이 겸손해질 수도 있는 것입니다. 변화가 있어야 어두운 면이 밝아질 수 있습니다.

　문제는 어떻게 변하느냐에 달려 있는 거예요. 거죽은 늘 변하지만 중심은 늘 한결같습니다. 거죽에 살지 않고 중심에 사는 사람은 어떤 세월 속에서도 시들거나 허물어지지 않습니다. "나는 누구인가?" 이 원초적인 물음을 통해서 늘 중심에 살면서 자기 자신에 대한 각성을 촉구해야 합니다.

　변화를 이끄는 힘이 하나 더 있습니다. 그건 바로 나눔입니다. 나눠 가질 줄 알아야 돼요. 원천적으로 내 것이란 없습니다. 흔히 하는 말로 공수래공수거空手來空手去입니다. 우리가 이 세상에 태어날 때 가지고 나온 거 없지 않습니까? 살 만큼 살다가 이 세상을 하직할 때 가지고 갈 수 있는 것은 아무것도 없습니다. 이 세상에 내 것이란 없기 때문입니다. 간혹 부모를 잘 만난 덕으로, 혹은 사회의 도움을 받은 덕으로 잠시 무엇인가를 가지고 있기도 합니다. 하지만 그건 내가 잠시 관리하고 있는 것일 뿐입니다. 끝내는 모두 내려놓아야 합니다. 그게 우주의 질서입니다.

　나눈다고 하면 많은 사람들이 단순히 물질적인 것만 생각해요. 아닙니다. 우선 마음을 나누어야 해요. 물질은 마음의 그림자이기 때문에 마음이 움직이면 같이 움직이게 됩니다. 그래서 마음이 열려 있어야 한다는 것입니다. 마음이 겹겹으로 닫혀 있으면 나눌 수가 없습니다. 나눔으로써 바람직한 인간관계가 형성돼요. 관계는 서로 주고받는 것에서 이루어집니다. 그 관계가 또한 우리 자신을 만들어 갑니다. 마음을 여는 일은 나누는 일이고, 나누기 위해서는 마음이 열려 있어야 합니다. 모든 것은 다 그렇게 순환 고리처럼 돌고 도는 것입니다.

좋은 관계는 우리를 즐겁게 만들고, 좋지 않은 관계는 우리를 어지럽게 만듭니다. 기쁨을 나누어 가지면 그 기쁨은 몇 배로 늘어납니다. 반면에 슬픈 일을 겪거나 고통이 있을 때 그 슬픔과 고통을 나누면 원래보다 줄어듭니다. 나누는 일에는 이와 같은 미묘한 울림이 따릅니다.

이 세상은 개인이 자신의 세계를 지니고 살면서, 또 저마다 자기 그림자를 이끌면서 이루어집니다. 그런 사람들끼리 모이고 어울려서 공동체를 이루고 있어요. 어떤 사회든 공동체의 질서는 개인의 삶과 직접적으로 밀착되어 있습니다. 개인의 삶 못지않게 공동의 질서를 존중할 줄 알아야 해요.

요즘 기초 질서니 사범 단속이니 하는 말들이 떠돌고 있습니다. 이런 낯설고 생소한 말들이 왜 튀어나온 것입니까? 나는 단속이란 말을 좋아하지 않습니다만, 그 말이 나온 배경에 대해서는 말해 두어야겠습니다.

단속을 한다는 것은 무엇인가가 지켜지지 않고 있다는 뜻입니다. 그 무엇은 바로 기초 질서겠지요. 그렇다면 기초 질서란 무엇입니까? 인간이 기본적으로 지녀야 할 공동체의 윤리라는 뜻입니다. 윤리라는 말도 과합니다. 함께 어울려 사는 사회에서 그 구성원이라면 마땅히 지켜야 할 도리입니다. 그런데 길에다 함부로 담배꽁초를 버리고 침을 뱉습니다. 이 간단한 것을 지키지 않기 때문에 기초 질서니, 사범 단속이니 하는 불편한 말들이 나오는 것입니다.

언제부터인가 우리는 이기적으로 변모하였습니다. 아파트 같은 폐쇄된 형태에 들어가 창 하나 닫아 버리면 타인과 단절되는 세상, 내 차를 가지고 이동하면서 타인과 소통하지 않는 세상입니다. 그러면서 우리는 이기적인 인간이 되어 가고 있습니다. 이게 우리 시대의 얼굴이에요. 부끄러운 얼굴입니다. 얼굴이란 무엇입니까? 학자들은 어떻게 해석할지 모르지만 나는 얼의 꼴이라고 생각합니다. 얼, 바로 정신이지요. 즉 얼굴은 정신의 모양입니다. 우리 내면의 정신세계가 바로 얼굴 아닙니까? 우리 시대의 얼굴이라는 게 바로 그런 의미예요. 쓰레기를 함부로 버리면 내 얼굴에 쓰레기를 쏟아붓는 것이나 마찬가지입니다.

내가 고치지 않으면 아무도 고치지 않습니다. 내가 지키지 않으면 아무도 지키지 않습니다. 그렇게 우리는 연결되어 있습니다. 이웃은 타인이 아닙니다. 이웃은 나의 또 다른 몸입니다. 우리는 서로 영향을 주고받으면서 인간이 되어 갑니다. 엄마 배 속에서 나왔다고 해서 인간이 되는 것이 아닙니다. 관계 속에서 인간이 되어 가는 것입니다. 나누어 가짐으로써 내 인간의 영역이 그만큼 확산되는 거예요.

거듭 말씀드립니다만, 나눔은 꼭 물질만으로 하는 것이 아닙니다. 덕으로써 나누는 것입니다. 덕은 반드시 이웃을 거느립니다. 눈앞의 이해관계에 아등바등하지 말아야 합니다. 내가 공들여 뿌려서 거두는 것이 덕입니다. 이게 바로 우주를 관통하는 거대한 질서입니다. 이런 질서에 뛰어들 수 있어야 합니다.

제가 전에 겪은 일인데, 저는 뭐 다른 일도 그렇지만 농사일도 서툴러요. 조그만 채마밭이 있어서 이것저것 심었는데 밖에 나들이 갔다 돌아왔더니, 이른 봄에 뿌려서 그런지 자라는 게 시원치 않아요. 그래도 그중에 고추하고 케일하고 해바라기는 아주 건강하게 자라 있어요. 고추는 처음 장에서 모종을 사다가 심었는데 갑자기 냉해에 얼어 버렸습니다. 그쪽 높은 지대는 해발 한 팔백 미터쯤 되니까 그럴 수밖에 없겠다 싶었지요. 그래서 다시 사다 심었어요. 그 옆에는 묵은 밭이 하나 있는데, 거기에는 내가 암스테르담에 갔을 때 구해 온 해바라기씨를 잔뜩 뿌려 놨어요. 해바라기가 잔뜩 피어 있으면 볼만하겠다 싶었지요.

그런데 며칠 전에 고추를 따면서 문득 느낀 거예요. 내가 고추를 돌보았던가? 내가 한 것은 단지 모종을 두 번 심었고, 풀 조금

맸고, 지난여름 가물었을 때 장에서 호스를 사다가 물 준 일밖에 없어요. 어떻게 보면 방치해 둔 것이나 마찬가지인데, 며칠 전에 가 보니 고추가 그렇게 많이 열려 있었습니다. 한 자루 정도 땄으니까 양이 꽤 되지요. 제가 참 고추 대하기가 부끄러웠어요. '돌보지도 않고 그냥 두었을 뿐인데 이렇게 많은 열매를 주는구나.' 이런 생각에 말이지요.

그게 덕입니다. 또 생명의 신비예요. 농경 사회에서는 농사를 짓고 수확하는 것이 일상이었기 때문에 자연의 질서와 도리를 바로 내 삶의 원리로 받아들였습니다. 그런데 지금은 시장에 가서 편리하게 사다 먹으니까 생명의 신비와도, 자연의 리듬과도 자꾸 멀어져요. 사람이 사람답게 살기 위해서는 작은 것과 적은 것에 만족할 줄 알아야 합니다. 작다고 해서 또 적다고 해서 불평하면 안 됩니다. 세상 모든 것이 다 귀하고 소중하고 아름답고 고마운 것입니다.

그런데 우리는 크고 많은 것만 추구해요. 늘 목마른 상태에 빠져 있습니다. 물건은 우리가 그것을 소유하는 이상으로 우리 자신을 소유합니다. 내가 무엇인가를 가지면 그 물건으로부터도 내 자신이 가짐을 당하는 거예요. 물건에 집착하게 되면 그것이 인간 존재보다 훨씬 중요한 것이 돼 버려요.

일전에 메모를 정리하다가 문득 고등학교 시절이 떠올랐습니다. 그때 문화사 시간에 조지 웰스가 쓴 책에 대해 선생님한테 들었단 말이에요. 친척 집에 갔더니 마침 그 책이 있어요. 그때부터 그걸 가지고 싶어서 친척한테 팔라고 졸랐는데, 그 녀석이 자기는 읽지도 않으면서 절대 안 팔겠대요. 그날부터 잠이 안 와요. 그것이 눈앞에 아른아른해서 잠이 안 오는 거예요. 그래서 결국 헌책방에 가서 같은 책을 샀는데 한 절반 읽다가 말았어요.

소유라는 것은 그런 것입니다. 정작 가지게 되면 아무것도 아닌 것이 됩니다. 아마 여러분도 경험해 보셨을 겁니다. 정말 갖고 싶었는데 막상 그걸 가지고 나면 흥미를 잃어버리고 또 다른 물건에 집착하게 됩니다.

소유에는 혼이 깃들지 않습니다. 필요에 따라 살되 욕망에 따라 살지 말아야 합니다. 필요와 욕망의 차이를 분명히 가려볼 수 있어야 합니다. 필요는 생활의 기본적인 조건이니 이것마저 추구하지 말라고 할 수는 없습니다.

하지만 욕망은 자기 분수 이상의 바람, 자기 분수 이상의 욕구예요. 따라서 어떤 물건을 가지려고 할 때 이것이 필요인지 욕망인지 스스로 물어야 돼요. 행복의 척도를 소유에 두지 마십시오. 불필요한 것으로부터 얼마나 자유로워질 것인지를 고민하십시오. 욕망하지 않으면 가질 필요가 없고, 가지지 않으면 홀가분해집니다. 그 홀가분함에 행복이 있는 것입니다. 그 단순함과 간소함 속에서 기쁨과 순수성을 잃지 않는 사람이야말로 진정한 삶을 살 줄 아는 사람입니다.

내가 잘 아는 스님이 있습니다. 그분 방에는 아무것도 없어요. 방석 하나, 죽비 하나 달랑 있습니다. 그런데 볼 때마다 얼마나 넉넉해지는지 몰라요. 그 방을 거쳐서 나오기만 해도 내 안에서 무슨 향기로운 바람이 일 것 같아요.

맑은 가난이라든가 청빈이라는 말을 요즘은 거의 들어 볼 수 없습니다만, 맑은 가난이나 청빈은 인간의 고귀한 덕입니다. 옛날 우리 선비 정신이에요. 이런 기풍이 점점 사라져 가고 있는 듯해서 안타깝습니다.

작금은 소비와 포식이 만연해 있습니다. 우리가 얼마나 많은 것들을 사들입니까? 뭐 바겐세일이다 하면 필요한 것인지 아닌지 생각지도 않고 눈에 헤드라이트를 켜서, 쌍심지 정도로는 안 되니까, 그냥 헤드라이트를 켜서는 쓸어 담으려고 하잖아요. 먹기는 또 얼마나 먹어요. 국내에서 난 걸로는 모자라서 중국 도라지며 고사리며 온갖 거 다 들여와 먹잖아요. 과잉 소비와 지나친 포식이 사회와 인간을 병들게 하고 우리 생활 환경마저 파괴해요.

또 우리나라는 아마 지구상에서 음식 인심이 제일 후할 거예요. 어디 식당에 가서 "깍두기 맛있네요." 그러면 한 사발씩 담아 주잖아요. 그런데 버리기는 또 얼마나 많이 버려요. 먹지 않고 버리는 음식물이 얼마나 많습니까? 이건 우리가 스스로 우리의 복을 감하는 거예요.

흔히 소비자라는 말을 쓰지요. 그런데 가만 생각해 보세요. 소비자라는 말을 다르게 생각하면 쓰레기를 만들어 내는 사람이라는 뜻이나 마찬가지입니다. 쓰레기를 만들어 내는 존재라는 거예요. 또 생태계 관점에서 소비자라는 말을 보면 독립적이지 못하고 다른 생물체에서 영양분을 얻는 생물체라는 뜻이에요. 이 얼마나 모욕적이에요? 작고 적은 것에 감사할 줄 알아야 소비라는 말에서 벗어날 수 있습니다.

무소유란 아무것도 갖지 않는다는 뜻이 아닙니다. 무소유는 아무것도 갖지 않는 것이 아니라 불필요한 것을 갖지 않는 것입니다. 무소유의 의미를 음미할 때 우리는 홀가분한 삶을 살아갈 수 있습니다. 우리가 선택한 맑은 가난은 혼탁한 부보다 훨씬 값지고 고귀한 것입니다. 이를 이루기 위해서는 지혜로운 삶을 선택해야 합니다. 자연의 도리를 삶의 원리로 삼아야 합니다. 자연의 질서를 우리가 삶을 살아가는 원리로 삼아야 돼요. 우리 자신이 자연의 일부 아닙니까? 따라서 자연의 질서를 거스르는 것이 얼마나 무서운 죄악인지 깨달아야 합니다.

가끔 차를 타고 지나가다가, 골프장 짓는다고 산을 크게 허물고 있는 것을 보면 내 팔이, 내 몸 한 부분이 잘리는 것처럼 아픕니다. 자연의 신음 소리가 그대로 들려와요. 고작 몇 사람이 즐기겠다고 자연을 그렇게 허물고 망가뜨리는 게 과연 옳은 일이에요? 우리 자신이 자연의 일부라는 사실을 망각한 처사입니다. 우리 몸을 스스로 자르고 있는 거예요.

자연이라는 생태계에 속한 인간은 자연의 순환에서 벗어날 수 없습니다. 우리 인간의 행위가 자연계에 직접적인 영향을 미치게 되고 그 행위의 결과는 반드시 우리에게 되돌아옵니다. 보십시오. 폐수, 공기 오염, 농약에 찌든 음식 등 환경 문제가 어제오늘의 일이 아닙니다. 이건 인과 관계예요. 우리가 잘못 뿌린 씨가 잘못된 열매가 되어 우리에게 오는 겁니다. 과거의 누가 자연을 이렇게 더럽혔습니까? 누가 그렇게 허물었습니까? 지금 우리 시대에 와서 우리 손으로 그렇게 더럽히고 허무는 거 아닙니까? 그래서 우리도 그런 대접밖에 못 받는 거예요.

오늘날 문명은 자연이 준 이자에 만족하지 못하고 자연이 축적해 놓은 자본까지 갉아먹고 있는 실정입니다. 비정한 현실이에요. 대량 생산과 대량 소비로 이루어진 산업 구조가 문제입니다. 자원은 한정되어 있는데 언제까지고 대량으로 생산을 하고 대량으로 소비를 할 수 있습니까? 이것은 미국처럼 자원이 풍부한 나라에서 이루어진 산업 구조인데, 자원이 빈약한 우리가 그대로 따라 하는 것은 잘못입니다.

농경 사회에는 쓰레기가 없었습니다. 땅에서 나온 것은 다시 땅으로 돌려보내 비료로 썼어요. 그런데 산업 사회에 와서 화학 제품과 공업 제품이 땅과 지하수를 더럽히고 있습니다. 이건 땅에 들어가서 썩지 않아요. 우리가 인간다운 삶을 유지하려면 생활용품을 적게 사용하면서 간소하게 살아야 돼요. 누구나 알 수 있는 간단한 답이에요. 우리를 가두고 있는 벽에서 헤어나려면 이 길밖에 없습니다. 단순하고 간소한 삶을 통해서만 나에게 주어진 본질적인 삶을 누릴 수 있고 안팎으로 자유로워질 수 있습니다. 물질적인 소유에 매몰되지 말고 간소하고 균형 있는 삶을 추구해야 합니다.

내가 온 세상을 가지려면 어떻게 해야 합니까? 이것도 가지고 저것도 가지면 될까요? 그러면 마음의 곳간이 부족해집니다. 마음에 이것저것 채워져 있는데 다른 것이 들어갈 자리가 어디에 있습니까? 오히려 아무것도 갖지 않았을 때 온 세상을 다 가질 수 있어요. 이보다 더 큰 부자가 어디에 있습니까? 우리가 물건으로 무엇인가를 가지면 크건 작건 그것은 우리를 노예로 만듭니다. 다시 말해서 소유를 당하는 겁니다.

남이 가진 것과 자기가 가진 것을 비교하지 마세요. 비교는 우리가 가진 것을 소중하게 생각하지 못하게 하고, 불필요한 열등감과 시샘을 낳을 뿐입니다. 저 들판의 꽃도, 저 하늘의 새도 자신을 남과 비교하지 않습니다. 그들은 각자의 특성을 마음껏 드러내며 조화를 이루고 살아갑니다. 꽃은 꽃대로 아름답고, 새는 새대로 자유롭습니다. 서로 다르지만, 그 다름이 모여 더 풍요롭고 아름다운 세상을 만듭니다.

우리 인간도 마찬가지입니다. 사람은 저마다 특성이 있고, 각자의 역할과 몫이 있습니다. 한 사람 한 사람은 자신만의 그릇을 가지고 있으며, 그 그릇은 비교의 잣대로 판단할 수 없는 고유한 것입니다. 만약 우리가 다른 사람과 끊임없이 비교하며 살아간다면, 자신의 그릇을 채우기보다는 남의 것을 부러워하며 텅 빈 상태로 남게 될지도 모릅니다.

비교하지 말고 자신의 삶에 충실해 보세요. 자신의 장점을 발견하고, 그것을 키워 나가며 자신답게 사는 것이야말로 진정한 행복으로 가는 길입니다. 누군가가 가진 것을 부러워하기보다는, 내가 가진 것을 감사히 여기고 소중히 여기는 마음이 중요합니다. 우리가 가진 것들은 단지 물질적인 것뿐만 아니라, 우리의 경험과 재능, 인간관계 그리고 삶의 태도까지도 포함합니다.

또한, 비교는 우리의 시야를 좁게 만듭니다. 비교를 멈추면 자신의 장점과 가능성을 볼 수 있게 됩니다. 자신에게 주어진 몫을 충실히 살아가는 사람은 내면의 평화를 얻고, 진정한 가치를 가진 사람으로 존재할 수 있습니다.

인도의 종교가 카비르는 "물속의 물고기가 목말라한다는 말을 듣고 나는 웃는다."라고 했습니다.

물속에서 사는 물고기가 목말라한대요. 그 소리를 듣고 자신은 웃는다고 말합니다. 물속에 있는 물고기가 목말라한다는 것은 앞뒤가 맞지 않는, 불가능한 상황을 나타냅니다. 그렇다면 그가 한 말에 숨은 뜻은 무엇일까요? 그가 남긴 말을 마저 옮겨 봅니다.

"진리는 바로 그대 안에 있다.
그러나 그대 자신은 이것을 알지 못한 채
이 숲에서 저 숲으로 쉴 새 없이 헤매고 있다.
여기 바로 지금 이 자리에 있는 진리를 보라.
그대가 원하는 곳이면 어디든지 가 보라.
이 도시로 저 산속으로.
그러나 그들의 영혼을 찾지 못한다면
세상은 여전히 환상에 지나지 않으리라."

바로 지금 이 자리에 있는 진리를 보라는 것이 그가 전하고자 하는 참뜻입니다. 물속에 있는데 목이 마를 이유가 없는 것입니다. 순간에 집중하고 현재를 경험함으로써 진정한 깨달음을 얻을 수 있습니다. 그 순간의 진리를 받아들이고 그에 맞게 행동하는 것이 중요합니다.

우리는 오늘 아름다운 인연으로 이 자리에 모였습니다. 사람의 본성은 더 말할 것도 없이 본래부터 아름다운 것입니다. 귀하고 소중한 그 덕성의 씨앗을 맑고 향기롭게 꽃피우기를 다짐하십시다. 본래 청정한 우리 마음을 선행과 나눔으로 맑혀서 우리가 몸담고 사는 세상을, 그리고 많은 은혜 속에 의지해 살다가 언젠가는 그 품으로 돌아가 안길 자연을 맑고 향기롭게 가꾸십시다.

1994년 10월 6일
맑고 향기롭게 춘천 모임

사람의 인연이 별것 아니라고

생각하지 마십시오.

수많은 생을 두고 쌓은 인연이라는

사실을 명심해야 합니다.

수많은 생을 두고 쌓은 인연

오월을 가정의 달이라고 합니다. 가정은 사회의 가장 기본적이고 근본적인 기초 단위입니다. 모든 것이 가정으로부터 시작이 됩니다. 어떤 누구라도 그 삶이 가정을 떠나서는 이루어질 수 없습니다. 어떤 가정을 이루느냐에 따라 그 삶이, 그 인생이 달라져요.

한 가정에는 어머니와 아버지가 있습니다. 남편과 아내도 있습니다. 그리고 아들과 딸이 있습니다. 많은 관계 속에서 인연이 이루어졌습니다. 그럼 어떻게 한 가정이 이루어졌을까요? 우연히 아버지하고 어머니하고 만나서 사랑을 하고 자식을 낳아 이루어졌다고 생각하지 마십시오. 우리가 짐작도 할 수 없을 만큼 수많은 생이 쌓이고 쌓여 이루어진 관계입니다. 그만큼 소중한 인연입니다.

지구 인구가 수십억 명이 넘지요. 그 가운데서 어떤 특별함이 있어 부부의 연을, 가족의 연을 이루고 사는 것입니다. 그 많은 사람들 중에서 단 한 사람을 보았고 그렇게 하여 짝이 된 거예요. 얼마나 아슬아슬하고 신비로운 비밀입니까? 그 많은 사람 중에서 한 사람을 만나 가족을 이루었다는 것을 무심하게 볼 일이 아닙니다. 사람의 인연이 별것 아니라고 생각하지 마십시오. 수많은 생을 두고 쌓은 인연이라는 사실을 명심해야 합니다. 저마다 자기 가정에서 자기 인생을 꽃피우라는 그런 의미에서 만난 겁니다.

많은 인간적인 문제의 근원은 가족 관계에 있습니다. 가족 간에 사이가 원만하면 집안이 늘 환하게 빛이 납니다. 반대로 가족 간에 사이가 좋지 않고 삐걱거리면 늘 어둡고 우울합니다. 또 그것이 가족 얼굴에 드러나요. 얼굴을 보면 그 집안이 어떤지 알 수 있습니다. 가정은 우리가 살고 있는 삶의 근본적인 터전이고 기본적인 단위이기 때문에 그 영향을 고스란히 받는 것입니다.

집안이 화목하면 만사가 잘 풀려요. 가화만사성家和萬事成이란 말이 있지 않습니까? 그런데 집안이 화목하지 못하면 사사건건 꼬입니다. 어떤 사람은 집에 등나무를 심지 않는다고 해요. 왜 그럴까요? 등나무는 배배 꼬이면서 자라잖아요. 그래서 집안이 꼬일지도 모른다고 등나무를 심지 않는다고 합니다. 그런데 가족 관계는 등나무와는 아무 관련이 없습니다. 문제는 나무가 아니라 마음입니다. 집안이 화목하면 등나무를 숲이 되게 심어 놓아도 꼬일 것이 없어요.

요즘은 모두가 바쁩니다. 아버지는 아버지대로, 어머니는 어머니대로 바빠요. 아이들도 마찬가지입니다. 학교 다녀오면 학원 가느라 정신없어요. 가족이 모여 앉아 오손도손 이야기 나눌 기회가 없어요. 옛날 농경 사회 때는 한 울타리 안이나 한 논밭에서 같이 일을 했기 때문에 대화를 나눌 기회가 많았습니다. 가족 간에 다툼이나 갈등이 생겨도 그렇게 일을 하면서, 이야기를 나누면서 해소할 수 있었어요. 그런데 산업 사회에 접어들어 세상이 점차 도시화되면서 삶의 터전이 뿔뿔이 흩어졌습니다. 대화가 단절되고 만 것입니다.

한집에 살면서도 공동체 의식이 소멸되어 가고 있습니다. 이해와 사랑으로 이루어진 공동체 의식이 소멸되면 삭막한 관계만 남게 돼요. 그런 집안은 혼이 나가 버린 육신과 같습니다. 이해와 사랑으로 이루어진 따스한 가정에서 자란 아이들은 비행을 저지르거나 탈선할 위험이 적습니다.

그런데 집안이 무겁고 우울하면 마음을 붙이지 못해 밖으로 나돌면서 어긋나가게 되는 거예요.

가정이란 어떤 곳입니까? 우리가 언제든지 갈 수 있는 곳, 가서 마음 편히 쉴 수 있는 곳입니다. 밤이나 낮이나 아무 부담 없이 갈 수 있는 곳이에요. 또 그런 곳이어야 합니다. 우리가 늦으면 기다려 주는 곳이에요. 또 우리가 아프면 걱정해 주는 곳입니다. 그곳이 가정입니다. 거절당할까 봐 두려워할 필요가 없는 곳이 가정이에요. 어느 때고 불쑥 드나들 수 있는 마음 편한 곳입니다. 그런데 이와 같은 보금자리가 해체되어 가고 있습니다.

그 중요한 원인은 도시화와 산업화입니다. 여기에 매몰되어 가족 구성원 간에 대화가 사라지고 있습니다. 대화가 단절되고 있어요. 부모 자식 간이든 부부간이든 대화다운 대화가 없습니다. 묻는 말에나 대답하고, 일방적으로 명령하고, 또 뭘 해 달라고 요구나 하지, 마음을 활짝 열어 놓고 자기 내면을 드러내어 오손도손 이야기를 나누는 시간이 사라져 가고 있습니다.

오늘 어머니들이 많이 오셨습니다. 우리 어머니들, 관공서 서류를 적을 때나 여권을 발급받을 때 직업란에 뭐라고 기록하시나요? 직장에 다니지 않으면 주부라고 적지요. 그런데 이렇게 적으려고 하면 슬그머니 화가 난대요. 왜 그럴까요? 가족을 위해 모든 걸 희생하며 열심히 살아왔는데 자신을 설명하는 말이 고작 주부라니 정체성이 약한 것 같기 때문이겠지요. 그동안 내가 도대체 뭘 했는가 싶기도 할 테고요. 하지만 그렇지 않습니다. 주부主婦의 주主

는 주인이라는 뜻입니다. 자신을 설명하는 말로 써도 전혀 부끄럽지 않은 것입니다. 이보다 더 숭고한 직업이 또 어디에 있습니까.

우리가 어머니를 거치지 않고 어떻게 이 세상에 나옵니까? 어머니는 생명의 시작이자 완성이에요. 마치 대지와 같은 거예요. 대지에서 모든 생명이 탄생합니다. 어머니처럼 위대한 창조주가 없어요. 어머니가 아니면 생명이 잉태될 수 없지 않습니까? 이 한 가지 사실만으로도 어머니들은 긍지를 가져야 됩니다. 어머니는 생명의 뿌리니까요.

아주 오래전인데, 내가 송광사에 있을 때 조카로부터 어머니가 돌아가셨다는 전보가 왔어요. 그걸 받아 들고는 문득 '아, 이제 내 생명의 뿌리가 꺾였구나.' 하는 생각이 들었어요. 모든 어머니들은 생명의 뿌리입니다. 조금 다른 얘기일 수 있지만, 내일모레는 부처님오신날입니다. 여기저기서 부처님 오신다고 떠드는데, 부처님도 어머니가 없으면 어디서 오셨겠어요. 즉 어머니는 세상의 근원입니다.

요즘 한 가정의 중심은 어머니예요. 경제권도 어머니들이 가지고 있고, 자녀 교육 문제도 어머니들이 더 신경을 씁니다. 부계 사회에서 다시 모계 사회로 서서히 환원되고 있어요. 아마 갈수록 이런 현상은 더 두드러질 거예요. 따라서 어머니들은 자긍심을 가져도 됩니다. 또 그만큼 책임감을 느끼고 각성해야 하기도 합니다.

세상이 달라지려면 어머니들 생활 습관부터 달라져야 해요. 과소비 풍조부터 버려야 합니다. 가지고 싶은 것이 있더라도 자제하세요. 될 수 있으면 비우는 연습을 해야 합니다. 홀가분하게 안팎으로 거리낌 없이 그렇게 사는 습관을 들여야 합니다.

어떤 삶을 성공한 인생이라고 할 수 있을까요? 자기 인생에서 성공한 사람은 누구일까요? 돈을 많이 벌고 명예가 드높은 지위에 오른 사람일까요? 물론 그도 성공한 인생입니다. 그러나 보다 본질적인 의미에서 성공한 인생을 꼽으라고 하면 자식들로부터 존경받는 부모가 되는 것입니다. 존경받는 부모가 되려면 자식 농사를 잘 짓고 또 그 열매를 잘 거두어야 합니다. 씨만 뿌려 놓고 그 씨를 잘 돌보지 않는다면 좋은 열매를 거둘 수 없습니다.

좋은 부모가 되려면 또 좋은 부부의 삶을 살아야 합니다. 좋은 부부의 삶은 대화로 이루어집니다. 사랑이 담겨 있는 대화로 이루는 것입니다. 대화는 정情을 표시하는 것입니다. 좋아하는 사이끼리 만나면 서로 얘기를 해요. 그런데 미운 사람들 만나면 입을 다물어 버리잖아요. 말문이란 그런 거예요. 마음을 활짝 열어 그 안에 쌓아 두었던 것을 다 내보내는 것입니다. 그게 사랑이고 우정이죠. 대화를 통해 흩어진 인간관계를 회복해야 합니다. 특히 부부의 연은 나이가 들수록 더 중요합니다.

나이가 든다는 것은 근원적인 문제에 관심을 갖게 된다는 뜻입니다. 관계의 근원은 가족에 있습니다. 아이들이 성장하여 품 안에서 떠나면 결국 두 내외만 남잖아요. '나는 누구인가?', '지금까지 무엇을 위해 살아 왔는가?' 자신의 문제를 바라보기 시작합니다. 바로 근원을 바라보는 것입니다. 근원을 바라보는 방법 중 하나가 진솔한 대화를 나누는 것입니다. 좋은 대화를 나누려면 기본적인 원칙들을 지켜야 합니다.

첫째, 상대방이 말할 수 있는 기회를 줘야 합니다. 대화할 때 가장 중요한 원칙이에요. 상대의 말에도 귀를 기울여야 합니다. 아내나 어린 자식이나 대등한 인격체로서 대해야 합니다. '아유, 마누라가 뭘 안다고.', '저 녀석, 또 말대꾸하네.' 이런 식으로 무시하지 말라는 거예요. 대등한 인격으로 대해야 마음의 문이 열립니다. 일방적인 훈계나 타이름은 대화가 아닙니다. 상대방이 무엇을 원하고 있는지 또 무엇을 바라고 있는지 자유롭게 말할 수 있는 기회를 줘야 합니다.

둘째, 텅 빈 마음을 가져야 합니다. 즉 상대방에 대한 선입견을 버려야 합니다. 선입견이 있으면 대화가 되지 않습니다. 설령 이야기를 나눈다고 해도 소통이 되지 않습니다. 한집안 식구라도 가까이서 지내다 보면 어떤 고정 관념이 생기지 않습니까? 그것에서 벗어나야 합니다. 육신에는 나이가 붙지만 영혼에는 나이가 붙지 않아요. 맑은 영혼에는 맑은 기운이 깃듭니다.

셋째, 대화를 할 때는 상대방의 생각을 바꾸려고 하지 말아야 합니다. 대화는 토론이 아니라 서로 의견을 나누는 겁니다. 상대방을 설득하려는 것은 대화가 아닙니다. 논쟁하지 말아야 합니다. 마음과 느낌을 나눔으로써 오해가 풀리고 이해의 문이 열립니다. 우리는 얼마나 많은 오해 속에서 살고 있습니까? 상대가 아무 저의 없이 말하더라도 '도대체 무슨 생각으로 저리 말하나?' 이렇게 의구심을 품을 때가 있지 않습니까? 그러면 대화가 안 되는 거예요. 대화가 안 되는데 소통이 될 리가 없지요.

대화에는 이기고 지는 일이 있을 수 없어요. 내 마음을 상대방에게 전하고 상대방의 마음을 내가 받아들이는 것, 이것이 대화입니다. 우리는 자신의 마음을 상대방이 받아들일 때 우리 자신을 받아들이는 걸로 생각해요. 또 자신의 마음이 거절당할 때 자기 자신이 거절당한 걸로 생각합니다. 내 자신이 받아들여지는 것 같으면 기분이 좋아지고 창의력이 높아져요. 묵살되거나 거절당하면 주눅이 들고 맙니다. 그러면 창조적인 관계를 만들 수 없습니다. 이와 같이 마음을 통해서 사람 사이가 가까워지기도 하고 멀어지기도 합니다.

또 처지를 바꿔 생각해야 돼요. 자기 입장만 생각하고 자기 위주로 문제를 해결하려고 하면 마찰이 생길 수밖에 없습니다. 서로 어울려 사는 세상이기 때문에 자기 생각만 고집하지 말고 상대방

입장에서 생각해야 합니다. 그러면 새로운 문이 열립니다. 이 문을 통해 우리는 또 다른 세상, 또 다른 생각과 만날 수 있습니다.

대화를 하십시오. 허심탄회하게 열린 마음으로 주고받아야 합니다. 또 칭찬과 격려의 말을 아끼지 마세요. 말 한마디로 천 냥 빚을 갚는다고 하지만, 빚을 갚는 것이 아니라 덕을 쌓는 것입니다. 말의 덕을 쌓으십시오. 그 덕이 수많은 생을 두고 쌓은 우리 인연에 밝은 빛을 줄 것입니다.

1996년 5월 22일
맑고 향기롭게 대구 모임

이웃을 기쁘게 하면

내 자신도 기쁩니다.

이웃을 슬프게 하면

내 자신도 고통스러워집니다.

마음은 메아리이기

때문입니다.

내 가족이 내 이웃이 나의 선지식

이렇게 만나 뵙게 되어 반갑습니다. 제가 금생에 창원은 이번이 처음입니다. 한 십여 년 전에 마산은 다녀온 적이 있습니다. 잘 아는 신부님이 부산에 계시다가 마산으로 옮겨 가셨는데, 나팔을 한번 불어 달라고 해서 성지여고에 가서 얘기를 한 인연이 있지요. 제가 요즘은 저쪽 강원도에 가서 살기 때문에 이쪽에 올 기회를 잡지 못했습니다. 오늘 이렇게 처음 여러분들을 뵙게 된 인연에 먼저 감사를 드립니다.

오늘에야 우리가 이 자리에서 이렇게 만났지만, 사실 만날 수 있도록 한 그 씨앗은 이미 뿌려져 있었습니다. 우리가 이 시대에 같은 언어권에서 태어나 같이 삶을 살아가고 있다는 자체가 하나의 씨앗입니다. 그것이 시절 인연을 만나서 오늘 이렇게 이런 자리를 갖추게 된 것입니다.

지금 여러분과 제가 있는 이 자리는 눈에 보이는 세계입니다. 하지만 이 세상 모든 것은 실체가 드러나기 전에 보이지 않는 모습으로 존재합니다. 다만 우리는 눈에 보이고 귀에 들리고 손에 붙잡히는 것만을 현실인 것으로, 그것만을 전부인 것으로 생각할 뿐입니다. 하지만 이는 본질을 놓치고 있는 것입니다.

지붕을 한번 떠올려 보십시오. 지붕은 그 자체만으로는 존재할 수가 없습니다. 기둥이 떠받쳐 주기 때문에 지붕이 존재할 수 있습니다. 이와 마찬가지로 모든 현상에는 기둥이 되는 세계가 있습니다. 아이가 태어나 말을 배우기까지 많은 과정이 있습니다. 어떤 지식을 쌓기 위해서도 많은 과정을 거쳐야 합니다. 또 많은 교육을 받아야 하지요. 유치원부터 초등학교, 중학교, 고등학교를 가야 합니다. 또 좁은 문을 거쳐 대학에 갑니다. 이렇게 수많은 시간을 들여 여러 지식을 배우고 습득합니다.

얼마 전에 수능 시험이 있었지요. 어머니들, 지난 일 년 동안 홍역을 치르셨습니다. 고생하셨어요. 그런데 그 시험이라는 게 무엇입니까? 십여 년 동안 배운 지식을 그날 하루에 다 평가를 받습니다. 십년공부가 그날 시험을 잘 치고 못 치고 하는 것에 따라 점

114

수로 매겨지고 등수로 매겨집니다. 답안지라는 눈에 보이는 것을 가지고 마치 그 사람 전체를 검증하듯 합니다. 이것이 말이 됩니까? 어떻게 하루에 그 사람을 모두 알 수 있습니까?

대학 입시만이 아닙니다. 모두 다 눈에 보이고 귀에 들리고 손에 붙잡히는 것에 집착합니다. 그것이 전부라고 생각해요. 하지만 그것만이 전부가 아니라는 것을, 그 이면에는 더 깊고 오묘한 세계가 있다는 것을 알아야 합니다. 눈에 보이고 귀에 들리고 손에 잡히는 것, 그것은 한 부분이에요. 그건 일시적인 겁니다. 그것은 모두 순간적인 것이고 잠시 있다가 사라지는 것이에요. 눈에 보이지도 않고 들리지도 않고 손에 잡히지도 않지만 그 밑바탕을 이루는 곳에 정신의 세계가 있습니다. 이것이 영원한 것입니다. 이것이 본질적인 거예요. 이것은 달변이 아니라 침묵으로 이루어진 세계라고 할 수 있습니다. 영성으로 충만한 세계이기도 합니다. 혹은 불교에서 말하는 공空의 세계라고도 할 수 있습니다.

인간관계를 생각해 봅시다. 좋은 친구 사이는 서로 끌어당기는 힘이 있습니다. 같이 있는 시간이 즐겁고 빠르게 흘러갑니다. 하지만 서로 사이가 좋지 않으면 한자리에 같이 있는 것이 거북스러워요. 마주한 시간이 지겹고 더디 흐릅니다. 이 우주에 가득 찬 에너지는 자력과 같아서 같은 극끼리는 서로 밀쳐 내고 다른 극끼리는 서로 끌어당깁니다. 하지만 이때의 같은 것, 다른 것은 정오正誤가 아닙니다. 그저 다른 존재, 다른 실체일 뿐입니다. 친구 사이를 예로 들어 시간 흐름을 말씀드렸습니다만, 시간은 관념적인 것일 뿐입니다. 이 시간의 흐름을 선하게 대하면 우주에 있는 선한 기운이 딸려 옵니다. 악하게 대하면 우주에 있는 파괴적인 요소가 몰려옵니다.

우리의 일상을 이렇게 곰곰이 살펴보세요. 내가 착한 마음, 편안한 마음을 지니게 되면 모든 편안한 요소들이 같이 어울립니다. 그런데 심사가 뒤틀려서 생각이 불안해지면 사사건건 매사가 흔들리게 돼요. 이처럼 모든 것은 마음에 달려 있습니다. 마음으로 느끼는 세계, 어떤 의미에서는 이것이 본질적인 세계입니다. 눈에 보이고 귀에 들리고 손에 잡히는 세계는 하나의 부분이에요. 빙산의 일각과 같은 겁니다. 우리가 늘 생활하고 경험하는 일상을 통해서도 그 깊은 배후의 세계에 관심을 두어야 합니다.

우리 삶이 어떤 삶이 되느냐 하는 것은 우리가 마음을 어떻게 먹느냐, 이 마음을 어떻게 움직이느냐에 달려 있습니다. 내 마음이 천당도 만들고 지옥도 만들어요. 한 생각 불쑥 일어나서 성자가 될 수도 있고, 한 생각 잘못 흘러 도둑이 될 수도 있습니다. 본래부터 성자가 어디에 있습니까? 본래부터 도둑이 어디에 있습니까? 한 생각을 내가 어떻게 먹느냐에 따라 성자가 되기도 하고, 도둑이 되기도 하는 것입니다. 남을 미워하는 생각, 또 남을 해치고자 하는 생각이 쌓이고 쌓이다 보면 그게 나쁜 업력業力이 되어 자기도 모르게 남한테 해를 끼치는 거예요. 마음에서 모든 것이 시작됩니다. 동물은 자연의 목소리인 본능의 지배를 받습니다. 사람은 마음의 목소리인 생각의 지배를 받아요. 한 생각 일으킨다는 것, 그게 중요한 겁니다.

하지만 주의해야 합니다. 우리가 몸으로 하는 동작, 입으로 하는 말, 마음속에서 하는 생각은 모두 업이 됩니다. 흔히 업은 훗날 선악의 결과를 가져오는 원인이 된다고 하지요. 나의 동작과 말과 생각이 짓는 업이 자꾸 쌓이면 그게 업력이 됩니다. 좋은 업, 즉 선업을 쌓으면 좋은 업력이 되고, 나쁜 업, 즉 악업을 쌓으면 나쁜 업력이 됩니다. 선업에는 낙과樂果를 일으키는 힘이 있고, 악업에는 고과苦果를 일으키는 힘이 있습니다. 또 업장業障이라는 말도 있습니다. 동작과 말과 마음으로 지은 악업에 의한 장애를 이르는 말입니다.

업력과 업장은 의지와 노력만으로는 극복하기 어렵습니다. 관성 법칙과 같은 거예요. 생사윤회生死輪廻라고 하지요. 수레바퀴가 끊임없이 구르는 것과 같이, 번뇌와 업에 의하여 삼계육도三界六道의 생사 세계를 돌고 돕니다. 흔히 번뇌를 끊는다, 욕망을 끊는다, 이렇게 말하지만 번뇌와 욕망은 철사를 끊는 것처럼 싹둑 끊을 수 있는 것이 아닙니다. 다만 어떤 질적인 변화를 줄 수는 있습니다.

말하자면 에너지의 전환이에요. 욕심으로 흐르는 에너지, 탐욕으로 흐르는 마음은 베푸는 일로 전환할 수 있습니다. 이웃을 돕고 나누는 마음으로 극복할 수 있습니다. 즉 전환이 되는 것입니다.

또 까닭 없이 화를 내고 남을 미워하는 기운은 연민의 정으로, 또 자비심으로 전환할 수 있습니다. 어리석음으로 흐르는 에너지, 한 치 앞도 못 내다볼 정도로 꽉 막힌 깜깜한 어리석음은 지혜의 힘으로 전환할 수 있습니다. 즉 한 생각을 어떻게 먹느냐에 따라 업이 달라집니다. 앞에서 말한 성자와 도둑의 경우도 그렇죠. 본질적으로는 똑같은 사람인데, 한 사람은 좋은 쪽으로 업을 전환하고, 다른 한 사람은 나쁜 쪽으로 업을 전환한 것입니다.

이런 이야기가 있습니다. 도둑놈이 한 여성의 목걸이를 낚아채 도망치기 시작했어요. 여성이 "강도다!" 하고 소리치니까, 그 도둑이 화를 내면서 "내가 왜 강도냐? 나는 날치기다." 이렇게 항변하더랍니다. 명칭이 아니라 어떤 행위를 한 것인지가 중요한 것인데 본질을 흐리고 있는 것이지요. 또 다른 어떤 도둑은 금은방에서 금붙이를 훔쳐 갔는데, 다음 날 가지고 와서는 "도대체 왜 가짜를 놔뒀느냐? 손님한테 가짜를 팔려고 그랬느냐?" 따지더랍니다. 이 역시도 본질을 잘못 알고 도리어 큰소리를 치고 있는 것입니다. 물론 누군가 재미 삼아 만든 농담이겠습니다만, 우리가 그런 세상에 살고 있는 것은 아닌가, 내가 그런 세상을 만들고 있는 것은 아닌가,

깊이 생각해 볼 필요가 있습니다.

마음을 어떻게 먹느냐에 따라 모든 것이 달라집니다. 생각을 어떻게 하느냐에 따라 많은 것이 달라집니다. '순간순간, 하루하루 어떤 마음으로 어떤 생각으로 살아가야 하는가?' 이것이 중요한 것입니다. 업의 기준에서 보면 순간에 하는 선택이 평생을 좌우합니다. 한 사람의 평생을 넘어 세세손손까지 이어집니다. 내가 한 행위가, 내가 한 말이, 내가 먹은 마음이 나에게 돌아옵니다.

남의 것 훔치면 내 것이 됩니까? 안 됩니다. 업 때문에 그렇습니다. 도둑은 도둑의 업을 면하지 못합니다. 비록 얼굴은 사람의 탈을 쓰고 있지만 속은 야만의 그것입니다. 그건 자기가 만든 것입니다. 순간순간 마음먹은 것이 그렇게 쌓이고 쌓여서 돌이킬 수 없는 지경에 이르는 것입니다. 자기가 그렇게 자기를 만들어 가는 겁니다. 내 마음이 밝고 평온해서 중심이 잡힐 때 세상과의 관계도 밝고 원만해집니다. 내 마음이 평온해서 어떤 갈등도 없이 중심이 잡힐 때 진짜 맑고 향기로워집니다.

그런데 마음이 뒤틀리게 되면 그 뒤틀림이 세상을 어지럽힙니다. 피해를 입힙니다. 이게 마음의 흐름이고, 마음의 메아리입니다. 모두 다 내가 씨를 뿌리는 것입니다. 좋은 일을 하면 선한 열매를 거둘 것이고, 나쁜 일을 하면 악한 열매를 거둘 것입니다. 누가 그렇게 시키는 것이 아니라, 어떤 절대적인 힘이 세상을 주관하는 것이 아니라, 우리 스스로가 뿌려서 거두는 것입니다. 자업자득自業自得입니다. 이런 도리를 몸에 익히면 혼란도 어지러움도 없습니다.

우리나라에 왔던 외국 스님이 있습니다. 송광사에서 한 십여 년 수도하다가 지금은 자기 고국으로 가서 포교 활동을 하고 있습니다. 이 스님이 우리나라에 대한 인상을 말한 적이 있는데, 한국 사람들은 개인적으로만 앞서려고 하지 협동 정신이나 공동체 의식은 부족하다고 하더군요. 그 말을 들으면서 제가 아주 부끄러웠어요. 사실 우리가 개인적인 측면이 있지 않습니까. 남들보다 앞서려고만 하지 공동체 의식은 약한 경향이 있잖아요.

학교 현장만 해도 그렇습니다. 아이들이 경쟁심만 키우고 있어요. 옛날 같으면 노트도 서로 빌려주고 그랬는데, 지금은 친구끼리도 안 빌려준다고 합니다. 경쟁이 너무 치열하니까, 빌려주면 자기가 손해를 입을 것 같으니까, 어떻게든 살아남기 위해서 자기도 모르게 그렇게 변한 것일 테지요. 어디 학교에서 그러라고 가르쳤겠습니까. 하지만 이것이 현재 대한민국 교육의 현실입니다.

직장에서도 마찬가지죠. 서로 밟고 일어서려고 한다는 이야기를 심심찮게 듣습니다. 개인으로서만 앞서려고 하지 동료의식은 찾아보기 힘들기 때문에 벌어지는 일들입니다.

그 스님은 한국인들이 양보나 사양에 서툴다는 이야기도 합니다. 사실 저도 그런 생각을 해 보곤 합니다. 예전에는 서로 양보하고 사양하는 겸양의 덕이 있었는데 지금은 그런 미덕들이 점점 사라지고 있잖아요.

운전을 하시는 분들은 느끼시겠습니다만, 많은 운전자들이 양보를 하지 않습니다. 특히 초보 운전자들은 거칠게 운전하는 차량 때문에 힘이 드실 겁니다. 그것은 우리 일상생활에서 양보라든가 겸양의 미덕 같은 것이 사라지고 있기 때문입니다. 접촉 사고도 서로 이기려 들어서, 양보하지 않아서 생기는 일 아닙니까? 그것은 단지 차량끼리 부딪치는 것이 아니에요. 마음과 마음이 부딪치는 것입니다. 서로 기분이 언짢아지면 그게 업이 됩니다. 그날 하루 내 삶이 그만큼 구겨지는 거예요. 그런데 거기서 한 생각 돌이켜서 조금 뒤로 물러서고 양보하면 내 하루가 밝아져요. 짧은 찰나의 선택이 내 삶을 좌우하는 겁니다.

또 외국인들은 한국 사람들 인상이 차갑다고 말합니다. 따뜻한 눈빛을 보기 어렵대요. 우리가 국민 소득 만 달러다, 선진국 대열에 들었다, 거창하게들 말하지만 인간적인 자질을 보면 아직 멀었다는 생각을 해 봅니다.

사회라는 건 추상적인 개념입니다. 국가라는 것도 추상적인 개념이에요. 존재하는 것은 한 사람, 한 사람의 개인이지 사회가 아닙니다. 세상이 좋아지려면 한 사람, 한 사람의 격이 높아져야 합니다. 그저 세상 탓만 할 게 아닙니다. 정치 탓만 할 게 아니에요.

한 사람, 한 사람이 자기 인생을 어떻게 살고 있느냐, 순간순간 어떤 마음을 가지고 살아가느냐에 따라 세상은 달라지는 겁니다. 세상이 이렇게 각박해지고 메말라 가는 것은 우리들 개개인의 삶 자체가 그렇게 되고 있다는 의미일 수 있습니다.

제가 기회 있을 때마다 얘기합니다. 사회의 기초 단위는 말할 것도 없이 가정이에요. 자신의 가정에 문제가 있다고 생각한다면 부모가 먼저 스스로를 돌아보세요. 아버지, 어머니가 달라지지 않고는 그 가정이 달라지지 않습니다. 자식들이 말을 듣지 않는다고, 말썽을 부린다고 하면 무슨 소용이 있습니까? 왜 아이들 탓을 합니까? 문제는 분명 부모로부터 나옵니다. 문제 가정의 뒤편에는 문제 아버지와 문제 어머니가 있습니다. 아버지의 말씨 하나, 눈빛 하나가 자식들에게 영향을 미친다는 거예요. 어머니의 마음씨 하나, 생각 하나가 자식들 행동을 좌우한다는 거예요.

그래서 같이 업을 쌓는 중생이라고 해서 공업 중생共業衆生이라는 표현을 씁니다. 한 가족은 공업 중생이에요. 또 사회의 구성원들도 비슷한 업을 함께 일으키므로 공업 중생입니다. 그렇기 때문에 한 사람, 한 사람 개개인의 생각이 변화하지 않고는, 품격이 높아지지 않고는 결코 세상이 달라지지 않습니다. 우리 세상이라는 것은, 우리 사회라는 것은 바로 우리 개개인의 정신, 우리 개개인의 품격을 그대로 반영하기 때문입니다.

어떤 사회학자는 "사회의 몰인격화는 농경 사회에서 산업 사회로 전환되는 과정에서 일어나는 부작용이다." 이렇게 간단하게 얘기를 합니다. 일리가 없는 것은 아니지만 정말 고도로 산업화된 사회는 안정되고 정리된 기조가 있습니다. 물론 어떤 사회든 불합리한 점이 있고 부조리한 면도 있지요. 백 퍼센트 완벽한 세상은 어디에도 없습니다. 하지만 어느 정도 중심이 잡힌 사회, 틀이 잡힌 사회는 비리나 부정이 상대적으로 덜합니다. 바로 시민 개개인이 자질을 갖추고 있기 때문입니다. 자질이 문제입니다. 자질이 개선되지 않으면 달라지지 않습니다. 우리가 월드컵을 연다, 뭐 한다 하면서 대외적으로 과시하지만, 중요한 것은 안입니다. 바로 내부입니다. 과연 내부에서 우리 개개인이 국가 위상에 맞는 업을 구체적으로 쌓고 있는가 하는 점이 월드컵을 여는 것보다 더 중요한 것입니다.

집이라든지 자동차라든지 우리 생활 주변에 있는 것은 물건에 지나지 않습니다. 그저 일상의 무대 장치일 뿐입니다. 우리가 소유한 장소나 물건은 물론이고 명예나 지위 같은 것들도 혼이 없는 소도구입니다.

그런데 우리는 허깨비 같은 배경과 장치에 눈을 팔면서 진짜 삶을 잊고 삽니다. 우리 생애에서 가장 중요한 것은 우리가 이웃에 얼마나 따뜻한 마음을 기울였는가, 우리가 한 생애 살다가 인생을 마감하려고 할 때, 도대체 내가 무슨 일을 했는가 하는 것입니다. 사회뿐 아니라 가정도 마찬가지입니다. 아버지로서, 어머니로서, 자식으로서 내가 할 일을 제대로 했는가 돌아보아야 합니다. 따뜻한 마음의 본질이 무엇인지 스스로 물어야 합니다. 나 혼자 사는 세상이 아니기 때문에, 내 가족과 더불어 사는 세상이기 때문에, 많은 이웃과 함께 어울려 사는 세상이기 때문에 그들을 위해 내 마음을 얼마만큼 따뜻하게 기울였는가 물어야 합니다.

알베르 카뮈의 글에 이런 말이 나옵니다.

"우리들 생애의 저녁에 이르면 우리는 이웃을 얼마나 사랑했는지를 놓고 심판받을 것이다."

심판이라는 것은 서구에서 쓰는 용어인데, 이 말을 동양의 표현으로 바꾸면 자문自問하는 것입니다. 즉 생의 마지막에 이르면 묻게 되는 것입니다. '내 인생은 과연 몇 점짜리 인생인가?' 스스로 묻게 되는 것입니다.

감정은 소유의 과정을 거칩니다. 내 감정은 나에게 소유됩니다. 내 감정은 내 안에 귀속되지만 친절과 사랑은 우러납니다. 바깥으로 드러납니다. 내 감정은 내 가슴에 깃들지만, 친절과 사랑은 다른 사람 가슴에 깃듭니다. 우리는 이처럼 사랑과 친절을 통해서 성장을 하는 것입니다.

그런데 말은 공허합니다. 하루에도 수백 번씩 사랑한다고 말하면 무슨 소용이 있습니까. 믿음이 없으니까 말로써 그 믿음을 다지려는 것처럼 느껴지기도 합니다. 그런 사랑은 자신에 집착해서 상대를 소유하려는 것입니다. 하지만 사랑은 소유가 아니라 나와 그 사람 사이에 마주 서는 것입니다. 나를 버리고 관계 사이에 서는 것입니다.

지금부터 하는 말을 비유가 아닌 현실로 인식하시기 바랍니다. 진정한 사랑은 신성한 것입니다. 가슴 부푸는 일입니다. 하지만 많은 경우에 사랑은 덧없이 날아가기도 합니다. 모두 다 그런 것은 아니겠지만 사랑을 소유처럼 여기기도 합니다. 그건 사랑이 아니에요. 서로 얽어매는 것일 뿐입니다. 진짜 사랑은 남자와 여자, 남편과 아내가 대등한 인격체로서 마주 서야 하는 것입니다. 인격과 인격의 관계인 것입니다.

제가 있던 송광사 소재 면사무소에 주민 등록 초본을 떼러 간 적이 있습니다. 그런데 거기 사무소에 이혼 대장이 있더라고요. 직원에게 이혼하는 사례가 많으냐고 물으니 그렇다고 합니다. 혼인 신고를 한 사람이 다음 날 이혼 신고를 하는 경우도 있었다고 합니다.

왜 이런 일이 생기는 것일까요. 자기 소리에 귀를 기울여야 하는데 마음이 바깥에 있기 때문입니다. 사랑은 주고받는 것입니다. 어느 한쪽의 일방통행이 아닙니다. 일방적인 것은 사랑이 아니라 오해입니다. 한 존재의 전체에 도달하지 못하고 자기가 품은 이미지를 가공하는 것입니다. 관계의 근원에 이르지 못하면 사랑이 깨어지기도 합니다. 이것은 또한 소유욕과도 관련이 있습니다. 사랑을 관계가 아니라 소유로 보기 때문입니다.

우리가 물건을 선택하는 기준은 무엇입니까? 냉장고가 됐든 텔레비전이 됐든 무슨 가전제품을 선택하는 기준은 필요 때문이어야 하지 않겠어요? 그런데 옆집에서 신제품을 들여놓았다고 하니까 나도 기를 쓰고 가져야 한다면, 그래야 직성이 풀린다면 그건 욕심일 뿐입니다. 그렇게 해서 가지고 싶은 걸 다 가졌다면 어떨까요? 한번 생각해 보세요. 어떤 결과가 오겠어요? 내 자신이 커다란 쓰레기통으로 전락하는 겁니다. 필요도 없는 것을 욕심 때문에 들여놓는 것은 자신을 쓰레기통으로 만드는 것밖에 되지 않는 것입니다.

내가 다른 곳에서도 자주 하는 말입니다만, 이제는 가난의 덕을 배워야 돼요. 진짜 어떻게 사는 것이 진짜 나답게 사는 것인지 인간답게 사는 것인지 스스로 물어야 돼요. 남이 가졌다고 해서 나도 똑같이 가져야 되는 건 아니잖아요. 이제는 진짜 가난의 덕을 배울 때가 됐습니다. 그것은 주어진 가난이 아니에요. 원망스러운 가난이 아닙니다. 내가 스스로 선택한 가난이에요. 맑은 가난입니다. 뭘 가득가득 채우려고만 하지 마세요. 텅텅 비웠을 때의 그 홀가분함, 그것을 느낄 수 있어야 돼요. 필요한 것을 잔뜩 가졌다고 해서 행복이 오는 건 아닙니다. 불필요한 것으로부터 자유로워졌을 때, 그때 행복이 와요.

그런데 우리는 이것도 필요하다고 하고, 저것도 필요하다고 하면서 자꾸 가지려고만 하잖아요. 아마 이사할 때 다들 경험하신 적이 있을 겁니다. 한때는 필요해서 산 것들이지만 막상 이삿짐을 쌀 때면 도대체 이걸 왜 샀을까, 쓰지도 않고 짐만 되는 걸 왜 들여놓았을까, 후회하지 않습니까? 그건 내 것이 아니기 때문입니다. 다시 강조합니다만, 불필요한 것으로부터 자유로워져야 됩니다.

그러기 위해서는 늘 자기 스스로를, 자기 정신 상태를 살펴야 돼요. 내 마음의 흐름, 내 마음의 움직임을 살펴야 합니다. 우리가 기도를 한다는 건 무엇입니까? 참선을 한다는 것은 무엇입니까? 묵상을 한다는 건 무엇입니까? 바로 자기 자신의 마음 저 깊은 곳에서 우러나오는 소리를 듣는 것입니다. 그 소리를 듣게 되면 어떤 것이 내게 꼭 필요하고 어떤 것이 불필요한지 판단이 섭니다. 그런 소리에 귀를 기울이지 않으니까 충동적이 되고, 광고에 현혹되는 겁니다. 이게 너나 나나 가릴 것 없이 현대인 대부분이 겪는 증상이에요. 현대라는 사회가 앓고 있는 질병입니다.

큰 기업을 이끄는 사업가의 경영 철학을 읽은 적이 있습니다. 경영 철학이라고 하니 무슨 거창한 것 같지만 어렵게 생각할 필요 없습니다. 들어 보면 아주 간단한 이야기입니다. 이 사람은 출근할 때 현관에서 구두를 신으면서 다짐과도 같은, 희망과도 같은 염원을 한다고 합니다.

"오늘 할 일은, 단 한 사람이라도 좋으니 누구든 나에게 마음으로부터 '고맙습니다.' 하고 인사하는 친구를 만드는 일입니다. 그게 내가 이루고자 하는 원顯입니다."

제가 간단한 이야기라고 했습니다만, 또 그만큼 심오한 이야기이기도 합니다. 단 한 사람이라도 자신에게 고맙다고, 마음으로부터 인사를 하고 싶어 하는 그런 친구를 만드는 것은 결코 쉽지 않은 일입니다. 상대의 그런 마음을 이끌어 내기 위해서는 내 마음을 모두 바쳐야 합니다. 그래야 상대의 마음을 움직일 수 있습니다.

어려운 일이지요. 어려운 일이지만 마음만 먹으면 또 얼마든지 할 수 있는 일이기도 합니다. 어렵다고 생각하면 끝이 없습니다. 내가 그런 원을 세워서 하루 일을 시작하면 내 행동 양식이 달라집니다. 하는 생각이 달라지고, 하는 말이 달라집니다. 사업에만 경영 철학이 있는 것이 아닙니다. 인생에도 경영 철학이 있습니다. 거창한 것이 아니라 아주 사소한 인간관계에서 시작이 됩니다. 이 세상을 이루고 있는 것은 결국 관계와 관계의 결합입니다. 잘 산다는 것은 이웃과 좋은 관계를 맺고 있다는 것이고, 잘 살지 못한다는 것은 이웃과 좋은 관계를 맺지 못하고 있다는 말과 같습니다.

어려울 게 없습니다.

　그런데 좋은 관계, 나쁜 관계는 어디서 오는 것인가요? 바깥이 아니라 안에서 오는 것입니다. 내 마음을 어떻게 먹느냐에 따라 좋은 친구를 얻을 수 있습니다. 이 말은 곧 내가 그의 좋은 친구가 되었다는 뜻이기도 합니다. 이웃을 기쁘게 하면 내 자신도 기쁩니다. 이웃을 슬프게 하면 내 자신도 고통스러워집니다. 마음은 메아리이기 때문입니다. 이웃에 따뜻한 마음을 기울이면, 그 이웃을 행복하게 할 뿐 아니라 내 자신의 내적인 평안도 함께 누릴 수 있습니다. 이것은 관념적인 종교의 세계가 아닌 인간의 본성에 관한 것입니다.

　한 스님한테 들은 이야기입니다. 그 스님이 교리를 공부하다가 처음 선방에 갔습니다. 선방에 가면 참선을 하잖아요. 책도 안 보고 그냥 틀어 앉아서 참선만 하는데, 영 참선이 안 되더래요. 화두도 잡아 보려 했지만 잘 안 잡히고 참선도 안 되고 그러더랍니다. 그래서 '나처럼 나약한 사람은 참선할 기질이 아닌가 보다. 괜히 선방에 온 것인가.' 이런 생각까지 했답니다. 그러다가 한 보름쯤 지나니 생각이 달리 들더랍니다. '좋다. 나는 참선을 제대로 하지 못하더라도 나랑 함께 공부하고 있는 스님들이 아무 방해받지 않고 공부 잘 할 수 있기를 기도해야 되겠다.' 이런 마음이 생기더라는 것이지요. 그래서 입선 죽비 딱 하고 치는 소리 들리고 나면 그때부터 '아무개 스님, 이번 철에 아무 장애 없이 공부 잘하셔서 중생의 사표가 되어 주십시오.' 한 사람, 한 사람 얼굴을 떠올리면서 염원을 했대요.

한 사흘을 그렇게 하고 나니까 자기 마음이 그렇게 편안해지고 기쁨이 솟고 화두를 잡을 수 있게 되더래요. 그때부터 자기 공부가 제대로 되더랍니다. 이것은 수도하는 세계에서만 가능한 일이 아닙니다. 일상적인 생활에서도 충분히 가능한 일입니다.

어떤 사람이 좀 얄밉다, 밉상이다, 그런 마음이 들면 오히려 그 사람을 위해서 기도를 하세요. 그 사람은 내 마음을, 내 한 생각을 돌이키게 하는 선지식이니까요. 선지식이라고 하면 무슨 머리로 쌓는 지식이라 생각하는 분들도 있던데, 여기서 말하는 선지식은 바른 도리를 가르치는 사람이라는 뜻입니다. 즉 스승입니다. 선지식이라는 존재가 무슨 야단스러운 것이 아닙니다. 나에게 깨우침을 주면 그가 바로 선지식입니다. 내 남편이, 내 아내가, 내 자식이 나에게 선지식이 될 수 있습니다. 어떤 사람은 어린 딸하고 그렇게 싸웠답니다. 학교에 가면서 인사도 안 하고, 무슨 말을 걸면 퉁명스럽게 말대꾸나 하고, 그래서 잔소리를 하게 되고, 그러면 또 아이는 반항하고, 싸움이 되고, 잘 지내려고 할수록 오히려 자꾸 어긋나더랍니다. 그러다 어느 날 문득 깨달았다고 해요.

'아, 이 아이가 나의 스승이구나. 내 수양이 모자라 이렇듯 다툼

에 빠지는 것을 알게 해 주는 선지식이구나.'

선지식이 멀리 있는 것이 아닙니다. 따로 있는 것도 아닙니다. 이 자리에 모인 여러분이 선지식입니다. 서로가 서로에게 선지식인 것입니다.

그런데 엉뚱한 곳에서 선지식을 찾으려고 애씁니다. 절이나 교회 같은 종교 시설에서, 또는 옛이야기 속 성인들 중에서 찾으려고 합니다. 아닙니다. 선지식은 여러분 곁에 있습니다. 내 가족이, 내 이웃이 부처가 될 수도 있고, 하나님이 될 수도 있고, 성인이 될 수도 있는 것입니다. 내 마음이 상대를 어떻게 받아들이느냐에 따라 달라지는 것입니다. 그러자면 마음을 써야 합니다. 우리가 살아가는 데 가장 마음을 써야 할 일은 내가 만난 사람에게 친절을 베푸는 것입니다. 친절은 인간의 아주 고귀한 덕이기 때문에 그렇습니다.

요사이 세계화라는 말들을 많이 합니다. 세계화라는 것은 세계 여러 나라의 입장과 생각을 받아들이는 것입니다. 다시 말해 이해하는 것입니다. 세계화를 하고 세계 시민이 되는 것도 좋지요. 그런데 이보다는 인간화가 선행되어야 합니다. 먼저 사람이 되어야 한다는 말입니다. 세계 시민의 대열에 당당하게 서려면 사람의 도리를 해야 합니다. 그래서 나는 사람이 사람을 만나 할 수 있는 도리로 친절을 말하고자 하는 것입니다.

우리가 주변 사람들에게 보다 큰 친절을 베푼다면 우주가 그만큼 선한 기운으로 확장됩니다. 좋은 기운으로 충만하게 됩니다. 우주라고 해서 관념적으로 생각하지 마세요. 로켓을 타야만 갈 수 있는 저기 먼 세계가 아닙니다. 우리가 몸담고 있는 이 환경이 바로 우주입니다. 바깥에서 찾지 마십시오. 진리는 바로 내 안에, 내 곁에 있습니다.

이 세상에는 불행한 사람들이 많습니다. 그것은 물질적인 가난 때문이라든가, 신체적인 장애 때문이 아닙니다. 마음에 따뜻한 사랑이 없기 때문에 불행한 사람들이 많습니다. 마음에 따뜻한 사랑이 있으면 어떤 역경 속에도 결코 불행해지지 않습니다. 하지만 아무리 좋은 환경에서 산다 하더라도 마음에 따뜻한 사랑이 없으면 불행해집니다.

이웃을 따뜻하게 대하는 그런 사랑 없이는 그 어떤 위대한 일도 이 지구에서 일어나지 않습니다. 인간답게 살다가 간 사람들, 현재 또 그렇게 살고 있는 사람들, 그들 마음에는 다 그런 따뜻한 사랑이 있습니다. 또 따뜻한 친절이 있습니다.

그렇다고 특정한 사람에게만 해당하는 이야기가 아닙니다. 마음 없는 사람이 어디에 있습니까? 본래부터 우리는 다 갖추고 있습니다. 단지 그 마음이 열려 있지 않을 뿐이에요. 그 마음이 겹겹으로 닫혀 있을 뿐입니다. 그 마음에는 본래부터 따뜻한 사랑이 가득 고여 있다는 것을 알아야 합니다. 그런데 한 생각 뒤틀려서 엉

뚱한 데 정신을 파느라, 딴 데 신경을 쓰느라 자기 마음을 그렇게 열지 못하고 있는 것뿐입니다. 그 마음을 활짝 열기만 하면 됩니다. 이게 우리에게 주어진 과제입니다.

그럼 무엇을 통해서 열 수 있느냐?

이건 혼자서는 어렵습니다. 이웃을 통해서, 사람과 사람과의 관계를 통해서 열 수 있습니다. 내 가족을, 내 이웃을 선지식으로 대하십시오. 그렇게 하면 내 마음이 저절로 열립니다. 내 스스로가 스스로에게 간절해지는 존재가 됩니다. 언짢은 사이란 없습니다. 그것은 오히려 나를 겸허하게 합니다. 생각을 돌이키게 합니다. 그러면 편해지고, 본래의 내가 될 수 있습니다. 사랑과 친절이 우리 마음속에서 싹트는 순간 우리는 다시 태어납니다. 이것이 진정한 탄생이고 부활입니다.

오늘 이 자리에서 만난 우리 인연이 깊습니다. 내 가족이 내 이웃이 나의 선지식입니다. 우리는 서로에게 선지식입니다. 서로 마음을 활짝 여시기 바랍니다. 맑고 향기로운 세상을 만들어 가시기 바랍니다.

1996년 11월 20일
맑고 향기롭게 경남 모임

이 강연은 음성 파일만 전하고 다른 기록은 남아 있지 않기 때문에 정확한 일시는 알 수 없습니다. 다만 스님께서 전해 여름에 있었던 버스 사고에 대해 언급하시는 부분이 있는데, 이때 나오는 지명과 정황 등을 토대로 과거 자료를 찾아보면 말씀하신 내용에 해당하는 사고는 1978년 7월의 일입니다. 따라서 부산중앙성당에 행하셨던 이 강연의 시점은 1979년으로 유추할 수 있습니다.

강연 중 1975년에 있었던 연예계 대마초 사건과 금지곡이 된 이장희의 노래 「그건 너」의 가사 "그건 너, 너 때문이야."를 언급하시는 대목에서는 당시 우리 사회의 한 단면을 살필 수 있기도 합니다. 단순히 젊은이들의 사랑 풍속도를 그렸던 대중가요가 금지곡이 된 외적 사유는 '책임 전가'라는 황당한 것이었지만, 실제로는 억압 통치의 원인을 '당시 국가 원수 때문'이라고 은유했다고 본 검열 주체가 이를 제재한 것이라는 후문이 있기도 합니다. 사실 여부를 떠나 노래는 정치적 상징성을 획득하며 세간의 인기를 끌었고 저항 가요의 반열에 오르게 됩니다.

이 무렵은 유신 정권에 저항하는 분위기가 정점으로 치닫던 때로 정권은 정치 사찰 등을 통해 사회와 언론을 장악하려 했습니다. 특히 집회와 시위를 제한하고, 방송 통신 등을 억압하려 했던 긴급조치 제9호는 전 국민의 입에 자물쇠를 채웠습니다. 스님께서 본강연에 들어가기 전에 하신 말씀을 통해서도 당시 시대상을 엿볼 수 있습니다.

> "… 당국에서도, 수고롭게 기관에서 와 있습니다. 요즘은 제가 특별히 배터리를 충전하고 있는 그런 기간이기 때문에, 정부를 비방하거나 체제에 도전하는 그런 언동은 없을 것으로 미리 말씀드리니까 안심하시고 들으시기 바랍니다."

이때 청중은 크게 웃음을 터뜨리는데, 강연장 어딘가에서 듣고 있을 기관원을 향한 불편함 혹은 불쾌함을 웃음으로 떨쳐 내려고 했기 때문이 아닐까 짐작해 봅니다. 스님이 농담처럼 던지신 반어적인 표현과 청중의 폭소는 역설적으로 당시가 억압 통치의 시대라는 사실을 보여 줍니다.

이러한 사회 상황을 배경으로 1979년 10월에는 부마 민주 항쟁이 일어났고, 12월에는 권력욕에 사로잡힌 신군부 세력이 군사 반란을 일으켰습니다. 그렇게 서울의 봄은 오지 못한 채 저물었고, 다음 해 5월 광주에서 5·18 민주화 운동이라는 위대한, 하지만 우리 역사에 깊고 아픈 일이 꽃잎처럼 피었다 지고 맙니다.

이 강연은 시대에 지친 사람들의 마음을 다독이던 따뜻한 위로이면서, 한편으로는 그 시기를 기록한 귀중한 역사 자료이기도 합니다.

지금 여기, 삶을 채우는 시간

· 녹음 파일 앞부분 유실

… 제가 산에서 사느라고 이런 기회를 거의 갖지 못했습니다. 먼저 양해를 구하고 싶은 것은, 그동안 제가 말을 다 잊어버렸습니다. 요즘 다시 새삼스럽게 말을 익히고 있는데, 제가 들어도 아직 말이 형편없기 때문에 여러분들이 들으시는 데 역겨움이 많겠지만 양해해 주시기 바랍니다.

또 미리 말씀드릴 것은 당국에서도 수고롭게, 기관에서 와 있습니다. 요즘은 제가 특별히 배터리를 충전하고 있는 그런 기간이기 때문에, 정부를 비방하거나 체제에 도전하는 그런 언동은 없을 것으로 미리 말씀드리니까 안심하시고 들으시기 바랍니다.

우리는 사람이기 때문에 사람끼리 만나서 뜻을 나눕니다. 우리는 사람이기 때문에, 다행인지 불행인지 짐승이 아닌 사람이기 때문에 사람을 주제로 사람의 일에 대해서 말씀드릴까 합니다.

사랑뿐 아니고 모든 것은, 세상에 있는 모든 것은 늘 변하고 있습니다. 계절이 변하고, 우리의 마음이 변하고, 세월이 변하고, 권력이 변하고, 경제 구조가 변하고, 공기의 상태가 변합니다. 모든 것은 변화 속에 있습니다. 이게 우주의 실상이고 원리입니다. 만약 변화가 없다면 어떻게 될까요? 세상이 영원한 것이라면, 모든 존재가 항상 그대로 있는 것이라면, 병든 사람은 늘 병들어 있어야 되고, 가난한 사람은 늘 가난해야 합니다. 어리석은 사람은 늘 어리석어야 되고, 남을 증오하는 사람은 늘 증오의 불길 앞에 서 있어야 합니다.

그런데 변하기 때문에 병이 든 사람은 건강을 회복할 수 있고, 가난한 사람은 가난을 면하게 되고, 어리석은 사람은 지혜롭게 되고, 남을 증오하던 사람은 사랑의 길을 배우게 됩니다. 변한다는 것은 가능성을 나타내는 말입니다.

문제는 어떻게 변하느냐에 달려 있습니다. 사람인 우리는 물론 사람답게 변해야 됩니다. '사람답게 변해야 한다'는 명제는 '어떻게 하면 사람답게 살 수 있는가?' 하는 물음의 다른 말이기도 합니다. 이 물음에 답하기 위해서는 우선 자기 존재에 대한 자각이 선행되어야 합니다. 자기 존재에 대한 자각이 선행되지 않고는 본질적으로 변할 수가 없는 것입니다. 자기 존재를 자각하려면 고독의 진정한 의미를 알아야 합니다. 각 개인의 특성과 개성을 발휘하는 데에는 고독한 시간이 필요합니다. 홀로 있는 시간이 필요해요.

하지만 우리는 순수한 자기 존재를 응시할 수 있는 시간을 보내지 못하고 있습니다. 우리는 일상생활을 하면서 거대하고도 위험한 소음에 매몰되어 있기 때문에 자신의 얼굴을 대할 기회가 없습니다. 여기에는 모두가 하나의 길로 가는 것에 익숙해진 탓도 있습니다. 모두가 서로 닮으려고만 합니다. 개성과 특징을 잃어버린 시대를 살면서 자기 꿈도 함께 잃고 있습니다.

진정한 고독은 영혼 가운데 있는 심연深淵 같은 것입니다. 고독을 체험하려면, 즉 자기 존재에 대한 의미를 캐내려면 범속한 일상에 저항해야 합니다. 또 범속에 저항할 수 있으려면 생명의 본질을 알아야 합니다. 생명은 바르지 않은 것에 맞설 수 있는 힘이 있기 때문입니다. 그 생명을 느끼기 위해 홀로 있는 시간이 필요합니다. 침묵의 바다에 들어가 봐야 자기 생명의 무게, 자기 생명의 빛깔을 알 수 있습니다.

여러분들이 성당에서 기도를 하고 묵상을 하고 피정에 참여하는 것도 자기 존재의 의미를 확인하려는 것입니다. 나는 이것을 고독으로 가는 길이라고 생각합니다. 이때 마주하는 외로움을 통해 사람답게 변할 수 있습니다. 홀로 있는 시간은 자기 정화의 시간, 자기 응시의 시간입니다.

또한 사람의 기본을 이루는 구조는 세상에 있습니다. 세상에 있다는 것은 함께 있다는 뜻입니다. 홀로 살아가는 것이 아니고 같이 살아가는 것입니다. 하지만 홀로 있는 시간과 같이 살아가는 공동체 의식이 배치되는 것은 아닙니다. 개인으로서는 혼자만의 시간으로 성찰을 해야 하고, 집단 속의 일원으로서는 공동체의 발전에 협력해야 하는 것입니다.

산에서 사는 저 같은 중과 도시에서 사는 여러분 사이에는 아무 연결점이 없는 것 같지만, 같은 시대의 공기를 마시면서 같은 문제를 두고 괴로워하고 슬퍼하며 살고 있기 때문에 절대 무연無緣한 관계가 아닙니다. 우리는 존재와 존재로서 연결이 되어 있습니다.

나뭇가지는 동서남북 사방으로 뻗어 있지만 뿌리는 하나입니다. 본질적으로 우리는 맺어져 있습니다. 태어나면서부터 그런 운명을 받은 겁니다. 가지들이 뿌리를 공유하여 물과 양분을 빨아들이듯 우리는 같은 나무에서 뻗은 가지들입니다. 서로가 영향을 주고받으면서 함께 살아가지 않을 수 없는 그런 존재들입니다. 그렇기 때문에 나누어 가질 수밖에 없는 것이죠. 기쁨과 슬픔을 나누어 가질 수밖에 없으므로 이웃이 됩니다.

아무렇게나 흩어져 있는 돌 하나하나에는 큰 의미가 없습니다. 그저 하나의 자재에 지나지 않습니다. 하지만 그것이 모여 이 중앙 성당과 같은 건물을 짓는다면 어떨까요? 그때의 돌 하나는 큰 힘을 발휘합니다. 작은 돌 하나만 빠져도 건물은 온전해지지 않습니다. 이 성당을 짓기 위해서 얼마나 많은 노력이 들었습니까? 또 얼마나 많은 물자가 들었습니까? 그 노력과 물자가 저마다 각기 있을 때는 그저 하나의 소재에 지나지 않습니다. 그런데 이 소재가 인간적인 표정을 갖추고 통일된 원리 안에서 건축에 참여하면 새로운 존재로서 거듭나게 됩니다.

사람도 마찬가지입니다. 개인은 대단한 존재이지 않습니다. 하지만 공동체를 이룰 때 한 개인의 존재는 승화되어 무한하게 확산됩니다. 특히 어려운 일을 함께 나눌 때 진정한 동료가 됩니다. 쉽고 간단한 일은 누구나 할 수 있죠. 그래서 감당하기 힘든 일을 함께했을 때 진정한 동료의식이 싹틉니다. 오늘의 세계, 구체적으로 얘기해서 오늘의 부산은 혹은 오늘의 대한민국은 집단을 하나로 모으는 사회인지, 아니면 흐트러뜨리는 사회인지 생각해 볼 필요가 있습니다. 우리는 사회, 정치, 경제 모든 분야에서 함께 힘을 모으고 헤쳐 나가야 하는 운명 공동체이기 때문입니다.

좋은 일은 사람을 한데 모으고, 좋지 않은 일은 산산이 흐트러뜨립니다. 우리가 이렇게 모인 것은 좋은 일입니다. 오늘의 운집雲集은 개인을 위해서가 아니라 서로가 뜻을 나누기 위한 것이기 때문에 바쁜 시간을 쪼개서 이렇게 중앙성당이라는 공간에서 하나를 이루고 있는 것입니다.

부산에는 슬픈 역사를 지닌 장소들이 있습니다. 영도 다리는 피란민들의 애환이 서려 있는 곳입니다. 망향의 슬픔을 달래던 장소이기도 합니다. 요즘 영도 다리 어떻습니까? 여전히 슬픔에 젖은 사람들이 다리 위를 건너고 있지 않습니까? 그 아름다운 태종대에도 아픈 기억들이 있습니다.

내가 우연히 태종대에서 우는 한 아이를 보았다고 가정해 봅시다. 만약 그 울음을 달래 주지 않고 그냥 지나친다면, 그 아이는 평생을 두고 내 기억의 바다에서 울고 있을 겁니다. 내가 그 시간에 왜 거기를 지나갔겠습니까. 그리고 왜 그 우는 아이를 보았겠습니까. 나에게 책임이 있다는 뜻입니다. 내가 해결해야 할 책임이 있다는 거예요.

카뮈의 『전락』이라는 소설이 있습니다. 어느 날 주인공이 비가 내리는 다리를 건너갑니다. 그때 한 여인이 강으로 투신을 해요. 주인공은 방관합니다. 무력감에 몸을 움직일 수 없었다고 변명하기도 합니다.

그렇게 인연이 단절되었으면, 그것으로 끝났으면 되는데, 주인공 기억 속에서는 여인이 계속 비명을 지르면서 투신을 합니다. 그때부터 주인공은 도덕성과 인간성 문제로 고민합니다. 여인의 투신은 주인공의 좌절과 고뇌로 이어집니다. 이것을 마치 혼잣말처럼 쏟아 냅니다. 우리는 인간성을 상실하고 괴물로 전락하는 것을 경계해야 합니다. 전락하지 않기 위해서는 내 이웃을 보살피고 책임을 져야 합니다.

　요즘은 대마초 이야기가 쏙 들어갔는데 한동안 유행했던 노래가 있었잖아요. "그건 너, 그건 너, 너 때문이야." 자기는 책임이 없고 그건 너 때문이라고 합니다. 그런데 또 누구는 "내 탓이로소이다, 내 탓이로소이다." 하면서 가슴을 칩니다. 똑같은 시대에 살면서 한쪽에서는 "그건 너, 그건 너." 하면서 책임을 회피하는데, 다른 한쪽에서는 "그건 나, 그건 나." 하면서 책임을 집니다.

　우리는 언론 자유가 충분히 보장이 되어 있죠. "나는 당신을 사랑합니다." 이런 말을 언제 어디서나 마음껏 자유롭게 할 수 있습니다. 이북은 모르겠습니다만 적어도 우리 남한에서는 언론 자유가 충분히 보장되어 있어서 "나는 당신을 사랑합니다." 이렇게 말할 수 있습니다. 하지만 숙녀 여러분들, 남자들의 그런 유혹에 속지 마세요. 말은 쉽습니다. 하지만 사랑을 위해서 태종대에서 뛰어내릴 수 있는 용기, 용두산 전망대에서 뛰어내릴 수 있는 용기를 갖추기란 어렵습니다. 책임을 진다는 것은 바로 그런 용기를 필요로 합니다.

작년 여름에, 몹시 더울 때였죠. 한강 인도교에서 큰 사건이 있지 않았습니까. 봉천동에서 출발한 버스가 한강으로 추락한 그런 끔찍한 일이 있었습니다. 돌아가신 분들이나 그 유족들께는 대단히 죄송합니다만, 앞으로 이런 일이 되풀이되면 안 된다는 뜻에서, 마음은 아프지만 다시 말씀을 드리는 것입니다.

그때 신문에 보니까 정비 불량 때문이라느니, 버스 기사 과로 탓이라느니 이런 소리만 늘어놓고 있습니다. 말하자면 "그건 너 때문"이다 이런 식입니다. 책임을 전가하는 거예요. 저는 큰 충격을 받았어요. 그건 누구 한 사람의 문제가 아니라 우리 모두의 문제입니다. 문제 해결의 출발점은 바로 거기에 있습니다. 우리 모두의 문제라는 것을 인식하는 것부터 시작해야 합니다.

끔찍한 사건이었지만 가슴 뭉클한 이야기도 있습니다. 그때 현장에 있던 몇몇은 한강에 뛰어들어서 사람들을 구했어요. 택시 운전사도 있고 군인도 있고 그랬다고 해요. 그들은 자기가 위험해질 수 있는데도 주저 없이 강에 뛰어들어 사람들을 구했습니다. 그게 바로 이웃에 대한 책임 아니겠습니까? 태종대에서 우는 아이를 그냥 지나치지 않아야 하고, 다리 위에서 뛰어내린 여인을 그냥 지나치지 않아야 합니다.

그런데 작금의 상황은 단지 서울 시내버스 하나의 문제가 아닙니다. 대한민국은 대형 버스입니다. 이 버스는 생명의 속성인 자유와 평화를 싣고 가고 있습니다. 이 버스를 지금 누가 운전하고 있습니까? 소수 지배 계층의 문제가 아닙니다. 나의 문제이고 우리의 문제입니다. 운명을 같이하고 있는 공동체이기 때문에 모른 척해서는 안 됩니다. 이 시대의 공격에 대해서, 이 시대의 흐름에 대해서 책임을 져야 합니다. 모른 척할 수 없는 거예요. 이 시대에 대해서, 시대의 흐름에 대해서 책임이 있는 겁니다. 역사를 창조하는 인간이기 때문에 책임이 있는 거예요.

삶의 가치와 살아갈 이유를 알고 있는 사람은 극한 상황에 처하더라도 고통을 감내하고 견뎌 낼 수가 있어요. 빅토르 프랑클의 『죽음의 수용소에서』를 보면 "인간의 기본적인 자세는 의미를 지향하는 것"이라는 말이 나옵니다. 나치 정권 때 많은 사람들이 단지 유태인이라는 이유로 아우슈비츠에 끌려가지 않았습니까? 지옥과도 같은 상황에서 그가 살아남을 수 있었던 것은, 그리고 용기를 잃지 않았던 것은 고통의 의미를 알고 있었기 때문입니다. 즉 고통을 감내할 수 있는 인간의 기본적인 자세인 의미를 지향했기 때문입니다.

감당하기 어려운 학대, 굶주림, 불이익에 대한 두려움과 분노…. 그런 가운데에서도 마음속에 간직한 사랑하는 사람들의 모습, 자신이 믿고 있는 종교⋯. 또 잃지 않았던 유머, 나무와 새 혹은 일몰 등 자연의 아름다움을 통해 죽음의 공포와 고통을 완화하는 방법을 깨친 것입니다. 입에 올리기도 끔찍한 인간 도살장에서 그가 살아남을 수 있었던 것은 고통 속에서 의미를 찾았기 때문입니다.

그는 자기를 괴롭히고 억압하는 모든 것을 객관적으로 투시하고, 보다 높은 차원에서 이를 바라보며 정신적인 여유를 찾았습니다. 내일을 기약할 수 없는 고난 속에서 그런 인간의 생태에 대해서 그때그때 상황을 메모하기도 합니다. 어떻게든 살아남아서 이것을 바깥세상에, 인간 사회에 알리기 위해 한 글자, 한 글자 적어 나갑니다. 메모가 발각되어 압수당하면 좌절하지 않고 다시 적기 시작합니다. 그는 최악의 상황에서 최선의 희망을 찾습니다. 비극을 극복하려는 의지를 통해서 자기 안에 잠들어 있는 생명의 씨앗을 틔우고 꽃피우고 열매 맺으려 합니다. 사람은 과거나 미래에 살지 않고 지금 이 시간, 이 자리에서 삽니다. 노을 지는 벤치에 앉아서 과거를 반추할 필요는 없습니다. 불확실한 미래를 향해 불안의 탑을 쌓을 필요도 없습니다.

철학자의 말을 인용해 본다면 시간은 관념적 개념이에요. 그렇기 때문에 흐르고 변하는 것이 아닙니다. 흐르고 변하는 것은 사물이거나 사람이거나 우리의 마음일 뿐입니다. 시간 그 자체는 그대로 늘 있는 거예요. 사람이 만든 시계는 시간의 흐름을 증명하는 것이 아닙니다. 시계는, 즉 시간의 흐름은 단지 인간들이 만들어낸 약속일 뿐입니다. 지나가 버린 과거도, 오지 않은 미래도 우리 것이 아니에요. 그러니 반추할 필요도, 불안해할 필요도 없는 것입니다. 추상적인 공간과 붙잡히지 않는 개념에 휘둘리지 마십시오. 사람이 사람답게 변할 수 있는 것은 지금 이때입니다. 그리고 지금 바로 이 자리예요.

롱펠로의 「인생 찬가」는 말 그대로 인생을 찬양하는 시라고 할 수 있는데, 삶을 관조하는 말들로 가득합니다. 그중 한 부분을 인용해 보겠습니다.

아무리 즐거워도 미래를 믿지 말고
죽은 과거로 하여금 그 시체를 내지 않게 하라
죽은 과거는 그대로 묻어 두어라
행동하라, 살아 있는 현재에 행동하라

우리는 생명의 한 장면을 아무렇게나 살아 버리면 안 됩니다. 즐겁고 유익하게 연소해야 합니다. 순간순간이 생명의 무게로, 생명의 빛으로 가득해야 합니다. 사람이 창조적인 노력을 기울이고 있는 동안에는 병에 걸리거나 늙거나 죽을 수가 없습니다. 산다는 것은 순간마다 새롭게 태어나는 것이어야 합니다. 이 탄생의 과정이 멎을 때, 어둡고 불쾌하고 싸늘한 죽음이 우리 삶의 문을 두드립니다.

산다는 것은 순간마다 새롭게 변하는 것입니다. 변화는 삶의 본질이자, 우리가 살아 있음을 증명하는 과정입니다. 우리는 살기 위해, 그리고 보다 사람답게 살기 위해 이 세상에 태어난 것이지, 늙고 병들고 죽기 위해 태어난 것이 아닙니다. 우리의 삶은 끊임없이 변화를 요구하며, 그 변화를 통해 성장하고 성숙합니다.

우리는 달라져야 합니다. 단순히 환경에 적응하기 위한 변화가 아니라, 정말 자기답게 바뀌는 변화이어야 합니다. 자기답게 변한다는 것은 자신의 가치를 발견하고, 그것을 삶 속에서 표현하며 살아가는 것을 의미합니다. 이는 단순히 외적 변화로 이루어지는 것이 아니라, 내면의 성장을 통해 이루어지는 것입니다. 그 과정에서 진정한 자신을 만나고, 더 나은 사람으로 거듭나게 됩니다.

우리는 끌려가는 노예가 아니라 역사를 창조하는 당당한 존재입니다. 그렇기에 순간순간 아무렇게나 살아서는 안 됩니다. 우리의 생각과 행동은 우리의 삶뿐만 아니라, 우리를 둘러싼 세상에 영향을 미칩니다. 나답게, 우리답게 살아가는 것은 단지 개인의 선택이 아니라, 우리 모두가 함께 만들어 가는 공동체의 미래를 위한 책임이기도 합니다.

우리답게 산다는 것은 무엇일까요? 그것은 각자가 가진 고유한 빛을 발하며 살아가는 것입니다. 남이 정해 준 기준에 얽매이지 않고, 자신의 신념과 가치를 따라가는 삶입니다. 또한, 서로를 존중하고, 공존하며, 더 나은 세상을 위해 함께 나아가는 삶의 방식이기도 합니다. 그렇게 살아갈 때 우리는 우리의 존재를 그리고 지금 이 시대를 명확하게 인식할 수 있습니다.

오늘 많은 분들이 성당을 찾아 주셨습니다. 산골에 사는 어떤 중이 온다고 해서 이렇게들 모이셨는데, 뭐 여러분이 비쩍 마른 중 보러 오셨겠어요?

이 시대, 우리 마음을 칼칼하게 했던 것들을 해소하기 위해서, 또 마음에 간직했으면 하는 것들을 나누기 위해서 모인 것입니다. 이런 만남을 통해 서로가 마음을 나누기 위해서, 참된 뜻을 나누기 위해서 이렇게 큰 인연을 쌓은 것입니다. 이 자리를 정성껏 마련해 주신 우리 신부님들과 수녀님들 애쓰셨습니다.

오늘 저녁 제 말은 일단 끝을 맺겠습니다. 나머지 말은 여러분의 베갯머리로 보내 드리겠습니다.

1979년
부산중앙성당

147

우리는 무엇이든지

가득 채우려고만 하지

비우려고는 하지 않습니다.

그런데 텅 비었을 때만 느낄 수 있는

그 단순한 충만이 있지 않습니까?

텅 빈 공간에 홀로 앉아 있으라

만나 뵙게 돼서 반갑습니다. 제가 광주에서 대중 앞에 선 것은 1980년 5월 17일입니다. 민주화 항쟁이 나던 바로 전날이에요. 초파일 행사로 왔었는데, 세상이 뒤숭숭하던 시절입니다. 그때로부터 많은 세월이 흘러 오늘 다시 이 자리에 오니까 감회가 새롭습니다. 제가 태어난 곳이 또 이 근방이기 때문에 광주에 대한, 전남에 대한 애정이 있기도 합니다.

어제는 도자기로 유명한 경기도 이천에서 가마 잔치가 있었는데, 주관처에서 공옥진 씨를 초대해서 놀이를 했습니다. 공옥진 씨도 영광 출신이라 이 근방 사투리를 씁니다. 그분이 무대에 오르자

마자 첫마디가 "오메, 더워 죽겠네." 그럽니다. 그 소리가 아주 정답게 들렸습니다. 표준어가 정제된 수돗물이라면 사투리는 따뜻한 피와 같은 것입니다.

옛날에 읽었던 소설 한 부분도 떠올랐습니다. 주인공이 몇 년 동안 여기저기 방랑을 합니다. 특별한 직업도 없이 아무렇게나 떠돌아다니다가 자기에게 고향이 있다는 사실도 까맣게 잊어버린 채 살아갑니다. 그렇게 철저히 이방인으로 외지를 떠돌다가 어느 날 식당에서 밥을 먹는데 옆자리 사람들이 자기 고향 말로 이야기 나누는 걸 듣습니다. 그 억양이 너무도 정겨웠겠지요. 그때 그는 문득 '아, 나에게도 고향이 있구나.' 깨닫습니다. 그래서 다시 그리운 고향을 찾아간다는 내용입니다.

언어라는 것은 그렇습니다. 자기의 뿌리와도 같은 것입니다. 이 영향에서 벗어날 수 없습니다. 언어에 우열이 있을 수는 없겠습니다만, 구성진 것으로 치면 아마도 남도 방언이 으뜸이지 않을까 싶습니다. 특히 호남 방언은 수식어가 아주 발달했지요. 수식어가 발달했다는 것은 그만큼 감정이 섬세하다는 뜻입니다.

공옥진 씨 공연을 들어 본 사람은 알겠지만 욕이 얼마나 푸짐해요. 그렇다고 그 욕을 정말 욕으로 생각하는 사람은 없을 겁니다. 욕설이라는 것은 하나의 수식이에요. 물론 욕이라는 게 좋은 표현은 아닙니다만, 그것을 어떻게 구사하느냐에 따라 예술이 될 수도 있는 겁니다. 오랜만에 이쪽 방언으로 하는 걸쭉한 욕 소리를 들으니까 무척 정답게 들렸습니다. 사투리에는 그런 묘미가 있습니다.

이 이야기를 왜 하느냐 하면 올봄 들어서부터 도대체 말 같지도 않은 이런저런 소리가 들려왔기 때문입니다. 무슨 기업 비리가 어떠하네, 무슨 대선 자금이 어떠하네 하면서 얼마나 시끄러웠습니까? 온 국민이 무엇에 체한 것 같은 그런 기분에 빠지지 않았습니까? 공옥진 씨가 내뱉는 걸쭉한 욕으로 그것을 해소하고 싶었던 마음이 들었던 것인지도 모르겠습니다. 물론 어떤 일을 욕으로 해결할 수는 없습니다. 게다가 작금의 사태들은 개인적인 것이 아니고 우리 사회 전체가 책임을 져야 하는 총체적인 비리입니다. 우리 개개인도 우리 시대를 이루는 한 얼굴이기 때문입니다.

우리나라 헌법에 "대한민국은 민주 공화국이다." 이렇게 명시되어 있습니다. 그런데 한쪽에서는 그렇게 얘기하지 않습니다. "대한민국은 부패 공화국이다." 이렇게 말합니다. 정치하는 사람이건 사업하는 사람이건, 힘을 가진 사람들이 칼자루를 쥔 사람들이 다 그렇게 부패 대열에 서 있기 때문입니다. 군사 독재 시대가 막을 내리고 문민정부가 들어서면서 우리가 얼마나 기대를 했습니까. 그런데 그 기대는 고스란히 좌절의 늪에 빠져 버렸습니다. 국민들이 얼마나 실망했으면 '부패 공화국'이라는 모욕에 가까운 말을 하겠습니까? 또 일부에서는 과거 독재 시대를 그리워하는 향수가 일고 있기도 합니다. 말도 되지 않는 이야기입니다. 분명히 말씀드립니다만, 그때는 결코 좋은 시대가 아닙니다. 인간의 기본 권리가 억압받고 짓밟히던 시대입니다. 그런 시대를 그리워하는 건 인간이 인간임을 포기하는 것과 마찬가지입니다.

사회라는 것은 추상적인 개념입니다. 그런데 추상성이 개인 생활에 영향을 끼치고 있어요. 사회는 사람들로 이루어진 하나의 집합체예요. 존재하는 것은 한 사람, 한 사람의 개인이지 사회가 아닙니다. 개개인이 사회를 구성하는 기초입니다. 사람이 세상을 만들어 가는 것입니다.

그렇지만 사람의 생각이 변화하지 않으면 세상도 변화하지 않습니다. 그중 하나가 물질 만능주의입니다. 우리 주변을 보십시오. 물질 더미는 한없이 쌓여 갑니다. 그런데 그걸 사용하는 우리는 과연 행복한가요? 옛날, 어렵게 살던 시절이 오히려 마음으로는 풍요로웠습니다. 연탄 몇 장만 집에 들여놓아도 온 식구가 흐뭇해했습니다. 쌀 몇 되만 있어도 고마움을 느꼈습니다. 그런데 지금은 풍요 속에 파묻혀 있으면서도 만족하지 못합니다. 우리는 지금 탐욕스러운 괴물로 변해 가고 있어요.

이십 세기가 저물어 가면서 이념은 낡은 것이 되어 가고, 가치관도 변하고 있습니다. 이에 따라 여러 체제 또한 달라지고 있습니다. 인간 개개인의 삶의 양식 역시 변화하고 있습니다. 무엇인가 거대한 힘에 이끌려 변화의 기운이 움직이고 있습니다. 하지만 안타깝게도 개개인은 아직 그 힘을 깨닫지 못하는 것 같습니다.

어느 나라건 소위 국민 총생산에는 관심을 기울이면서 국민의 총행복량에는 관심을 두지 않습니다. 이 얼마나 큰 맹점입니까. 우리가 많은 것을 차지하고 살면서도 행복하다고 느끼지 못하는 것은 인간의 따뜻한 정을 잃어 가고 있기 때문에 그렇습니다. 행복은 어디에서 옵니까? 작은 것에서 또 적은 것에서 옵니다. 결코 큰 것이나 많은 것에서 오지 않습니다. 지극히 미미한 일상의 만족에서 행복을 찾을 수 있습니다. 향기로운 한 잔의 차만 있어도 얼마든지 행복해질 수 있습니다. 차를 마시면서 하루 삶에서 가장 투명하고 고마운 순간을 누릴 수 있습니다.

사회의 기초 단위는 더 말할 것도 없이 가정입니다. 가정의 중심은 어머니와 아버지예요. 그런데 부모들이 제대로 역할을 하지 못하고 있습니다. 산업 사회의 골이 깊어질수록 가정이 해체되고 있습니다. 가정의 온도는 싸늘하게 식어 가고 있는데, 몇억 원짜리 집에서 아무리 따뜻하게 보일러를 튼다고 한들 무슨 소용이 있습니까. 가정이, 따뜻한 가정이 사라져 가고 있습니다. 이게 지금 큰 문제예요. 썰렁한 가옥만 남고 훈훈한 가정은 소멸되어 가고 있습니다. 가족끼리 오손도손 나누는 대화도 사라지고 있습니다. 부모와 자식 사이에서도 그렇고, 부부 사이에서도 그렇고, 형제 사이에서도 그렇습니다. 또 컴퓨터 같은 전자 기기에 함몰돼 자기만의 공간에서 홀로 지냅니다. 서양의 그릇된 개인주의와 물질주의가 팽배하면서 우리의 삶은 오히려 과거보다 퇴화하고 있습니다. 인간 사이의 단절이 바로 그 증거입니다.

요즘 다들 불황 이야기를 합니다. 절에서도 불황 탄다고 해요. 초파일에 등이 덜 팔렸다고 합니다. 나는 등 장사를 안 해서 모르겠는데, 불황이래요. 국제 수지 악화, 고비용, 저효율, 과소비, 외채 증가 등등 이런 것들이 불황을 이끄는 요인들이겠지요. 입만 열면 모두가 경제 타령이에요.

그러나 우리가 참으로 걱정해야 할 것은 인간 존재 그 자체입니다. 불황은 어떤 의미에서 우리에게 좋은 기회예요. 왜냐하면 거품을 뺄 수 있기 때문에 그렇습니다. 그동안 우리가 수준을 모른 채 흥청망청 그렇게 살았지 않습니까? 또 우리 조상 때, 우리 할아버지 할머니 때, 아버지 어머니 때, 애써서 피땀 흘려 벌어 놓은 거, 축적해 놓은 그 복을 지금 우리 시대 와서 다 까먹고 있잖아요. 작금의 불황은 그에 대한 과보예요. 옛날에 우리 선인들이 피땀 흘려서 어렵게 살았던 그런 은혜로, 그때 지은 복으로 오늘날 우리가 이렇게 살 수 있었던 것인데, 우리 시대에 와서 복을 짓지 않고 자꾸 까먹기만 하면 다음에 무엇을 줄 수 있습니까? 후손들에게 무엇을 남길 수 있습니까?

나는 지금의 불황을 경고라고 생각합니다. 우리가 불황을 겪는다는 것은 지금 제대로 살고 있지 않다는 경고입니다.

왜 이런 경고가 나타났을까요. 가슴은 없고 머리만 있기 때문입니다. 머리만 존재하는 사회예요. 머리 회전만 존재하는 사회입니다. 요즘은 다들 컴퓨터 없으면 일을 할 수 없다고 하지요. 공부도 다 컴퓨터로 합니다. 컴퓨터는 현대 사회를 대표하는 문물입니다. 그런데 컴퓨터 앞에 있으면 머리만 작동하지 가슴은 작동하지 않습니다. 따뜻한 가슴 없이 머리의 회전만으로는 온전한 삶을 이루기 어려워요. 학교 교육도 따뜻한 가슴을 가르치는 게 아니라 냉철한 머리만 키우고 있지 않습니까? 막대한 사교육비를 써서 비인간을 양성하고 있습니다. 돈 낭비, 시간 낭비, 사람 낭비입니다. 사람은 머리만 가지고 살 수 없습니다.

온갖 종류의 부정과 비리, 사기와 횡령, 빠른 시간 안에 내 배를 채우겠다는 한탕주의, 모두 간교한 머리의 작용이에요. 인간의 신뢰와 성실성은 머리가 아니라 가슴에서 나옵니다. 요즘 새삼스럽게 삶의 질이니 뭐니 그런 얘기를 하고 있지 않습니까? 사실 이런 말이 나왔다는 것 자체가 삶의 질이 떨어졌다는 뜻입니다.

그런데 삶의 질이란 무엇이에요? 막상 답을 하려면 막연해요. 추상적입니다. 하지만 어려운 질문이 아닙니다. 답은 간단합니다.

가슴이 따뜻해지는 일입니다. 삶의 가치를 어디에 두고 살아야 할 것인지 우리는 물어야 합니다. 그리고 해답은 늘 그 물음 속에 있습니다.

하지만 우리는 묻지 않습니다. 그 답이 어디 먼 곳에 있는 것으로, 또 옛 성인들이나 그 답을 알고 있는 것으로 오해하고 있습니다. 아닙니다. 삶은 각자의 몫이에요. 그렇기 때문에 자기 삶에 대한 책임도 자기에게 있습니다. 내 삶의 가치를 어디에 두고 살아야 할 것인가, 이 풍진세상에 스스로 물어야 됩니다. 인도의 정치가 간디는 일찍이 인간의 탐욕을 이렇게 간파했습니다.

"이 세상은 우리의 필요를 위해서는 풍요롭지만, 탐욕을 위해서는 궁핍한 곳이다."

우리가 살아가는 이 세상은 우리가 필요로 하는 것을 얻기 위해서는 풍요로운 곳이래요. 그런데 탐욕을 위해서는 궁핍한 곳이라고 합니다. 너무 과도하게 요구하니까 자연이 미처 그걸 생산해 내지 못하는 거예요. 또 자연을 해치고 여기저기 허무니까 자연이 제 기능을 하지 못하는 겁니다. 그게 바로 메아리로 돌아오지 않았습니까? 이건 자업자득이에요. 오늘날 심각해진 환경 파괴 문제, 식수 문제, 대기 오염 문제, 이런 건 모두 우리가 저지른 재앙에 대한 자연의 심판입니다. 우리의 그릇된 생활 습관이 만들어 놓은 결과예요.

행복해질 수 있는 소재는 무수히 많습니다. 다만 그것을 받아들일 수 있는 가슴이 없을 뿐입니다. 길가 한 귀퉁이에 수줍게 피어 있는 풀꽃을 가만히 바라보세요. 거기에도 행복이 있습니다. 꼭 꽃집에 가서 비싸게 주고 사다가 화병에 꽂아야만 행복해지는 것이 아닙니다. 가슴만 활짝 열고 있으면 무엇이든 아름답게 받아들일 수 있는 거예요.

크게 아프지 않은 현재의 건강, 크게 궁핍하지 않은 현재의 상황, 이런 것이 고마운 일입니다. 가지고 있는 것에 고마워할 줄 알아야 합니다. 세상을 부정적으로 살지 마세요. 늘 긍정적으로 받아들여야 돼요. 그렇게 하면 열립니다. 복이 문전까지 왔다가도 내가 잔뜩 찌푸린 채 불평불만만 늘어놓고 있으면 다른 곳으로 갑니다. 그릇이 준비가 되어 있지 않은데 어떻게 복을 담을 수 있습니까? 자신의 그릇을, 마음의 그릇을 준비하십시오.

인생에서 안으로 충만해지는 일은 밖으로 부자가 되는 일 못지않게 중요합니다. 안으로 충만해지는 일은 안으로 홀가분해지는 일과 같습니다. 오늘날 우리들은 무엇을 가져도 만족할 줄 모릅니다. 이게 현대인들이 가지고 있는 커다란 병통이에요. 그래서 늘 갈증 상태죠. 겉으로는 번쩍거리듯 잘사는 것 같아도 안으로는 아주 옹색하고 초라하고 궁핍한 것입니다. 가난이 달리 있는 것이 아닙니다. 그런 마음이 바로 가난입니다.

이웃과의 관계도 생각해야 합니다. 이웃은 내 자신과 같습니다. 내 분신입니다. 또 다른 나의 모습입니다. 나와 다른 존재라고 생각하지 마세요. 저기 지구 끝에 있어서 절대 만날 것 같지 않은 사람도 정신적으로 모두 다 연결이 되어 있습니다. 관계와 유대로 모두 다 이어져 있습니다. 모든 살아 있는 것은 한 뿌리에서 파생된 가지들이에요. 한쪽 가지가 부실하면 다른 쪽 가지도 부실해집니다. 한쪽 가지가 병들면 다른 쪽 가지도 병들게 됩니다. 나와 내 이웃은 생명이라는 뿌리에서 나서 같이 자란 가지들입니다.

아주 오래전에 미국에서 있었던 일이라고 해요. 한 시골 마을에 서커스단이 들어왔습니다. 궁벽한 곳이었는지 서커스단이 온다고 하니까, 사람들이 모두 들떠서 아주 난리가 났습니다. 아이들은 물론이고 어른들까지 기대에 부풀어서 마을이 발칵 뒤집히다시피 했어요. 구경거리가 많지 않던 시절이었을 테니 그럴 법도 하지요. 이때 마을 주민 중 한 사람이 아이들을 데리고 구경을 가기로 마음을 먹습니다.

그런데 이 집 아이들이 모두 여덟이에요. 지금 기준으로 치면 많다고 볼 수도 있지만 당시에는 노동력이 곧 가정 경제의 바탕이었으니 아이를 많이 낳을 수밖에 없었을 거예요. 문제는 입장료입니다. 부부가 함께 여덟 아이를 데리고 매표소에 가서 "얼마요?" 물으니 이십 달러랍니다. 정확히 어느 시대인지는 모르지만 아마

큰돈이었을 테지요.

아이들 아버지가 깜짝 놀랐습니다. 설마 그렇게 비쌀 줄 몰랐던 거죠. 놀라기도 했지만 당황스럽기도 했습니다. 서커스 구경을 간다고 하니 여덟 아이들이 모두 아침부터 들떠서 집 안을 뛰어다니며 쑥대밭을 만들 만큼 큰 기대에 부풀어 있었는데, 서커스 구경을 그만 포기해야 할 판이었으니까요.

가진 건 고작 몇 푼. 애꿎은 지갑만 폈다 접었다 하면서 이러지도 못하고 저러지도 못하고 있는데, 바로 뒤에 줄을 서 있던 사내가 아버지의 어깨를 툭툭 치더니 돈을 내밀면서 이렇게 말합니다.

"선생, 방금 당신 호주머니에서 이 돈이 떨어졌소. 잃어버리지 않게 잘 챙기시오."

실제로는 아이들의 아버지가 돈을 떨어뜨린 게 아닙니다. 뒤에서 상황을 지켜보던 사내가 은근슬쩍 도움을 준 것입니다. 댁 사정 다 안다는 듯, 그 마음 다 이해한다는 듯, 아무 소리 말고 받으라는 눈빛을 보내자 아이들 아버지도 이내 사내의 의도를 알아차립니다. 하지만 선뜻 받기도 어려운 일입니다. 한참을 망설이다가 결국 돈을 받습니다. 기대에 부풀어 있는 아이들을 생각했기 때문입니다. 그리고 눈물을 글썽이면서 떨리는 목소리로 말합니다.

"고맙습니다. 당신의 마음은 우리 가족에게 큰 선물이 될 겁니다."

나는 이 이야기를 읽으면서, 그 마음은 아이들 아버지뿐 아니라 내게도 큰 선물이라는 생각을 했습니다. 아마 이 이야기를 읽은 모든 사람들이 같은 선물을 받았을 겁니다. 그리고 사내의 돈을 받은 아버지 역시 자신이 받은 마음을 언젠가 다른 사람들에게 나누어 주었으리라 믿습니다. 이런 마음은 누가 가르쳐서 되는 것이 아닙니다. 인간의 본성입니다.

친절과 사랑은 다른 사람들을 감염시킵니다. 이때의 감염은 나쁜 감염이 아니라 아주 즐거운 감염이지요. 아주 아름다운 감염입니다. 사람은 이런 친절과 사랑 안에서 성장합니다. 다시 말하면 친절과 사랑 안에서 사람이 되어 가는 겁니다. 본래부터 사람인 것이 아니라 이웃과의 관계를 통해서 사람이 되어 가는 것입니다.

그런데 아이들 아버지와 같은 상황은 우리 주변에서 늘 일어나고 있습니다. 다만 우리가 그걸 모르고 있거나 모른 척하고 있을 뿐입니다. 남의 일이라고, 내 일이 아니라고 지나쳐 버리고 있을 뿐입니다.

하지만 생각해 보십시오. 이웃이 무연無緣한 타인이라면 왜 그런 일이 내 눈앞에서 벌어지겠어요? 책임이 나에게 주어졌기 때문입니다. 그래서 그 사내도 외면하지 않고 아이들 아버지를 도운 것입니다. 한 생각 크게 일으키십시오.

삶이란 누구한테 배우는 것이 아닙니다. 내 자신이 직접 눈으로 보고 귀로 듣고 마음으로 느끼면서 순간순간 이해하고 깨닫고 새롭게 펼쳐 가는 그런 과정이에요. 이게 사는 일입니다. 우리는 자신의 행동으로 타인과 연대를 이루며 새로운 가능성을 열어 갑니다. 삶은 자신의 경험과 깨달음을 통해 보다 인간적으로 성장하는 여정입니다.

사랑과 친절, 그다음은 무엇일까요. 그다음은 단순하게 사는 것입니다. 단순하게 살아야 돼요. 요즘처럼 복잡하고 시끄러운 세상에서는 단순성을 삶의 바탕으로 삼아야 합니다. 지금 세상이 얼마나 복잡해요? 복잡하기 때문에 내 자신만이라도 단순하게 살려고 노력을 해야 합니다.

그렇다면 단순함이란 무엇입니까? 단순함이라는 것은 단조로움과는 다른 것입니다. 단조로움은 변화도 없고 새로운 것도 없는 상태입니다. 하지만 단순함은 명료한 것이에요. 복잡하지 않은 것입니다. 불필요한 것들은 다 들어내 버리고 꼭 있어야 할 것만으로 이루어진 어떤 결정체 같은 것, 복잡한 것을 다 소화하고 나서 어떤 궁극에 다다른 그런 상태, 보석 같은 것, 그것이 단순함입니다.

그림으로 치면 수묵화의 경지라고 할 수 있습니다. 물감을 가지고 여러 가지 색으로 칠하면 뭔가 화려해 보이지요. 거기에는 또 그 나름의 예술 세계가 있습니다.

그런데 먹은 단 하나의 색입니다. 흐리고 진한 농담濃淡은 있어도 색상은 한 가지뿐입니다. 이것이 참 묘합니다. 딱 한 가지 색인데 그 안에 모든 게 들어 있어요. 이 우주가, 이 삼라만상이, 그 안에 살고 있는 인간의 모든 심리가 먹 한 색으로 전부 표현이 됩니다.

먹은 또 침묵의 세계입니다. 진짜 친한 사이에서는 입 다물고 마주 보기만 해도 다 통하지 않습니까. 먹이 나타내는 세계가 꼭 그렇습니다. 말없이 가만히 바라보고만 있어도 무슨 이야기인지 다 알 수 있습니다. 먹의 세계는 언어의 한계를 넘어서 우리에게 깊은 이해와 소통을 선사합니다.

침묵 속에서 우리는 말보다 더 많은 것을 느낄 수 있습니다. 그 순간 우리는 언어의 장벽을 넘어 진정한 소통이 이루어진다는 것을 깨닫게 됩니다. 먹의 세계는 물리적인 색상을 넘어서 우리의 내면을 더 깊이 탐구하는 것이지요. 그리고 그 속에서 우리는 우주의 신비함과 삶의 다양성을 깨닫게 됩니다. 이것이 우리가 먹의 세계에서 얻을 수 있는 지혜입니다. 그리고 그 지혜는 우리가 함께 더 많은 것을 발견하고 경험할 수 있음을 암시합니다.

말은 피로를 불러옵니다. 많은 말 뒤에는 오해가 뒤따릅니다. 말은 강력한 도구이기도 하지만 그만큼 위험한 무기이기도 합니다. 우리의 말은 종종 우리가 의도한 바와는 다르게 해석되곤 합니다. 말 한마디가 큰 오해를 일으킬 수 있습니다. 그때는 침묵이 더 나은 의사소통의 수단일 수 있습니다. 말을 꺼내기 전에, 그 말의 의미와 그 말이 초래할 결과를 고심해야 합니다.

말이란 특별한 힘이 있습니다. 그것은 사람들을 감동시키고 연결시키기도 하지만 때로는 상처를 주기도 합니다. 우리는 말을 사용함으로써 책임을 집니다. 우리의 표현은 우리 자신과 다른 이들에게 영향을 미칩니다. 그러므로 우리는 말을 통해 사랑과 이해를 전달하고, 불필요한 오해를 피해야 합니다. 조용한 마음과 선명한 정신으로 말을 선택하고, 우리의 말이 긍정적인 영향을 미치도록 노력해야 합니다.

우리는 무엇이든지 가득 채우려고만 하지 비우려고는 하지 않습니다. 그런데 텅 비었을 때만 느낄 수 있는 그 단순한 충만이 있지 않습니까? 방을 도배하고 나서 아직 가구를 들여놓지 않았을 때 그 방에 앉아 한번 둘러보세요. 한 폭의 수묵화처럼 여백과 공간의 아름다움을 느낄 수 있습니다. 진짜 기분 좋아지고 홀가분해집니다. 그리고 넉넉해집니다. 거치적거리는 것 하나 없이 텅 빈 공간에 앉아 있으니 넉넉할 수밖에 없습니다. 아무것도 없는 공간이 그렇게 평온합니다.

중국에 백장회해 선사가 계셨습니다. 선종의 기틀을 마련한 분으로 "하루 짓지 않으면 하루 먹지 말라." 이런 교훈을 남기셨습니다.

어느 날 한 제자가 선사께 "어떤 것이 가장 기특한 일입니까?"

이렇게 물으니까 "독좌대웅봉獨坐大雄峰."이라고 답합니다. 백장회해 선사가 살던 산 이름이 백장산인데, 거기 가장 높은 산봉우리가 대 웅봉이었던가 봐요. 그곳에 가서 홀로 앉아 있는 것이 가장 기특한 일이라는 것입니다.

봉우리에 가서 홀로 앉아 있는다…. 언뜻 이해가 되지 않습니 다. 여러분, 무슨 뜻 같습니까? 중국 어디 명산 높은 봉우리에 올라 가 혼자 앉아 있는다고 이것이 기특한 일이 되지는 않을 것입니다. 이 말의 참뜻은 자기 자리를 잘 지키라는 것입니다. 한 남편으로 서, 한 아내로서, 한 인간으로서 자기 자리를 잘 지키는 것이 기특 한 일이라는 뜻입니다. 잡념에 사로잡히지 않고, 여기저기 팔리지 않고, 맑은 정신으로 우뚝 앉아 있는 것, 당당하게 앉아 있는 것, 이것이야말로 가장 기특한 일이라는 거예요. 이 말씀을 조금 더 확 장하면, 홀로 있는 그런 순간을 추구하라는 것입니다. 본래 자기와 마주 서라는 것입니다. 신 앞에 단독자가 되라는 거예요.

그런데 우리가 이런저런 욕심에, 불필요한 물건에 치이다 보니 홀로 있는 시간이 없잖아요. 그러니 수양의 의미로 홀로 있는 시간 을 보내라는 겁니다. 그 시간 동안 자기 실상을 들여다보라는 거 예요. 이 단순한 행위를 통해 느끼라는 것입니다. 단순하다는 것은 모자람이 아니라 충만이라는 사실을 명심하십시오.

요즘을 정보화 시대라고 하잖아요. 이 말의 뜻은 무엇입니까?

정보가 많아지는 사회인가요? 정보가 많아져서 행복해지는 사회인가요?

정보화라는 것은 정보가 사회 구조나 관습을 바꾼다는 뜻입니다. 정보가 인간의 가치관에 영향을 준다는 뜻이에요. 정보로 가공되고 확장된 지식과 자료가 인간 사회를 재구성한다고 볼 수 있습니다.

하지만 그럴듯한 표현에 속지 마세요. 정보화 시대라는 것은 시끄럽고 피곤한 거예요. 거기에 속지 마세요. 편리한 것도 있지만 그 때문에 우리가 얼마나 많은 것을 빼앗겨요. 극장에서도 전화가 울리고 휴가지에서도 전화가 울립니다. 잠시 쉬고 싶어도 귀찮게 달달 부릅니다. 이것도 모두 가지려고 했기 때문에 생긴 일입니다. 편리를 가지려고 했기 때문에, 그래서 누리려고 했기 때문에 생긴 일이에요. 가슴이 따뜻해지려면 소유가 아니라 절제의 미덕을 지녀야 합니다.

물건은 단지 한때입니다. 거실에 좋은 가구 들여놓아도 한때, 비싼 그림 걸어 놓아도 한때입니다. 비싼 가구에 앉아 우아하게 차 마시면서 걸어 놓은 그림 구경도 하고 싶고, 친구들 불러다가 뭔가 과시도 하고 싶고 그렇지요? 그렇게 하면 뭔가 뿌듯한 마음이 들 것 같지요?

그런데 그게 무슨 소용이 있습니까? 가구는 언젠가 삐걱거리기 마련이고, 그림에는 끝없이 먼지가 쌓입니다. 그런 욕심을 부린 마음도 삐걱거리고 가슴에도 먼지가 쌓입니다. 좋은 의자에 앉고 싶으면 높은 봉우리로 가세요. 독좌대웅봉이 가장 기특한 일이라고 하지 않았습니까. 멋진 그림을 보고 싶으면 자연으로 가세요. 거기에 때 묻지 않고 오랜 세월을 이어 가는 그림이 우리를 반겨 줄 겁니다. 자연이라는 가구에 앉아야, 또 자연이라는 그림을 보아야 몸이 시리지 않고 눈이 시리지 않습니다. 절제의 미덕이 주는 고마움입니다.

자연 이야기가 나왔으니 우리 지구 환경도 생각해 봅시다. 우리가 절제하지 않기 때문에 지금 이렇게 생태계가 망가지고 있는 거 아닙니까? 건강하고 튼튼하던 지구를 우리 인간이 욕심을 채우기 위해 병들고 부실하게 만들었습니다. 탐욕이 지구를 이렇게 얼룩지게 만든 거예요. 절제는 삶의 여백과 같은 것인데, 우리는 그 여백을 지구로부터 빼앗았습니다. 포만은 마음의 눈을 잃게 합니다. 포만飽滿은 또 포만暴慢해지기 쉽습니다. 넘치고 가득하던 것이 사납고 거만해지는 것입니다. 좀 모자란 듯해야 정신의 균형이 잡힙니다. 과유불급過猶不及, 지나침은 미치지 못함과 같다고 했습니다. 넘치는 것은 모자람만 못한 것이에요.

균형이 잡히면 품위가 생깁니다. 품위란 그 사람의 향기와 같은 겁니다. 그 향기가 이웃에게까지 전해집니다. 균형은 마음과 정신의 조화에서 비롯됩니다. 우리가 내면의 조화를 이루고 외부와의 균형을 유지할 때, 우리는 품위를 지니게 됩니다. 품위는 단순히 우아함이나 고상한 외모만을 의미하는 것이 아닙니다. 멋은 겉에다 뭘 바른다고 생기는 거 아니잖아요. 안에서 우러나야 합니다. 아무리 곱게 단장을 했더라도 내면이 바르지 못하다면 아름답지 않습니다.

아름다움은 단순과 절제에서 나옵니다. 복잡하고 화려함으로 둘러싸였을 때는 오히려 아름다움을 찾기 어렵습니다. 단순하게 절제되었을 때 진정한 아름다움이 표출됩니다. 또한 자기 자신을 갈고닦는 사람에게서는 깊은 품격을 느낄 수 있습니다. 그들은 내면의 성숙함과 진정성을 통해 사람들에게 깊은 인상을 남기고 선한 영향력을 발휘합니다.

이는 단지 꾸밈없는 태도에서 비롯되는 것이 아니라, 자기 자신을 아끼고 존중하는 마음에서 시작됩니다. 그러한 마음가짐은 우리의 행동 속에서 빛을 발하며, 주변 사람들에게 긍정적인 영향을 미칩니다.

우리가 품위를 갖추게 되면, 우리의 향기도 변합니다. 이 향기는 단순히 외적인 꾸밈에서 나오는 것이 아니라, 우리의 내면 깊은 곳에서 발산됩니다. 내면의 향기는 우리의 행동과 말 속에서 드러나며, 점차 주변 사람들에게 퍼져 나갑니다.

품위 있는 행동과 태도는 마치 꽃의 향기처럼, 우리 주변을 아름답게 만듭니다. 단 한 사람이 보여 주는 품위가 주변 환경 전체를 바꿀 수도 있습니다. 이는 말 한마디, 작은 몸짓 하나에서도 느껴지며, 더 나아가 우리가 속한 공동체와 세상을 더욱 조화롭고 아름답게 만듭니다. 결국, 아름다움과 품격은 개인의 덕목을 넘어, 우리가 서로를 이해하고 존중하며 함께 살아가는 데 중요한 가치를 제공합니다.

지금 여러분과 제가 있는 이곳은 광주입니다. 빛고을이라고도 하지요. 빛은 희망과 같은 말입니다. 또 빛은 길잡이 역할을 합니다. 광주는 지난 시대의 아픔을 딛고 희망의 도시가 되었습니다. 민주의 길잡이 도시가 되었습니다. 또한 광주는 전통적으로 예향입니다. 예술을 즐깁니다. 음식도 맛이 있지요. 낙천적입니다. 아름다움을 사랑하고 삶의 운치를 누릴 줄 알고 멋이 있고 정이 많습니다.

말소리에도 가락이 있습니다. 남도의 정서가 물씬 나요. 수식어가 발달한 언어는 감정을 전달하는 데에도 유용합니다. 초두에도 말씀드렸습니다만, 걸판진 욕을 한번 들어 보세요. 얼마나 걸쭉해요. 그런데 결코 흉하지 않습니다. 다정함에서 나오는 욕은 인간의 마음을 이어 줍니다.

광주라는 이름은 추상이 아닙니다. 그 안에 사는 한 사람, 한 사람 삶의 모습이 광주의 실체를 이루는 것입니다. 이 자리에 모인 우리들 한 사람, 한 사람이 자신에게 주어진 인생을 어떻게 사느냐에 따라 광주라는 이름은 실체로서 빛고을이 될 수 있습니다. 광주가 시대에 맞는 진짜 아름다운 정신을 갖추려면 우리들 삶 자체가 맑고 향기로워져야 합니다.

오늘 이 자리에 모인 소중한 인연, 가슴에 가득히 안고 돌아가십시오. 광주가 명실공히 빛나는 봄, 영원한 청춘의 도시가 되기를 기원합니다.

1997년 6월 7일
맑고 향기롭게 광주·전남 모임

지식은 머리에서

자라나는 것이지만,

지혜는 마음에서 움트는 겁니다.

그 지혜는 우리 마음에

꽃으로 피어나요.

마음 밖에서 찾지 말라

그동안 평안하셨습니까? 오랜만에 부산에 왔습니다. 여기 온다고
며칠 전부터 바빴어요. 제가 걸치고 있는 옷에 풀을 좀 먹였는데,
날씨가 나빠서 방바닥에 널어 말렸더니 그만 뻣뻣해지고 말았습
니다. 여기 오는 내내 서걱서걱해서 신경이 쓰였습니다.

갑자기 옷에 풀 먹인 이야기는 왜 하나 싶으실 텐데, 요즘 불교
계가 시끄럽습니다. 이권 다툼에 눈이 멀어 서걱서걱합니다. 살아
있다는 걸 과시라도 하고 싶은 것인지 잊어버릴 만하면 한 번씩
난리를 일으킵니다. 제가 불문에 들어온 지 사십 년이 지났는데,
아직도 이런 일이 반복되고 있습니다. 또 근래에는 불가에서 도박

171

사건이 벌어져 세인의 빈축을 산 일도 있습니다. 참담하고 부끄럽습니다.

출가승단에서 왜 이런 일이 빈번히 일어날까 의문과 자괴감이 듭니다. 풀을 잘못 먹인 옷처럼 승단에도 잘못 물든 사람들이 있습니다.

승단 문제의 첫째 요인을 꼽자면 구성원들의 인격적인 결함을 들 수 있습니다. 한마디로 자질의 문제예요. 물론 일부의 이야기입니다. 이 사람들은 버스를 잘못 탄 사람들이에요. 정치판이나 폭력 조직으로 가야 할 사람들이 길을 잘못 들어 절로 온 거예요. 보편적인 상식을 갖춘 사람이라면 그런 막돼먹은 행동을 할 수 없습니다. 배우고 익힌 사람이라면 그런 행동을 할 수 없는 것입니다. 세상 사람들이 배우기 위해서 얼마나 치열하게 노력하고 경쟁합니까? 며칠 전에 치른 수능 시험도 그중 하나죠. 그런데 절에는 이런 시험도, 이런 경쟁도 없습니다. 작금의 부조리가 단지 시험이나 경쟁의 문제만은 아닙니다만, 최소한의 견제 장치도 없다는 건 우리 불교계 전체가 고민해 보아야 합니다.

둘째로 출가 정신의 결여를 들지 않을 수 없습니다. 어떤 것이 진정한 수행자의 삶인지, 불교는 어떤 종교인지, 종교의 기능은 무엇인지 출가승들이 전혀 모르고 있습니다. 이를 근원적인 차원에서 살펴보면 자신이 무엇 때문에 출가를 했는지 모르는 것입니다.

불가에 "중 벼슬 닭 벼슬만도 못하다." 이런 말이 있습니다. 닭 벼슬이란 닭 볏을 말하는 것으로 관직을 의미하는 벼슬과는 관련이 없습니다. 닭의 볏을 흔히 닭 벼슬이라고 부르다 보니 말장난 비슷하게 차용한 것입니다. 출가를 한 것은 명예나 이익을 좇기 위함이 아닌데, 왜 닭 벼슬만도 못한 중 벼슬에 정신이 팔려 닭 쫓는 개처럼 세속의 명리名利 꽁무니를 따라다니고 있는지 모를 일입니다.

대표적인 구도求道 서적인 『선가귀감禪家龜鑑』에 보면 이런 구절이 있습니다.

"출가하여 수행자가 되는 것이 어찌 작은 일인가. 편하고 한가함을 구해서가 아니며, 따뜻이 입고 배불리 먹으려고 한 것도 아니며, 명예나 돈을 구하고자 함도 아니다. 오로지 생사의 괴로움에서 벗어나기 위해서이며, 번뇌의 속박을 끊기 위해서이고, 부처님의 지혜를 이어받아 끝없는 중생을 건지기 위해서이다."

이것이 출가 수행자의 자세이자 각오입니다. 그런데 오히려 편안함을 구하고자 하고, 배불리 먹고자 하고, 명예와 돈을 얻고자 하니, 번뇌의 속박을 끊기는커녕 그 자체로 번뇌덩어리가 되고 마는 것입니다. 이것이 어찌 부처님의 지혜를 잇고자 하는 사람들이 할 행태란 말입니까.

신문을 보니 이번 사태를 두고 한 할머니가 "다른 종교가 불교

보다 더 깨끗한 것은 아니여. 잿밥에만 눈이 어두운 스님들은 한 줌밖에 안 되거든. 고것들을 어떻게든 쫓가내야 할 텐디…" 한탄했다는 기사가 실려 있었습니다. 일반 불자들도 이렇게 걱정을 하는데 정작 불가에 몸담고 있는 사람들이 왜 강 건너 불구경하듯 손 놓고 있는지 모를 일입니다. 아니, 불구경도 모자라 함께 불을 지르고 있는지 한탄스럽습니다.

이런 분규의 뿌리는 일제 강점기 때로 올라갑니다. 일제는 1911년 사찰령이라는 걸 공포해서 전국의 사찰을 본사와 말사 체제로 바꿔 버리고는 주지를 멋대로 임명하고 사찰 재산을 관리하기 시작했습니다. 우리 불교 사찰을 총독부 통제 아래에 둔 것입니다. 이때부터 사찰 소유 구조가 뒤죽박죽이 되어 버렸고, 원래 봉사직이었던 주지의 권력이 커지면서 전횡이 시작된 것입니다. 쉽게 말해 관권과 결탁한 것이죠. 그리고 이 체제가 지금까지 이어져 오고 있는 것이고요. 절에 결코 있어서는 안 되는 이권이라는 게 생겨 버린 겁니다.

이건 절이 경제적으로 너무 풍성해서 벌어지고 있는 일입니다. 그런 절에는, 그런 중이 있는 곳에는 가지 않아야 합니다. 배가 고프면 그런 짓 못합니다. 배가 부르니까 그런 짓을 하는 것입니다.

머리 깎고 먹물옷 입었다고 중이 아닙니다. 겉가죽은 속세를 벗어난 듯하지만 실제로는 가장 세속적인 부류들도 있습니다. 그들은 모처럼 큰마음을 내서 출가했지만 수행자의 업을 익히지 못하고 여전히 속세의 때에 찌들어 있습니다. 일단 출가했으면 출발할 때 다짐했던 그 새롭고 맑은 업을 익혀야 하거늘, 세속에서 익혔던 업을 되풀이하기 때문에 중생 놀음을 재현하고 있는 겁니다.

더구나 지금이 어느 때입니까? 온 나라가 총체적인 위기에 처해 있지 않습니까? 어느 한 군데 성한 곳 없이 부패할 대로 부패한 그런 상황입니다. 이건 경제 위기만이 아닙니다. 인간 존재 자체가 크게 위협을 받고 있어요. 그런데도 세상의 빛이 되어야 할 종교인들이, 사회의 등불이 되어야 할 출가 승려들이 도박판을 벌이고 잿밥을 위해 폭력을 행사하면서 물의를 일으킬 때인가 이 말이에요.

신앙생활은 끝없는 반성과 참회를 통해서 새롭게 태어나는 것입니다. 인간 개개인이 바뀌지 않는 한 세상은 변화될 수가 없습니다. 우선 나부터, 여기 모인 우리부터 달라져야 돼요. 우리가 달라지지 않으면 세상 또한 달라지지 않습니다. 현재의 우리 사회는 다른 누가 만들어 놓은 것이 아닙니다. 바로 우리들이 만들어 놓은 거예요.

그런데 우리가 만든 이 세상이 이제는 반대로 우리를 만들어 가고 있습니다. 우리가 세상을 만들었지만 우리가 만들었던 세상이 다른 한편으로 우리를 만들어 가고 있습니다.

모든 관계와 관계에는 상관성이 있습니다. 우리들 자신이 오늘과 같은 이런 사회를 만들어 왔기 때문에 이에 대한 책임도 함께 져야 합니다. 이 책임 의식이 우리들에게 변화를 일으킬 것을 요구하고 있어요. 여기에 종교인들이 사명감을 갖고 제대로 된 역할을 해야 할 때입니다.

인류 역사가 시작된 이래 사람들은 각기 다른 종교 혹은 이념을 만들어서 각자 자기가 속해 있는 곳만이 제일이고 진짜라고 이렇게 믿습니다. 그 때문에 서로 미워하고 싸워요. 지금 세계에서 일고 있는 여러 종교 분쟁도 바로 그 때문이에요. 자기가 믿는 것만이 진짜라고 그렇게 싸운다고요.

그렇지만 사람이 만들어 놓은 것은 참이 아닙니다. 진짜가 아니에요. 진리는 결코 그런 다툼 속에 있지 않습니다. 종교라는 이름 아래 행해지고 있는 갖가지 일들을 보세요. 과연 종교라는 이름에 맞는 일들을 하고 있는지 묻지 않을 수 없습니다. 잠들지 않는 정신으로, 깨어 있는 정신으로 살피고 들여다볼 때 비로소 올바른 종교적인 삶이 무엇인가 깨달을 수 있습니다. 이 각성이 있어야 행동할 수 있습니다.

건성으로 절에 왔다 갔다 하면 무슨 소용이 있습니까. 마음 없이 교회에 왔다 갔다 해 봤자 의미 없는 것입니다. 그런 사람들은 종교가 무엇인지 모릅니다. 종교라는 이름 아래 행해지고 있는 여러 가지 일들, 불사가 됐건 무슨 행사가 됐건 우리들 정신이 깨어 있는지 살펴야 돼요. 이것이 참인지 거짓인지, 이것이 상업적 수단인지 진짜 불사인지 낱낱이 살피고 들여다볼 때 진정한 종교인으로서 올바른 삶을 살 수 있게 됩니다. 진실한 존재는 나와 너, 너와 나를 나누지 않습니다. 하나예요. 나뉘는 것은 진리가 아닙니다.

그건 종교만이 아닙니다. 한 가정이 건강한가, 건강하지 않은가 하는 것은 가족 구성원을 보면 알 수 있어요. 온 집안 식구들이 한마음 한뜻이 되어 어려운 고비를 함께 이기려고 노력하는지를 보면 그 가정의 밀도를 알 수 있어요. 그 가정의 온도를 알 수 있습니다. 한 가정을 이루면서도 그 구성원들이 물에 기름 돌듯 따로따로, 이건 남편의 일이니까, 저건 아내의 일이니까 나 몰라라 한다면, 그 집안은 온전한 가정이 아니에요. 거죽으로 살고 있는 사람은 거죽에 드러난 것밖에 보지 못합니다. 표피적인 것, 외부적인 것, 어떤 현상적인 것에만 매달려서 살고 있는 사람들은 겉으로 드러난 것밖에 보지 못해요.

신앙생활도 마찬가지입니다. 겉이 아니라 안으로 들어가야 합니다. 많은 신앙인들이 종교적인 인습과 관습에서 벗어날 줄을 몰라요. 타성에 젖어 있습니다. 그래서 비판이 나오는 겁니다. 심지어 "종교는 아편이다." 이런 험한 말까지 나돌지 않습니까. 진정한 신앙인, 다른 말로 하자면 종교적인 사람은 순간순간 중심을 이루면서 그 중심에서 사는 사람입니다. 변두리가 아니고 자기 삶의 한

복판, 그 중심에서 살면서 자기 인생을 꽃피우려고 노력하는 사람입니다.

이론에 빠지지 마세요. 종교적인 이론이라는 거, 그건 피곤한 거예요. 그건 관념의 찌꺼기들입니다. 거기에 얽매이지 마세요. 이론에 통달했다고, 언변이 뛰어나다고 종교를 잘 아는 것이 아닙니다. 메마른 이론에, 관념의 찌꺼기에 집착한다고 살아 있는 신앙을 찾을 수 있는 것도 아닙니다. 부처님 말씀이 뭔지, 하나님의 말씀이 뭔지 몰라도 진실하게, 거짓 없이 따뜻한 마음으로 이웃을 보살피면서 사는 사람이 진정한 의미의 종교인입니다. 그런 사람이 종교를 실체로서, 또 실재로서 실현하고 증명하는 사람이에요. 그런 사람이 올바른 신앙인입니다.

밖에서 주워 모은 지식? 그런 건 지혜가 될 수 없어요. 그래서 "문으로 들어온 것은 집안의 보배가 될 수 없다." 이런 말을 하는 것입니다. 지혜는 누군가로부터 배워서 얻을 수 있는 것이 아닙니다. 지식은 남에게 받을 수 있지만 지혜는 받을 수 없어요. 지식은 머리에서 자라나는 것이지만, 지혜는 마음에서 움트는 겁니다. 그 지혜는 우리 마음에 꽃으로 피어나요. 그렇기 때문에 "마음 밖에서 찾지 말라." 이렇게 말을 하는 것입니다. 밖에서 주워 모은 것으로는 지혜의 탑을 쌓을 수 없습니다.

마음 밖에서 찾지 마세요. 이 세상 모든 것은 순간순간 새로운 것으로 채워집니다. 어제의 나와 오늘의 내가 다릅니다. 비록 거죽은 비슷하여 똑같은 눈매와 똑같은 목소리를 하고 있지만 어제의 나는 이미 죽었습니다. 지금 이 자리에 있는 나는 새로운 나입니다. 이 세상 모든 것은 그렇게 순간마다 새로워지는 것입니다.

무엇이 똑같아 보인다면 그건 우리 마음속에 과거가 들어 있기 때문에 그렇습니다. 과거를 통해서, 어떤 관념의 눈을 통해서 바라보기 때문에 늘 똑같은 것처럼, 같은 것이 되풀이되는 것처럼 느끼게 되는 겁니다.

진정한 삶은 순간마다 새롭습니다. 꽃을 보세요. 어제 핀 꽃이 다르고 오늘 핀 꽃이 다릅니다. 같은 것처럼 보여도 다릅니다. 그 빛깔과 그 향기와 그 모습이 다르다고요. 순간마다 새로운 이 삶이 종교적 신비예요. 이 신비가 우리를 본래의 나에게로, 본래의 자아에게로 인도합니다.

참된 종교는 인간의 의식, 인간의 가슴을 활짝 열게 합니다. 어떤 사람이 바른 신앙생활을 하고 있느냐 아니냐 하는 건 무엇으로 알 수 있습니까? 바로 가슴으로 알 수 있습니다. 가슴이 활짝 열려 있는 사람은 말하지 않아도 느낌으로 알 수 있습니다. 가슴이 겹겹으로 닫혀 있으면 아무리 달변을 늘어놓고, 거짓으로 선행을 해도 가짜임을 알 수 있습니다.

절에 가서 몇 날 며칠씩 기도를 밤새워 한다 하더라도 마음이 열려 있지 않으면 그건 말짱 헛것입니다. 인간의 의식과 인간의 가슴을 활짝 열게 하는 것이 참다운 종교입니다. 그래서 이념에 빠진 나라에서는 종교를 인정하지 않는 것입니다. 그런 나라에서는 종교를 혁명과 동일시합니다. 종교가 민중의 의식을 깨우는 도구가 될 수 있기 때문에 종교 활동을 허용하지 않는 것입니다.

종교는 추상적인 군중이 아니라 구체적인 개인과 관계를 갖습니다. 한 사람, 한 사람의 영역이에요. 개인만이 실체를 가진 존재이지 조직이나 집단은 실체가 없습니다. 따라서 개인이 변화해야만 개인이 몸담고 있는 사회도 변화의 길을 가게 됩니다.

이 세상에는 인류 역사 이래 수많은 종교가 있었고 지금도 계속 생겨나고 있습니다. "그런데 어째서 세상은 아직도 이 모양인가?" 많은 사람들이 의문을 품고 있습니다. 이건 실체가 아니라 허상을 추구하기 때문입니다.

사실 오늘 이 자리에 서면서 몹시 부끄러웠습니다. 말로는 무슨 맑고 향기롭게 운동을 한다 어쩐다 떠벌이면서도 실제로는 무엇을 하고 있는지, 제대로 하고 있는지 자책했기 때문입니다. 세상이 갈수록 흐려져 가고 있다는 말을 들을 때마다 내 역할을 제대로 하지 못한 것 같아 참 부끄러웠어요.

또 한 가지는 오늘 저를 소개하면서 큰스님이라고 하던데, 민망한 말입니다. 저는 큰스님이 아니에요. 누가 저보고 큰스님이라고 하면 정말이지 듣기 불편합니다. 그냥 아무개 스님 하면 되지, 제가 무슨 큰스님입니까? 어떤 수식어가 붙는 건 진짜가 아닙니다. 진짜 큰 것에는 크다는 말을 붙일 필요가 없습니다. 수식어 같은 건 없어도 돼요. 엄연한 실체가, 엄정한 존재가 있으니 굳이 말로 표현할 필요가 없습니다.

어느 절이든 가 보면 신도들마다 큰스님을 찾습니다. 여기저기 둘러보다가 "큰스님 안 계시네." 이러고는 갑니다. 세상 어디에 큰스님, 작은스님이 있습니까. 그런 구별을 두지 말라는 거예요. 존재를 그렇게 나누는 것은 잘못입니다.

여기저기 종교인은 많아도, 또 신도들은 많아도 진정으로 종교적인 사람은 귀합니다. 일요일에 절에 가고 교회에 간다고 해서 종교적인 사람인 것은 아닙니다. 종교적인 사람이란 어떤 존재를 받들고 무엇을 숭배하는 사람이 아닙니다. 부처님을 받들고 숭배한다고 해서 불교도인 것은 아니에요. 그것은 우리가 불자로서 지키는 예절이고 하나의 예배 형태이지 그 자체가 불교인 것은 아닙니다. 불교는 부처님을 받들고 숭배하는 것이 아닙니다. 그렇게 하는 사람이 불자인 것도 아닙니다. 스스로 부처가 되려는 사람, 스스로 눈을 뜨려는 사람이 진정한 불자입니다.

그럼 종교적인 사람은 어떤 사람일까요.

첫째, 종교적인 사람은 무엇이 참이고 무엇이 거짓인지 끊임없이 묻는 사람입니다. 해답은 그 물음 속에 들어 있습니다. 그렇게 묻는 사람이 영원한 구도자입니다. 참을 향해서 끝없이 노력하는, 끝없이 정진하는 구도자예요. 구도자는 어디에도 안주하지 않습니다. 어디에도 머무르지 않습니다.

둘째, 종교적인 사람은 온갖 불안과 두려움으로부터 자신을 해방시킨 사람이에요. 자기중심주의로부터 벗어난 사람, 이기심과 야심으로부터 자기를 자유롭게, 또 바람처럼 풀어놓은 사람이에요.

셋째, 종교적인 사람은 물질적인 빈부와는 상관없이 마음이 가난한 사람입니다. 마음이 가난하다는 것은 자기 분수를 알아서 자제할 줄 안다는 뜻입니다. 마음이 가난하다는 것은 마음에 중심이 잡혀서 평온하다는 거예요. 탐욕으로부터 자유로워질 때 마음의 가난은 덕이 됩니다. 스스로 자기 삶을 자제하고 스스로 선택하는 맑은 가난은 미덕입니다.

현대인의 불행은 옛날과 달라서, 결핍이 아니라 과잉에서 옵니다. 오늘날 우리들의 불행은 무엇이 없어서가 아니라 너무 많고 넘쳐서, 그걸 감당하지 못해서 생기는 것입니다. 우리는 내면에서부터 맑은 가난을 실천해야 합니다. 그래야 헛된 욕구도 욕망도 일어나지 않습니다. 내면에 있는 맑은 가난을 통해서만 삶의 진실을 볼 수 있습니다. 그런 경지에는 아무 갈등도 없고, 어떠한 분란도 일어나지 않습니다.

　그런데 내면에 맑은 가난이 없으면, 안으로 찬 것이 없기 때문에 흔들리고 맙니다. 안으로 마음이 안정되지 않았기 때문에, 마음의 중심이 안 잡혀 있기 때문에 과시하고 허세를 떨고 권력에 편승하고 소유물에 빠져듭니다.

　사람들은 마음이 공허할 때 물건을 사들여요. 하지만 그런다고 해서 그 공허한 마음이 해소됩니까? 오히려 집착만 더 생겨요. 그렇게 사들인 물건은 결국 귀찮은 쓰레기가 되고 마음의 짐이 됩니다. 무엇 때문에 돈을 들여서 버려야 할 쓰레기를 사려고 합니까.

　얼마 전에 한 신도가 느낀 바가 있어서 물건 대부분을 버렸다고 해요. 그래서 제가 잘했다고 칭찬을 해 드렸습니다. 우리가 새 집으로 이사를 가거나 거처를 옮길 때 물건은 두고 몸만 가는 것이라고 생각해 보세요. 얼마나 홀가분합니까. 그렇게 생활 습관 자체를 바꿔야 돼요. 삶의 양식이 달라져야 합니다. 그래야 새집으로 간 보람이 생깁니다. 머리에 이고 지고 가면 또 그 무게에 눌려 삶이 버거워집니다.

　누구나 내 물건이 소중하고 아깝게 느껴집니다. 언젠가 나도 가졌던 책을 보내려고 하니 아쉬운 마음이 들었습니다. 소중히 모으고 아껴 읽던 생각이 나서 그랬겠지요. 그렇지만 사람이 이 세상에 오면서 손에 무언가를 들고 온 게 아니잖아요. 지금 가지고 있는 것도 언젠가는 내 손에서 사라지고 말 것들이에요. 언젠가는 이 몸도 버리고 가야 합니다. 내가 끌고 다녔던 이 몸도 버리고 갈 텐데, 가구가 무슨 소용이고 책이 무슨 대단한 것이겠습니까.

버린다고 해서 없어지는 것도 아닙니다. 누군가 필요한 사람이 있으면 가지고 가서 보람 있게 쓰면 돼요. 유용하게 쓰면 되는 겁니다. 내게는 짐밖에 안 되는 것이지만 누군가에게는 꼭 필요한 것일 수 있습니다. 그렇게 물건도 윤회를 하는 것입니다.

넷째, 종교적인 사람은 자신이 믿는 종교 그 자체로부터도 자유로워져야 합니다. 종교란 결국 무엇입니까? 일종의 문화 현상이에요. 종교를 절대시하지 마세요. 이 세상에는 수많은 문화 현상이 있습니다. 철학이나 예술 같은 분야도 있고 정치나 경제 같은 분야도 있습니다. 이들도 모두 문화 현상입니다. 그중 하나가 종교일 뿐입니다.

종교라고 해서 특별한 게 아닙니다. 종교를 무소불위의 절대적 가치로 보는 것은 종교 자체를 모르는 것입니다. 태초에 종교가 있었던 것이 아니고 사람이 살다 보니까 이러한 요소도 필요하기 때문에 생겨난 것입니다. 어디 조용한 곳에 가서 기도하고 싶은 마음, 혼란스러운 정신을 다스리고 싶은 마음, 이런 욕구가 인간 내면에서 일어났고 그 씨앗이 싹을 틔우고 꽃을 피운 것이 바로 종교로 이어진 것입니다.

사람이 있기 이전에 종교가 있었던 것이 아니잖아요. 자신의 마음을 어떤 틀에 가두거나 한정해 버리면, 비록 그것이 종교라 하더라도 인간은 자유롭지 못하게 됩니다. 더 이상 성장할 수 없어요. 그 어디에도 얽매이지 않는 마음만이 진리를 발견할 수 있고 크게 나아갈 수 있습니다.

『금강경金剛經』에 "진리도 버려야 할 텐데, 하물며 진리 아닌 것이랴." 이런 구절이 있어요. 진리 자체에 얽매이지 말라는 거예요. 노예가 되지 말라는 거예요. 우리가 제대로 살면 되는 거예요. 종교적인 사람은 어디에도 안주하지 말아야 합니다. 그래야 거듭거듭 성장할 수 있어요. 날마다 새롭게 성숙할 수가 있습니다.

한 수행자는 이렇게 노래합니다.

"모든 것을 맛보고자 한다면 어떤 맛에도 집착하지 말라. 모든 것을 알고자 한다면 어떤 지식에도 매이지 말라. 모든 것을 소유하고자 한다면 어떤 것도 소유하지 말라."

글자가 아니라 뜻으로 받아들이세요. 표현에 이끌리지 말고 뜻을 읽어야 합니다. 그의 말은 "모든 것이 되고자 한다면 어떤 것도 되지 말라." 이렇게 압축할 수가 있어요. 무엇이 되려고 하면 그것에 매여서 그 이상 이루어지지 않는다는 거예요. 자기 자신을 어떤 틀에도 가두지 말고 한정시키지도 말라는 거예요. 사람은 이미 완성된 것이 아니라 완성으로 가는 과정 속에 있습니다. 사람은 끝없이 완성되어 가야 할 그런 존재예요.

작금의 국가 상황도 마찬가지입니다. 국가도 무언가가 되려고 했기 때문에, 오히려 거기에 얽매여서 어지러워진 것입니다. 국민 소득 만 불 시대를 노래하던 우리들의 허상이 그대로 드러난 겁니다. 위정자들의 잘못으로 구제 금융을 받아들인 지 일 년이 됐습니다.

지금 우리가 지고 있는 국제 구제 금융을 쉽게 얘기하면 달러 빚입니다. 그들은 돈을 빌려주면서 큰소리를 치고 있습니다. 한 나라의 경제를 자기들 입맛에 맞게 좌지우지하고 있습니다. 우리는 거기에 맞춰 또 굽실거립니다. 처음에는 단순히 외환 위기인 줄로만 알았는데 알고 보니 정치 위기였습니다. 국민 소득 만 불 노래는 착각이었던 거예요. 샴페인을 너무 일찍 터뜨린 거예요. 나라의 빚더미 속에서 많은 사람들이, 우리 이웃들이, 우리 형제들이 일자리를 잃었고 집을 잃었습니다. 많은 가정이 해체되었습니다. 비극입니다.

우리가 살고 있는 세월이라는 건 고정되어 있지 않습니다. 불변하지도 않습니다. 늘 변해요. 우리는 변화를 통해서 새로운 삶을 찾을 수 있어야 합니다. 똑같은 삶이 계속 이어진다고 가정해 보세요. 얼마나 지겨워요? 아무 불안도 없고, 걱정도 없고, 하루하루 그냥 맛있는 거 잘 먹고 이것저것 펑펑 쓴다고 해도 같은 생활이 계속된다면 그건 지옥일 것입니다. 그건 사람의 생활이 아니에요. 이 세상에서 일어나는 일들은 크건 작건 간에 그 나름의 의미가 있습니다.

현재 우리가 겪고 있는 이 고난을 우주론적인 관점에서 본다면 꼭 불행한 일만은 아닙니다. 만약 요즘 같은 경제 위기가 없었다면 우리가 어떤 식으로 나아갔겠습니까? 우리 미래는 어떻게 됐겠습니까? 아마 흥청망청 경제 놀음에 빠져 인간의 정체성을 잃어버렸을 수도 있습니다. 지구 저편에서는 못 먹어서 굶어 죽는 사람이 헤아릴 수 없을 만큼 많다는데 다른 한편에서는 남아도는 음식을 막 버리고 있지 않습니까. 만약 이런 경제 사태가 없었다면 우리는 인간적으로 훨씬 더 타락했을지도 모릅니다. 실직하신 분들, 이 추위에 노숙하고 계신 분들한테는 죄송한 말씀입니다만, 우리 사회의 병리 현상을 말하고자 하는 겁니다.

하지만 실망하지 마십시오. 위기 속에는 반드시 희망이 있습니다. 우리가 지금 겪고 있는 경제 난국이라는 것은 우리 미래를 위해서 새롭게 시작하라는 명징한 교훈입니다.

희망이란 무엇입니까? 내일이 있다는 것입니다. 절망한 사람에게는 내일이 없습니다. 우리에겐 내일이 있으니 희망도 있는 거예요. 인생에는 맑은 날만 있는 것이 아닙니다. 흐린 날도 있고 바람 부는 날도 있어요. 흐리고 바람 부는 날이 지나가면 반드시 맑은 날이 옵니다. 이것이 우주의 순환입니다. 늘 이렇게 순환해요. 인류 역사 자체가 그렇습니다. 개인도, 사회도, 나라도 그렇게 순환합니다. 그러므로 희망을 잃지 말아야 합니다. 우리의 현재가 늪에 갇혀 있는 것이 아닙니다. 뭔가 새로운 흐름이 있습니다. 경제 위기가 왔다고 해서 인생 자체가 근본적으로 달라진 건 아닙니다.

경제도 너무 걱정할 필요는 없습니다. 마음을 편히 가지세요. 그전보다 덜 사고 덜 쓰고 덜 버리면 됩니다. 그동안 우리는 필요 이상으로 많이 사고 많이 소비했습니다. 지금의 경제 위기는 그에 대한 경고로 이해하면 됩니다. 지구의 자원은 한정돼 있으므로 그때그때 상황에 따라서, 우리 분수에 맞도록 살면 됩니다. 우리가 살아온 지난 자취를 한번 생각해 보세요. 경제적으로 지금보다 훨씬 어렵게 살았던 시대가 그리 먼 과거가 아니에요. 연탄 몇 장, 쌀 몇 되만 있어도 고마워하고 만족하며 살았습니다.

어쩌면 그 시절이 지금보다 훨씬 인간적이기도 했습니다. 살림은 좀 궁핍했지만 따뜻함이 있었습니다. 구멍 난 양말을 꿰매 신어도, 연탄이 떨어져도 마음은 따뜻했습니다. 사람이 지녀야 할 도리를 알았고, 최소한의 예의와 염치를 알았습니다. 무엇보다 인간의 품위를 소중하게 여길 줄 알았습니다. 바로 이것이 종교적인 인간의 삶입니다. 종교가 특별한 것이 아닙니다. 이런 삶이 바로 종교적인 삶입니다.

사람은 변화를 통해서, 새로운 경험을 통해서 자신에게 잠재된 능력을 개발할 수 있다고 말씀드렸습니다. 지금의 위기를 좋은 계기로 삼으십시오. 어떻게 늘 태평세월만 누릴 수 있겠습니까. 지금 이 위기를 극복해 나가는 과정도 우리가 겪어야 할 일입니다. 우리에게 주어진 새로운 과제입니다. 새롭지 않으면, 변화하지 않으면 안 됩니다. 변화와 시련을 겪으면서 인간적으로 더 성숙해질 수 있다면 오늘의 위기가 결코 부정적인 것만은 아닙니다.

그리고 다시 인간의 품위와 인성을 회복해야 합니다. 인간이란 무엇입니까? 표현 그대로 사람과 사람 사이를 말하는 것입니다. 사람 인ㅅ자가 지시하는 것은 서로 기대어 있음, 즉 의지를 뜻하는 것입니다. 우리가 살아가는 세상은 혼자가 아닌, 서로에게 기대어 함께 이루어지는 세상입니다. 우리에게는 의지할 대상이 있습니다. 바로 주변 사람들입니다. 가족, 친구, 동료, 그리고 우리가 만나는 모든 사람이 서로의 삶을 채우는 존재들입니다.

사람과 사람 사이에 아름답고 선량한 관계가 이루어지면 우리는 선한 존재로 다시 태어날 수 있습니다. 서로를 존중하고 이해하며, 사랑과 배려로 관계를 맺어 나갈 때 우리의 내면은 더욱 풍요로워집니다. 그 관계 속에서 우리는 진정한 인간다움을 경험하게 되고, 인간의 품위는 더욱 빛을 발합니다. 사람과 사람 사이의 관계는 서로를 북돋우고 성장하게 만드는 원동력이 됩니다.

관계는 단지 사회적 상호 작용에 그치지 않습니다. 우리의 영혼 깊은 곳의 종을 울리며, 우리를 더 나은 존재로 변화시킵니다. 바로 종교적인 인간, 즉 스스로를 초월하고 더 큰 존재와 이어지는 인간이 되는 것입니다. 이 종교적인 인간다움은 특정 종교 교리나 의식을 의미하는 것이 아닙니다. 우리가 서로에게서 신성함을 발견하고, 우리 삶의 관계 속에서 위대한 존재의 손길을 느끼는 것입니다.

인간의 품위와 인성을 회복하는 것은 단순히 개인의 노력에 그치지 않고, 우리가 함께 만들어 가는 공동체의 과제이기도 합니다. 서로가 서로에게 의지하며, 선량하고 조화로운 관계를 맺는 과정에서 우리는 진정한 인간다움을 깨닫게 될 것입니다. 그것이야말로 인간이 본래 지닌 고귀함과 존엄을 되찾는 길입니다.

혹시 아시는지 모르겠습니다만, 스콧 니어링이라는 성실한 자연주의자가 있습니다. 백 년이라는 시간을 살면서 깊고 심오한 관조의 세계를 펼친 사람입니다. 또한 그 사람 책을 읽은 분들은 아시겠지만 조화로운 삶을 살다가 간 사람입니다. 그가 남긴 말을 음미해 봅니다.

"어떤 일이 일어나도 당신이 할 수 있는 한 최선을 다하라.
결코 마음의 평정을 잃지 말라.

당신이 좋아하는 일을 찾으라.

집, 식사, 옷차림을 검소하게 하고 번잡스러움을 피하라.

날마다 자연과 만나고, 발밑의 땅을 느껴라.

근심 걱정을 떨쳐 버리고 그날그날을 살라.

다른 사람과 나누라.

인생과 세계에 대해서 생각해 보는 시간을 가져라.

생활 속에서 웃음을 찾으라.

이 세상 모든 것에 애정을 가져라.

모든 것 속에 들어 있는 하나의 생명을 안으로 살펴보라."

어떤 어려운 상황일지라도 좌절하지 말고, 낙담하지 말고, 주저앉지 말고 최선을 다하라고 합니다. 평정을 잃지 말라는 것을 불교식으로 말하면 마음의 중심을 잃지 말라는 거예요. 번잡스러움을 피하라는 것은 욕심을 부리지 말라는 의미입니다. 그리고 자연 속에 살라고 충언합니다. 그렇다고 나는 이 말을 단지 자연을 즐기라는 뜻으로 생각하지 않습니다. "일을 하면서 몸을 움직여라. 땀을 흘리면서 살아라." 이렇게 말하는 것이라고 생각합니다.

그날그날을 충실히 살라는 것은 근심이나 걱정을 앞당기지 말라는 거예요. 근심과 걱정을 떨쳐 버리고 하루하루를 최선을 다해서 살라는 거예요. 그리고 어떤 식으로든 다른 사람과 나누라고 말합니다. 내 이웃을 보살피라는 뜻입니다. 또한 인생의 근원적인 비밀은 무엇인지 이 세계의 본질은 무엇인지 생각해 보라고도 합니다.

또 소문만복래笑門萬福來라고 하지 않습니까? 웃음은 단지 즐겁고 기쁜 것을 표현하는 것이 아닙니다. 복을 표현하는 말입니다. 인간이 추구하는 본질 중 하나는 복입니다. 행운이나 재물 같은 것을 의미하는 것이 아닙니다. 말 그대로 복福입니다. 복은 상서로운 것이며 나누는 것입니다. 나를 이루는 근원이며 남을 이롭게 하는 수단입니다.

웃으면 복이 옵니다. 얼굴 찌푸리지 마세요. 복이 누군가 집에 찾아갔다가도 주인이 찌푸리는 걸 보고 '어이쿠, 다른 곳에 가야겠네.' 돌아 나왔다는 이야기가 있습니다. 들어오는 복을 자기 스스로 내치지 마세요. 이 복으로 나와 이웃을 이롭게 할 수 있습니다. 그것도 너무 간단합니다. 웃으면 됩니다. 이 단순한 가치가 가장 위대한 가치가 된다는 것을 깨닫는 것만으로도 우리는 더 아름다운 인생을, 더 행복한 인생을 살 수 있습니다.

스콧 니어링의 마지막 말에도 큰 의미가 있습니다. 하나의 생명을 안으로 살펴보라는 것은 그가 종교적 인간, 그것도 참다운 종교적 인간이라는 것을 보여 줍니다.

모든 것 속에 들어 있는 하나의 생명을 보려면 종교안宗教眼을 갖지 않으면 안 됩니다. 또한 눈만 있어도 안 됩니다. 그에 어울리는 순수한 마음이 있어야 합니다. 그렇게 하면 세상 모든 것에 애정을 갖지 않을 수 없습니다. 그런 의미에서 스콧 니어링은 자기 안의 종교를 사회적으로 실천한 행동가라고도 할 수 있습니다.

　우리는 오늘 이 자리에서 우리에게 주어진 귀중한 인생의 한때를 함께 맞이했습니다. 다시 가면 돌아오지 않을 그런 귀중한 시간을 함께 보냈어요. 우리 삶에서 만난 오늘 인연에 감사합니다.

1998년 11월 25일
맑고 향기롭게 부산 모임

출가라는 건 무엇입니까?

단지 살던 집에서 나온다고 해서

출가인 것은 아닙니다.

낡은 집으로부터,

즉 어떤 고정 관념으로부터

벗어나는 일입니다.

참다운 구도자가 되는 길

우리가 이 험난한 시대에 일불제자一佛弟子가 됐다는 것, 부처님의 제자가 됐다는 것을 생각하면 참 고마운 일입니다. 그 인연으로 오늘 여러분과 만나게 됐습니다.

내가 요즘 유심히 보고 있는 것이 율장律藏이에요. 율장은 부처님이 제정하신 계율의 조례를 모은 책입니다. 초기 불교를 알려면 『숫타니파타』, 『아함경阿含經』, 『법구경法句經』 같은 경을 읽는 것도 필요하지만 율장도 매우 중요합니다. 이 책들을 보면 당시 생활 풍습을 두루 알 수 있어요. 또 초기 교단의 형편이나, 제도가 생기게 된 배경 같은 것도 소상히 적혀 있기 때문에 모르던 것을 알게 되는 경이로움이 있습니다. 새삼스럽게 눈이 번쩍번쩍 뜨입니다. 여러 학인 스님들께서도 율장을 두루 읽으시기를 권합니다.

다들 아시다시피 『숫타니파타』 경전은 맨 처음 성립한 경전이라고 얘기하지 않습니까? 거기 「출가경出家經」이 있어요. 부처님께서 어떤 뜻으로 출가를 했는지, 또 출가한 다음에 어떻게 수행했는지 말씀하십니다.

"출가에 대해서 나는 이야기하리라. 집에서 사는 생활은 좁고 번거로우며 먼지가 쌓인다. 그러나 출가는 널찍한 들판이며 번거로움이 없다. 출가한 다음에는 몸으로 짓는 나쁜 행위를 멈추었다. 말로 짓는 악행도 버리고 아주 깨끗한 생활을 하였다."

왜 출가를 했는지, 무엇을 생각한 끝에 출가했는지 부처님 스스로 얘기하고 있는 겁니다. 집의 생활은 세속의 생활입니다. 그 자신, 왕국의 왕자로 태어났으면서도 왕궁의 생활이라는 것은 비좁고 번거로우며 먼지가 쌓인다고 합니다. 얽히고설킨 세속사, 복잡미묘한 관계, 그러다 보면 온갖 번뇌와 망상이 쌓인다는 소리입니다.

그러나 출가를 하면 널찍한 들판에 사는 것이며 번거로움이 없는 삶을 사는 것이라고 합니다. 나쁜 행위, 말로 짓는 악행을 버리고 깨끗한 생활을 했다는 것은 삼업三業을 맑혔다는 뜻입니다. 삼업은 몸과 입과 뜻으로 짓는 세 가지 업인 신업身業, 구업口業, 의업意業을 이르는 말입니다. 수행이 무슨 특별한 것이 아니에요. 추상적인 것이 아닙니다. 하루하루, 순간순간 몸으로 하는 행동, 입으로 하는 말, 내 마음속으로 하는 생각, 이 삼업을 맑히는 일이에요.

또 『법구경』에 보면 "나쁜 짓 하지 말고 착한 일 두루 행해서 그 마음을 맑히라. 이것이 모든 부처님께서 주시는 가르침이다." 이런 게송이 있지 않습니까?

마음을 맑힌다는 것 역시 곧 삼업을 맑힌다는 뜻입니다. 그렇다고 이를 상징적인 말씀으로만, 오래전 부처님 때의 일로만 생각하지 마세요. 이건 다른 누군가의 이야기가 아닙니다. 각자 자신이 출가하던 때를 떠올려 보세요. 왜 출가를 했는지, 또 출가한 다음에는 어떤 식으로 살아왔는지 곰곰이 생각해 보세요. 한 생각 일으켜서 절에 들어왔지 않습니까? 누가 오라고 하지도 않았는데 제 발로 온 것입니다. 어디서 중노릇할 사람 모집한다는 이야기는 들어 본 적이 없습니다. 다들 자신의 의지에 따라, 자신이 세운 뜻에 따라 절에 온 것입니다. 자주적으로 선택한 길입니다. 속세라는 삶의 궤도에서 벗어나 스스로 자기가 갈 길을 자기가 닦은 거예요. 자기가 만든 겁니다.

그런데 출가한 다음에 '내가 지금 하루하루 어떻게 살고 있는

가?', '과연 신구의身口意 삼업을 제대로 맑히고 있는가?', '괜히 겉으로만 중노릇하고 있는 건 아닌가?' 진지하게 생각해 보십시오. 절대 남의 일로, 오래전 일로 여기지 마세요. 바로 내 자신의 일로, 지금의 일로 받아들이면 부처님 세상에 내가 살고 있는 것과 다름이 없습니다. 그래야 경전을 읽는 의미가 있어요. 그렇게 해야 경전 한 구절, 부처님 말씀 한마디가 살아 움직입니다.

"스님, 왜 중이 됐습니까?", "스님, 왜 출가했습니까?" 이런 질문, 다들 들어 보셨을 겁니다. 아마 스스로에게도 물었을 것입니다. '하고많은 길 중에서 나는 어째서 출가수행의 길을 택했는가?' 물론 각자의 상황에 따라 이 길을 택한 이유는 모두 다를 테지요.

그러나 출가의 뜻은 공통적입니다. 그리고 대의적입니다. 각자 환경이라든가 여건이 다르기 때문에 여러 상황에 놓여 있었겠고 이유도 많았겠지만, 출가하겠다는 의지, 내 인생을 다시 시작하겠다는 의지는 여러분 모두에게 공통으로 있었을 거라고 생각합니다. 그러니 '출가한 다음에 어떻게 살고 있는가?', '출가수행의 길을 잘 걷고 있는가?' 스스로 물어야 합니다. 저도 늘 제 자신에게 묻고 또 반성합니다.

누가 대신 물어 줄 수 없습니다. 스스로 물어야 합니다. 그렇게 하지 않으면 자신도 모르게 직업적인 중으로 타락해요. 절이라는 곳, 얼마나 편해요? 정년퇴직도 없잖아요. 실직도 없고 감원도 없습니다. 공동체의 질서만 잘 지키면 얼마든지 편하게 지낼 수 있습니다. 밥을 걱정합니까? 옷을 걱정합니까? 아니면 집을 걱정합니까?

그런데 기본적인 질서가 무너지게 되면 개인의 수도 생활 자체가 해체됩니다. 무너지고 말아요. 누구를 위해서 하는 게 아닙니다. 대중의 일원으로 일어나서 살게 되면 한몫을 해야 되는 것입니다. 있어도 그만이고 없어도 그만인 그런 존재가 아니라, 없어서는 안 될 그런 존재로서 한몫을 해야 돼요. 그렇게 화엄법계華嚴法界를 이루는 것입니다. 찬란한 도량의 조화를 이루는 겁니다. 주인 노릇을 해야 돼요.

임제 선사 법문에 "수처작주隨處作主 입처개진立處皆眞."이라는 말이 있습니다. "임하는 곳마다 주인이 되어라. 그러면 임하는 모든 곳이 참되리라." 이런 뜻입니다. 쉽게 말하면 주인이 되라는 거예요. 어느 곳에 가든 그곳의 주인이 되라는 겁니다. 주인이 된다는 것은 능동적이고 주체적으로 살라는 뜻입니다. 그러면 그가 몸 담고 있는 그 자리가 바로 법계가 되고 진리의 세계가 되는 것입니다.

『사분율四分律』에 보면 출가 생활을 위한 네 가지 요소가 나옵니다. 분소의糞掃衣, 걸식乞食, 수하좌樹下座, 진기약陳棄藥이 그것입니다. 이것은 출가승이 지켜야 할 생활 규범이라고 할 수 있는데, 출가 생활뿐만 아니라 어떤 상황에서도 기본적인 것입니다.

먼저 분소의糞掃衣입니다. 한자의 뜻만 놓고 본다면 똥 묻은 헝겊을 모아 만든 옷입니다만, 실제로는 여기저기 버려진 헝겊을 기워 만든 옷, 즉 가사袈裟를 일컫는 말입니다. 원래는 조각조각 깁다 보니까 조가 생긴 것인데 요즘은 멀쩡한 천을 잘라서 조를 만듭니다. 율장에 보면 소가 씹다 버린 천, 쥐가 쏠아 먹은 천, 이런 걸 기워서 만들었다고 해요. 부처님 자신도 이런 옷을 입고 지냈습니다. 부처님은 나중에 자신의 가사를 제자 마하가섭에게 줍니다.

마하가섭이라고 하면 바로 두타행頭陀行을 떠올리게 됩니다. 다들 아시다시피 두타행이란 의식주에 대한 집착을 떨치는 수행을 말합니다. 부처님 자신도 분소의를 입으시고, 마하가섭도 그리했습니다. 세상에 버려진 천을 기워 입었다는 거예요. 지금 시대에서 우리가 비록 실천적으로는 그렇게 할 수 없다 하더라도 그 정신은 이어받아야 돼요. 불자로서 당연히 해야 할 도리입니다.

이건 가사에만 해당하는 것이 아닙니다. 겉옷이건 속옷이건 양말이건 우리가 입는 모든 것에 그런 정신을 불어넣어야 합니다. 이것이 출가자의 마음가짐입니다. 가치를 바라보는 시선이 세속 사람들과 달라야 합니다. 세속에서는 화려하고 번듯한 옷을 내세우지만 출가한 수행자들은 가장 못난 것, 가장 하찮은 것 이런 걸 귀하게 여겨야 해요.

왜 귀한가? 그것은 우리 스스로 선택한 것이기에 그렇습니다. 그래서 가치가 있는 것입니다. 마지못해서, 어쩔 수 없어서 지니게 된 것은 대단함이 아닌데, 스스로 누추함을 선택한 것은 귀한 거예요. 그건 아무나 할 수 있는 게 아닙니다. 부자 되기는 쉬워요. 안 쓰고 모으면 부자가 됩니다. 그런데 가난해지는 것은 어려워요. 투철한 자기 철학이라든가 인생관이 투영되지 않으면 가난해지기는 정말 어렵습니다.

우리가 입는 옷을 흔히 먹물옷이라고도 하는데, 한자어로 치의緇衣입니다. 치緇는 검다는 뜻이지만 실제로는 검정이 아니라 괴색壞色이라고 하는 게 더 알맞습니다. 검은 것도 아니고 흰 것도 아닌 이 색이 참 미묘하여서 어느 계절에 입어도 좋습니다. 계절을 타지 않아요. 이 빛깔과 디자인은 세계 시장에 내놔도 뒤떨어지지 않습니다. 실제로 세계적인 디자이너가 우리가 입는 것과 비슷한 옷을 내놨어요.

둘째는 걸식乞食으로, 음식 따위를 빌어먹는 것입니다. '빌어먹을'이라고 하면 욕 같지만 욕 아니에요. 세속에서는 그럴지 몰라도 불가에서는 아닙니다. 『금강경』 한 구절에 보면 "세존께서 공양하실 시간이 되어 사위성 안으로 들어가 걸식하셨다." 이런 내용이 있습니다. 걸식은 숭고한 의식입니다.

직접 농사를 지어도 되고 음식을 만들어도 되는데 왜 부처님은 이를 금하고 걸식을 하라고 하셨을까요? 농사를 짓거나 음식을 만들면 세속적 욕망과 번뇌에 빠지기 때문입니다. 칠가식七家食이라는 말도 있습니다. 걸식을 위해 일곱 집을 돈다는 거예요. 일곱 집을 모두 돌기 전에 바리때가 차면 거기서 그치고, 일곱 집을 돌아도 바리때가 차지 않으면 찬 만큼만 먹습니다. 아무것도 없으면 그냥 굶습니다.

우리나라에는 이제 이런 의식이 사라졌지만, 동남아 쪽 나라에 가면 지금도 바리때를 들고 빌어먹잖아요. 나도 태국에 갔을 때 그쪽 스님 따라서 아침에 탁발을 해 보니까 신도들이 먼저 아침 공양거리를 가지고 와서 기다리고 있어요. 그렇게 음식을 얻어서 오는데, 고맙게도 귀한 연꽃도 한 송이 받았습니다.

그런데 가섭존자와 아난존자 두 분의 걸식 방식이 다릅니다. 가섭존자는 걸식 때 가난한 집만 찾아갔습니다. 가난한 집은 전생에 복을 지은 것이 없어 가난한 것이기 때문에 금생에 복을 지어 후생을 기약하라는 의미로 그런 것입니다. 반면에 아난존자는 가난한 집을 염려해 부잣집만 찾아갑니다. 부처님께서 그걸 아시고는 "그렇게 하지 말라. 있는 사람이건 없는 사람이건 차례로 가서 걸식을 하라." 이렇게 말씀을 하십니다. 경전에 차제걸이次第乞已라는 말이 나오는데, 한 집 한 집 그러니까 차례차례 걸식할 집을 찾아간다는 뜻입니다. 즉 구별하여 가르지 말라는 말씀입니다.

다음은 수하좌樹下座입니다. 최초의 불교 정사인 죽림정사나 수달 장자가 세운 기원정사가 생기기 전에는 수하좌예요. 말 그대로 나무 아래에서 정진했습니다. 인도에 가 보신 분들은 잘 알겠지만 아주 더운 날인데도 나무 그늘 밑에 가면 시원해요. 또 큰 나무에는 나무의 신이 수행자를 옹호한다는 전통적인 사고방식도 있습니다. 난 고목을 보면 참 좋아요. 오랜 세월 온갖 풍상을 다 겪었으면서도 기상이 아주 늠름하잖아요. 또 여기 운문사에 있는 저 은행나무. 도량에 저렇게 큰 나무 있는 거 보면 참 환희심歡喜心이 나요.

나무는 사람보다 낫습니다. 거센 비바람이 몰아쳐도 의연하잖아요. 어떻게 보면 수행자의 모습 아닙니까? 그걸 배워야 돼요. 선지식으로 삼으세요. 야단스러운 것은 선지식이 아닙니다. 그건 사이비입니다. 진짜 선지식은 나무나 바위나 시냇물처럼 말이 없습니다. 절이 생기기 전에는 주로 노지에서 정진했지 않습니까? 나무 밑이나 바위 혹은 동굴 같은 곳에서 눕고 자고 했어요. 묘지라든가 굴속이라든가 숲속이라든가 뭐 이런 곳에서 정진을 했습니다. 이런 곳이 참입니다.

옛 경전을 보면 돌이나 나무토막 또는 옷가지 등을 베개로 삼으라는 내용도 있어요. 지금 우리가 베고 자는 것 같은 베개는 없었습니다. 수행하느라 돌아다니는데 그런 베개를 어떻게 들고 다니겠어요. 이런 내용을 보면 지금 우리는 얼마나 편하게 지내는 것입니까? 초기 불자들의 수행을 생각해 보면 우리는 너무 과분하게 살고 있습니다. 자성해야 합니다. 늘 시시時時로 되돌아보아야 합니다.

마지막은 진기약陳棄藥입니다. 소 배설물을 발효시켜서 만든 것인데, 이것으로 병을 다스렸다고 그래요. 그런데 몹시 아프더라도 이레를 넘겨 먹으면 안 된다고 합니다. 오래 약을 먹으면 범계犯戒, 즉 계를 범하게 되는 거라고 했어요.

『아함경』에 보면 바카리 비구 이야기가 나옵니다. 바카리가 병에 걸려 낫지를 않자 의원이 치료법으로 알코올을 권합니다. 즉 술이에요. 하지만 바카리는 술을 먹지 않겠다고 맹세했기 때문에 거절하지요. 이때 부처님이 말씀하십니다.

"내가 너희들에게 술을 못 마시게 한 것은 그것이 정신을 해하는 독이기 때문이다. 그런데 만약 그것이 사람을 낫게 하는 것이라면 왜 못 마시게 하겠느냐. 그때는 그것이 술이 아니라 약인 것이다."

이것이 부처님의 진짜 가르침이에요. 이것이 진짜 계戒입니다. 계는 엄격하기만 한 것이 아니에요. 융통성이 있어요. 계라는 문門은 열 수도 있고 닫을 수도 있는 것입니다. 늘 닫혀만 있다면 그게 벽이지 어찌 문입니까? 그렇다고 귀에 걸면 귀걸이, 코에 걸면 코걸이 하는 식으로 자기 좋을 대로 해석하면 안 됩니다. "이건 술이 아니라 악이오." 하면서 마셔 대면 천규天規를 어기는 것입니다.

도가 지나친 고행주의자도 많았습니다. 대표적인 게 데바닷타입니다. 그는 아주 극단적인 고행자예요. 그래서 제자들도 많았습니다만, 극단은 불건전하기 마련입니다. 지나친 쾌락도 안 좋은 것이고, 지나친 고행도 안 좋은 것입니다. 그래서 부처님은 중도를설하셨습니다. 녹야원鹿野苑에서 다섯 수행자를 두고 최초로 설한것이 중도 법문 아닙니까? 부처님은 왕자로 있으면서 세속적인 영화를 누렸고, 출가 후에는 몇 생을 해도 못 할 그런 지독한 고행도해 보셨습니다. 스스로 그 모두를 겪어 보셨기 때문에 극단은 옳은것이 아니라고 말씀하신 것입니다. 이것이 부처님 가르침의 기본이자 깊은 뜻입니다.

수순중생隨順衆生이라는 말이 있습니다. 중생의 뜻이나 바람에응하여 주는 일이라는 뜻입니다. 우리가 왜 대중 생활을 합니까?한평생 대중 생활을 할 기회는 적습니다. 여기 계신 학인 스님들,공부 마치고 나면 다 뿔뿔이 흩어져요. 선방에 가는 사람도 있을것이고, 포교당에 가는 사람도 있을 것이고, 또 어디 가서 봉사하는 일에 몸담는 사람도 있을 것입니다. 그때는 지금처럼 대중 생활을 할 수 있는 기회가 많지 않아요. 여기서 자기 기량을 닦아야돼요.

출가라는 건 무엇입니까? 단지 살던 집에서 나온다고 해서 출가인 것은 아닙니다. 낡은 집으로부터, 즉 어떤 고정 관념으로부터 벗어나는 일입니다. 정신을 완전히 전환해야 합니다. 사고방식, 생활 태도 자체를 바꾸어야 해요.

또 출진出塵이라는 말도 있지 않습니까. 진塵, 즉 티끌에서 벗어나야 합니다. 마음을 어지럽히는 번뇌에서 벗어나야 합니다. 시시로 '내가 과연 출가자인가?', '내가 지금 출가자로서 무엇을 하고 있는가?', '시조 앞에 내가 부끄럽지 않은가?' 생각해 보시기 바랍니다. 우리는 과연 의식주약衣食住藥을 어떻게 수용하고 있는가 시시로 물어야 합니다.

제가 탐독하는 구도의 서 중 『정법안장正法眼藏』 한 구절을 읽어 드립니다. 일본 도원 선사의 선어록인데, 읽어 보면 마음의 길이 한결 넓어집니다.

"불도를 배우는 사람은 먼저 가난해야 한다. 가진 것이 많으면 반드시 그 뜻을 잃는다. 진정한 수행자는 한 벌의 가사와 바리때 외에는 아무것도 갖지 않는다. 거처에 집착하지 않고 모세暮世에 마음 쓰지 않기 때문에 오로지 불도에만 전념할 수 있다. 이와 같이 정진하는 사람은 저마다 그 분수에 따라 이익을 얻는다. 가난한 것이 불도에 가깝기 때문이다."

선사가 말하고자 하는 것은, 주어진 가난이 아니라 우리가 스스로 선택한 가난, 절제된 생활입니다. 불도를 배우는 사람은 일을 미루어 뒷날을 기약하거나, 그때 가서 수행하려고 해서는 안 됩니다. 오늘 이때를 헛되이 보내지 않도록, 하루하루 부지런히 정진해야 합니다. 세월은 결코 사람을 기다려 주지 않습니다.

학인 스님 여러분의 정진을 기원합니다.

1999년 5월 19일
운문사 여름결제

지금 어디를 향해서

나의 걸음을 내딛고 있는지,

하루하루를 헛되이

소모하고 있는 것은 아닌지

스스로 물으십시오.

인간은 유한한 존재

옛날 나이 지긋한 한 스님이 산중에서 큰 소나무에 판자를 걸어 놓고 그 위에 앉아서 좌선을 했습니다. 원래 중들이 괴벽스러우니 까 남이 안 하는 짓들을 많이 하잖아요. 아마 그 스님도 그랬던 모 양입니다.

어느 날 그 지역 관리가 괴이한 스님이 있다는 이야기를 듣고 찾아갑니다. 왜 그런 행동을 하는지 궁금하기도 했을 테고, 이 양 반이 이름은 알려지지 않았지만 혹시 덕 높은 고승인가 싶기도 했 을 테지요.

"스님, 어째서 그토록 위태로운 곳에 계십니까?"

"내가 앉아 있는 이 자리는 든든한 반석과 같소. 내가 보기에는 그대의 자리가 더 위태롭기 짝이 없는 것 같소."

"저는 이와 같이 땅을 딛고 있고, 이 지방의 높은 관리입니다. 사람부터 산천초목에 이르기까지 모든 것이 제 아래에 있는데 어째서 제가 위태롭다고 하십니까?"

그러자 그 스님이 말합니다.

"비록 그 지위가 높다 할지라도 언제 어떤 일이 그대 신상에 일어날지 알 수 없소. 거기에다 지금 그대의 마음은 마치 섶에 불이 붙은 것처럼 교만의 불꽃으로 타오르고 있지 않소. 이것을 위태롭다고 하지 않고 뭐라 하겠소."

이 말을 듣고 관리는 크게 깨닫습니다. 믿음이 생겨 이번에는 정중하게 절을 하고 나서 평소 마음속에 간절히 지녔던 의문을 꺼냅니다.

"스님, 어떤 것이 진짜 불법입니까? 불교에 귀의해서 수십 년 절에 다닌 분들도 저와 같은 의문을 품는 것을 보았습니다. 하지만 아무도 답을 알지 못했습니다. 도대체 진짜 불법은 무엇입니까?"

"나쁜 짓 하지 말고 착한 일 두루 행하시오."

고승이 아니라도 누구나 할 법한 말입니다. 나쁜 짓 하지 말라는 걸 누가 모르고, 착한 일 행하라는 걸 누가 모릅니까. 너무도 평범한 말에 관리는 실망합니다. 큰스님한테서 엄청나고 대단한 소리를 들을 줄 알았는데, 어둡던 눈이 번쩍 뜨이는 그런 소리를 들을 줄 알았는데, 기껏 한다는 소리가 나쁜 짓 하지 말고 착한 일을 행하라고 합니다.

"아, 그거야 삼척동자도 다 아는 것 아닙니까?"

"말로야 세 살 먹은 어린애도 다 아는 소리지. 그러나 경륜과 학식이 풍부한 여든 노인도 행하기는 어렵소. 아는 것과 행하는 것은 다른 것이오."

누구나 알 것 같고, 실제로 안다고 생각하는 이 간단한 것이 세상에서 가장 이해하기 어렵고, 가장 행하기 힘든 것입니다. 그 관리가 깨우침을 얻었는지 아니면 땡중 잘못 만났다며 투덜거렸는지는 알 수 없습니다.

그렇다면 여러분은 어떻습니까? 나쁜 짓 하지 말고 착한 일 두루 행하라는 그 말의 진정한 의미를 알고 있습니까? 세상 무엇보다 쉽다고 생각한 문답이 왜 이렇게 어렵게 느껴지는 것일까요? 그것은 행함의 무거움 때문입니다. 이 무거움은 잠시 내려놓읍시다. 우선은 우리가 알고 있는 것에서부터 답을 찾아봅시다. 비록 내 입으로 말하고 있으나, 누구나 알고 있는 이야기입니다.

나쁜 짓 하지 않고 남에게 해를 끼치지 않고 착한 일을 행할 때 그 마음은 저절로 맑아집니다. 우리가 착한 일을 하게 되면 내 마음이 저절로 맑아져요. 또한 열린 그 마음이 착한 일을 하게 됩니다. 마음의 바탕은 본디 선한 것이기 때문에 그렇습니다.

신앙생활은 한마디로 마음을 맑히는 일입니다. 내가 언제 출가해서 스님이 되었는지, 혹은 내가 불자로서 절에 다닌 지가 얼마나 오래되었는지 이런 것은 중요하지 않습니다. 중요한 것은 자신의 마음이 얼마나 투명한가, 얼마나 열려 있는가 하는 것입니다. 이건 시간과는 상관이 없습니다. 불교에 귀의한 지가, 어떤 신앙을 믿게 된 지가 오래됐다고 해서 마음이 더 투명하거나 맑은 것은 아닙니다.

사실 종교적인 이론이라는 것은 공허합니다. 경전 읽고 어록 읽고 해도 한없이 공허하거든요. 많이 알려고 하지 마세요. 많이 알수록, 많이 보고 들을수록, 거기에 걸려서 실제로 행하기가 어려워집니다. 이론적으로 불교가 무엇인지 모른다 하더라도 자기 본

심대로 착하게 살면, 남한테 해 끼치지 않고 하루하루 성실하고 떳떳하게 살면 그게 바른 정신, 바른 종교입니다. 하루하루 행할 수 있으면 됩니다.

아는 것이 너무 많으면 병이 돼요. 아는 것으로부터 자유로워져야 됩니다. 무학無學이라는 말이 괜한 것이 아닙니다. 무학이란 무엇입니까. 많이 배웠음에도 배운 것에 걸리지 않는 상태, 아는 것으로부터 자유로운 상태입니다.

그런데 이제 막 학문을 시작하는 사람들은 대부분 그 아는 것에 걸려요. 누가 무슨 소리를 했고 누가 어떤 학설을 얘기했고, 뭐 이런 식으로 잔뜩 인용만 하지 정작 자기만의 생각은 없어요. 제대로 여과되지 않아서 그렇습니다. 아는 것으로부터 자유로워져야 돼요. 배우지 말라는 뜻이 아닙니다. 배워도 거기에 걸리면 안 된다는 뜻입니다. 학식이 자랑거리가 돼서는 안 된다는 겁니다. 적게 알면서도 많이 행할 수 있어야 합니다. 하나를 듣고도 열을 행할 수 있다면 그는 바로 듣고 바로 알아차린 사람입니다.

자비니 사랑이니 하는 말은 지극히 추상적인 표현이에요. 입으로는 자비와 친절을 내세우면서도 막상 접해 보면 불친절한 경우가 많습니다. 그래서 만나는 사람들에게 친절하게 대하는 것이 우선입니다. 이게 쉬운 길이에요. 밝은 표정과 따뜻한 말씨로 이웃을 대해야 합니다. 이것이 모든 신앙인들의 화두가 되어야 합니다. 오늘날 우리가 살아가는 세상은 너무 거칠고 살벌하고 시끄럽고 어둡습니다. 한마디로 불친절해요. 누군가에게 친절히 대하면 내 마음이 열려서 따뜻해져요. 이건 우리들이 일상에서 경험하는 겁니다. 친절히 대하면 저쪽과 이쪽의 문이 열려 서로 친밀감을 갖게 됩니다.

오래전 일입니다. 미국에 간 적이 있었는데 한 신도가 자기가 잘 아는 집에 같이 가자고 해서 갔습니다. 한국 기업체 주재원이 사는 집인데, 가니까 안주인이 아주 반갑게 맞아 줍니다. 그런데 저녁때 남편이 퇴근해서 저를 보고는 떨떠름한 표정으로 본체만체합니다. 아마 생각지 못한 손님이었던 모양이지요. 그래도 아내한테서 무슨 이야기를 들었을 텐데 그리 대하니 조금 당황스러웠습니다. 어떻게 이런 대접을 할 수 있는가 싶어 불쾌한 마음이 들었는데, 문득 생각을 돌이켰습니다. '내가 불일암에 살면서 오는 사람에게 불친절하게 대했던 것은 아닌가. 그 높은 곳까지 찾아온 사람들을 따뜻하게 맞이하지 못했던 것은 아닌가. 그 과보를 지금 받는가 보다.' 그런 생각이 들었습니다. 그것을 나한테 깨우쳐 주기 위해서 그 사람이 그리 행하는 것이라고 반성했습니다. 누가 나한테 불친절하게 대하는 것은 내가 일찍이 남에게 친절을 베풀지 못한 것이 돌아오는 것입니다.

참선하고 기도하는 일도 물론 좋아요. 우리가 해야 할 일이겠지만 일상적인 접촉을 통해서, 친절을 통해서 자신의 마음을 맑힐 수 있어야 합니다. 마음을 그때그때 열어야 돼요. 마음이 열려야 갈등과 대립이 사라집니다. 마음이 열려야 하나를 이룰 수 있어요. 이것은 개인도 그렇고 가정도 그렇고 사회도 그렇습니다.

거듭거듭 말씀드리지만 마음을 맑힌다는 것은 겹겹으로 닫힌 내 마음을 활짝 여는 일입니다. 마음이 열려야 이미 열려 있는 세상과 내가 하나를 이루어요. 내 마음이 활짝 열려야 이미 열린 세상과 내가 하나를 이룹니다.

누군가를 만났을 때 자신의 마음 상태를 스스로 살펴보세요. 나의 지금 마음이 열린 마음인지 닫힌 마음인지, 겹겹으로 닫혀서 상대를 건성으로 대하고 있는 것은 아닌지, 진정 활짝 열린 상태에서 상대를 대하고 있는지 살펴야 합니다. 그렇게 먼저 마음이 열려야 참선도 할 수 있고, 기도도 할 수 있고, 다른 일들도 할 수 있습니다. 마음이 열리지 않으면 무엇 하나 제대로 할 수 없습니다.

집안에 어떤 갈등이 있다면 남편과 아내가, 부모와 자식이 서로 마음을 열지 못한 거예요. 마음이 열리지 않은 상태예요. 뭔가 뒤틀려서 그냥 건성으로 데면데면하게 지내게 됩니다. 일상적인 접촉을 통해서 마음을 맑히는 그런 훈련을 해야 해요. 그래서 "평상심이 도道다. 일상적인 그런 마음가짐이 바로 도다. 도가 먼 데 있는 것이 아니고 우리 마음 씀씀이가 바로 도다." 이런 얘기를 하지 않습니까?

우리가 누군가를 미워하거나 원망하면, 미워하고 원망하는 그 어두운 기운이 내 자신을 감싸서 괴롭힙니다. 그런데 누군가를 사랑하고 따뜻하게 대하면 사랑과 따뜻한 기운이 나를 감싸요. 나를 즐겁게 해요. 무엇을 선택할지는 자명합니다. 이와 같이 이 세상은 우리가 생각하고 말하고 행동하는 그 업의 힘으로 움직입니다.

한번 가정해 보십시오. 우리가 어떤 병에 걸려서 앞으로 몇 달 밖에 못 살 거라는 선고를 받았다고 생각해 보는 겁니다. 사람은 그 누구이든 언젠가는 죽습니다. 이것만은 확실합니다. 절대 어긋남이 없습니다. 내가 몇 달 후에 죽는다면 나는 하루하루를, 순간 순간을 어떻게 살아야 할 것인가 이런 과제가 마음속에 떠오를 겁니다.

그날은, 나의 섣달그믐날은, 나의 마지막 날은 아무도 기약할 수가 없습니다. 예정보다 더 빨리 닥칠 수도 있고 몇 달 더 연장될 수도 있지만 언젠가는 반드시 그날이 와요. 내 섣달그믐날이 온다니까요. 이것이 모든 살아 있는 존재들의 한계이자 운명입니다. 뛰어넘을 수 없는 벽이에요. 과일에 씨앗이 들어 있듯이 살아 있는 목숨에는 죽음의 씨앗이 내재되어 있습니다.

이런 한계를, 이런 운명을, 뛰어넘을 수 없는 이 벽을 우리가 참으로 자각한다면 인생에서 무엇이 중요하고 절실한 과제인지 깨닫게 될 것입니다. 우리가 해야 할 본질적인 일이 무엇이고, 한눈팔지 않고 정진해야 할 일이 무엇인지 알게 될 것입니다. 언제 어디서 그날을 맞이할지라도 자신에게 주어진 한 번뿐인 인생을 후회 없이 살 수 있게 될 것입니다.

절에 다니시는 분들은 중음신中陰身이라는 말을 들어 보신 적이 있을 겁니다. 사람이 죽은 뒤 다음 생을 받을 때까지의 상태를 뜻하는 말입니다. 떠도는 넋들, 어디에 정착하지 못하고 떠도는 넋들을 중음신이라고 그래요. 잘못 살아온 그 후회 때문에 한곳에 정착하지 못하고 끝없이 방황하는 넋이에요. 위령제를 지내고, 사십구재를 지내고 하는 것은 중음신을 천도하는 것입니다. 지금 이 자리에도 중음신이 있을 수 있어요. 마음의 중심을 잃고 이리저리 쏠려 다니는 사람은 이미 중음신이거나 중음신이 될 연습을 하는 것입니다. 부질없는 일에 인생을 낭비하지 마십시오. 한 생애가 결코 길지 않아요.

나이가 들어서 그런지 요즘은 이런 생각을 많이 합니다. 내가 이 세상 하직하기 전에 무슨 일을 해야 할까. 내가 그동안 중노릇 하면서 여기저기 신세를 많이 졌는데 금생을 하직하기 전에 이 신세를 어떻게 갚아야 할까. 이런 생각들을 하곤 합니다. 그것은 인간의 의무일 겁니다. 인간의 의무예요.

새천년이 온다고 세상이 떠들썩했는데 어느덧 십일월입니다.

어제는 입동이었습니다. 겨울의 시작입니다. 사람의 인생에도 겨울이 있습니다. 겨울을 나기 위해 월동 준비를 하듯 인생에서도 마지막을 준비해야 합니다. 잠깐이에요. 한 생각 잠깐입니다. 인생도 잠깐입니다.

불교 기초 교리에 "아무것도 가져가지 못하고 업業만 남아 생을 따른다." 이런 법문이 나옵니다. 가져갈 수 있는 것은 아무것도 없고 업만 다음 생으로 이어진다는 뜻이에요. 우리가 해야 할 일은 자기 자신에게나 이웃에게나 빛이 되고 도움이 되어야 하는 일입니다. 우리가 이 세상에 온 것은 저마다 한몫을 하기 위한 것입니다. 공연히 엄마 배나 아프게 하려고 온 것이 아닙니다.

지금까지 살아오면서 우리를 에워싸고 있는 이 대지와 공기와 햇볕과 바람, 달과 별, 나무와 강물로부터 얼마나 많은 은혜를 입어 왔습니까? 얼마나 많은 보살핌을 받아 왔습니까? 그리고 또 스승과 부모와 친구로부터 얼마나 많은 가르침을 받아 왔습니까? 살아 있는 동안 이런 은혜에 보답을 해야 합니다. 이것이 인간의 도리입니다. 우리가 몸담고 사는 이 우주는 결코 고정되어 있지 않습니다. 한정된 공간이 아닙니다. 그래서 무변광대無邊廣大하다고 하지 않습니까? 끝없이 넓고 크다는 거예요. 우리가 좋은 일을 하면 이 세상이 좋은 기운으로 채워져서 살기가 좋아집니다. 도리에 어긋난 짓을 하면 그 나쁜 기운 때문에 살기가 어려워집니다. 내가 좋은 일을 하면, 그리고 이 세상 모든 사람이 좋은 일을 하면 우주는 좋은 기운으로 채워집니다. 비록 우주가 무변광대하더라도 그 안을 가득 채우고도 남습니다.

돈푼깨나 있다고 잘 사는 거 아닙니다. 오늘날 우리 현실을 보십시오. 현재도 불안하고 미래도 불확실해요. 기상 재해라든가, 예측할 수 없는 돌발 사고가 얼마나 많습니까? 다시금 인류의 위기가 대두되고 있어요. 식량 고갈 문제, 자원 고갈 문제 등 총체적인 위기에 봉착해 있습니다. 대망의 이십일 세기, 분홍빛 미래로 가득했던 신세기에 와서 인류의 위기가 대두되었다는 것은 무슨 뜻입니까.

위기의 본질은 결코 모자람에 있지 않습니다. 결핍이 아니라 과잉이 문제입니다. 함부로 생산하고 함부로 낭비해 버린 것에 원인이 있어요. 애당초 지구 자원이 모자라서 이런 문제가 생긴 것이 아닙니다. 인류에게 충분한 자원이 주어졌는데도 마구잡이로 탕진하기 시작하면서 위기가 시작된 것입니다. 이 탕진의 뒤편에는 과잉 생산과 무분별한 낭비가 합작해 낳은 괴물이 도사리고 있습니다. 이 괴물이 깨어나 지금 지구를 파괴하고 있는 것입니다.

하지만 인간에게는 지혜가 있습니다. 비록 현재까지는 잘못을 저질렀더라도 이를 깨치고 나갈 힘이 있습니다. 우선 나 자신부터, 우리 집부터, 우리 직장부터 시작해야 합니다. '나 하나쯤이야.' 이런 생각이 모두에게 번지면 길이 없습니다. 나 하나부터 시작해야 합니다. 그런 마음과 의지로 헤쳐 나간다면 능히 위기를 극복할 수 있습니다. 그렇게 하지 않고 지금처럼 펑펑 쓰면서 낭비하면 그때는 막다른 골목에 들어설 뿐입니다. 인간이 유한한 존재이듯 지구도 유한합니다. 인간이 지구의 유한함을 파괴할 권리는 없습니다. 제어할 권리도 없습니다. 오만과 무지에서 벗어나 지구와 공존해야 합니다.

공존의 이유를 멀리서 찾을 필요는 없습니다. 우리 가까이에 있어요. 제가 강원도로 간 뒤로는 신문도 안 보고 방송도 잘 안 봅니다. 안 보는 것도 있고, 못 보는 것도 있습니다. 그러다 한 소식을 듣고 깜짝 놀랐어요. 우리나라 기형아 출산율이 매우 높다고 해요. 일본은 우리보다 더 심하대요. 새로 태어나는 아기들 백 명 중 하나나 둘은 기형이라는 거예요. 이건 우리 시대의 업보입니다. 아이들은 우리의 미래 아닙니까? 그리고 또 미래의 우리이기도 합니다. 누가 그 아이들을 위기에 빠뜨렸는지는 굳이 묻지 않아도 알 수 있습니다. 바로 현재의 우리입니다. 우리가 그렇게 만들어 놓은 겁니다. 지구는 물론이고 미래와도 공존하지 못해 생긴 일입니다.

『법구경』에 보면 이런 말씀이 나와요.

"모든 일은 마음이 근본이다. 마음에서 나와 마음으로 이루어진다. 나쁜 마음 가지고 말하거나 행동하면 괴로움이 그를 따른다.

수레바퀴가 소의 발자국을 따르듯이.

모든 일은 마음이 근본이다. 마음에서 나와 마음으로 이루어진다. 착한 마음 가지고 말하거나 행동하면 즐거움이 그를 따른다. 그림자가 그 주인을 따르듯이."

마음이 천당도 만들고 지옥도 만듭니다. 마음이 근본입니다. 다시 『법구경』입니다.

"선한 일은 서둘러 행하고, 악한 일로부터는 마음을 멀리하라. 선한 일을 하는 데 게으르면 그의 마음은 벌써 악을 즐기고 있는 것이다."

여러분, 하려는 일이 무엇이든 미루려고 하지 마세요. 미루는 것은 잘못된 습관입니다. 『법구경』에 나온 말씀처럼 미루는 것은 악을 즐기는 것과 마찬가지입니다. 선한 일을 할 기회를 놓치지 말아야 합니다. 기회는 강물처럼 흘러가 버리므로 놓치면 다시는 잡을 수도 없고, 돌이킬 수도 없습니다. 이미 우리는 알게 모르게 무수히 많은 강물을 흘려보냈습니다.

그 강물이 어디로 갔습니까? 우리의 소중한 시간과 가능성은 우리가 주저하는 사이에 사라져 버립니다. 서두르십시오. 선한 행동을 실천하는 것에는 게으름이 있을 수 없습니다. 오직 부지런함만 있을 뿐이에요. 지금 바로 행동하지 않으면 후회할 수밖에 없습니다. 선한 행동은 자신의 내면을 정화시킬 뿐 아니라 주변에도 긍정적인 영향을 미칩니다. 선의는 우리를 더 나은 사람으로 이끌어 우리가 살아가는 사회와 세상에 더 큰 변화를 일으키는 원동력이 됩니다.

우리가 이 세상을 살아가면서 하루에 한 가지라도 착한 일을 하여 남을 도울 수 있다면 그날 하루는 헛되이 살지 않고 잘 산 날이 될 것입니다. 그만큼 우리 삶에 가치와 의미가 더해진 것입니다. 길에 떨어진 휴지 하나 줍는 일을 가볍게 보지 마세요. 작은 선행이란 없습니다. 물 한 방울 한 방울이 모여서 항아리를 채우고 강을 이루는 것입니다. 이와 마찬가지로 내가 하는 악업이 아무리 사소한 것이라도 가볍게 여기지 마십시오. 불씨 하나가 온 산을 모두 태우는 법입니다.

한 티베트 스님이 히말라야산맥을 넘어 인도에 간 일이 있습니다. 스님 나이가 여든이 넘었는데 그 험준한 산맥을 넘은 거예요. 이때 사람들이 몰려와서 "스님, 그 연세에 어떻게 히말라야산맥을 넘어서 여기까지 오셨습니까?" 물으니 스님이 이렇게 대답했습니다.

"한 걸음, 한 걸음 걸어서 왔습니다."

우리가 사는 일도 바로 이와 같습니다. 한 걸음, 한 걸음 나아가면서 자신의 인생을 살아가는 것입니다. 문제는 어디를 향해 가느냐에 있습니다.

여기 오신 여러분들, 저마다 지금 어디를 향해서 나의 걸음을 내딛고 있는지, 하루하루를 헛되이 소모하고 있는 것은 아닌지 스스로 물으십시오. 인간은 유한한 존재라는 사실을 잊지 마십시오. 우리들의 삶이 낭비되는 일 없이, 한층 마음 맑히는 일로, 마음을 활짝 여는 일로 이어지기를 바랍니다.

2000년 11월 8일
맑고 향기롭게 부산 모임

호젓한 산길을

차 타고 지나면 흙먼지만 일 뿐입니다.

나긋나긋하게 걸으며 하늘을 보아야

거기에 구름이 연꽃으로

피어 있는 것을 볼 수 있습니다.

눈을 들어 흐르는 강물을 보라

내년은 올림픽이 열리는 해입니다. 그리스 아테네에서 열린다고 합니다. 올림픽 구호 아시죠? "더 빨리, 더 높이, 더 힘차게." 저는 이 말을 들을 때마다 심한 저항을 느낍니다. 사람이 살아가는 데 '더 빨리, 더 높이, 더 힘차게'라는 구호가 왜 필요한가? 무슨 의미가 있는가? 과연 옳은 주장인가? 이런 의문이 듭니다.

현대 과학의 좌우명도 속도였습니다. 생산 속도에 맞춰 공장도 작업자도 모두 빠르게 움직였습니다. 이 빠름은 피로를 동반합니다. 노동은 신성한 것입니다만, 그것이 인간을 소모시키면서까지 이루어져서는 안 됩니다. 그래서 수많은 노동 문제가 일어나지 않았습니까? 그런데도 우리 인간은 이 빠름에 중독되어 멈출 줄 몰랐습니다. 산업혁명을 일으켜서 빠르게, 더 빠르게, 더욱더 빠르게만 달려갔습니다. 이를 상징하는 것이 콩코드 여객기라는 생각을 합니다.

음속보다 더 빠르다는 이 비행기가 처음 등장했을 때 많은 사람들이 그 속도에 놀라고 신기해했지만 결국엔 어떻게 됐습니까? 공중에서 폭발했습니다. 그리고 결국 운행 자체가 중단됐습니다. 나는 그 사건이 현대 문명의 이면을 상징하는 것이라고 봅니다.

생각해 보십시오. 우리가 어째서 그리고 무엇을 위해서 빠르게, 더 빠르게 살아야 합니까? 남보다 앞서기 위해서? 남보다 많이 가지기 위해서? 남보다 앞서면 행복합니까? 남보다 많이 가지면 행복합니까?

한때 "일류가 아니면 살아남지 못한다.", "일류가 아니면 모두 삼류다." 이런 말들이 만연했습니다. 많은 사람들이 이 말을 종교처럼 믿고 일류가 되기 위해 노력했습니다. 일류가 아닌 것은 인정하지 않았습니다.

그런데 나는 그 소리가 언짢게 들렸어요. 올림픽 구호를 사회 구호로 만든 것 같은 이질감이 들었습니다. 일류가 아니면 살아남지 못한다는 건 잘못된 생각입니다. 나 같은 이류, 삼류도 잘 살고 있지 않습니까? 꼭 일류만이 중요하고 값진 것이 아닙니다. 이류나 삼류의 삶도 소중한 것입니다. 이보다 더 중요한 것이 있습니다. 인간은 모두 그 자체로 일류입니다. 이류니 삼류니 나눌 수 없습니다.

여러분, 자동차 운전 많이 하시지요. 어떻게 운전하나요? 그리고 또 목적지까지 어떻게 갑니까? 가면서 풍경은 보나요? 가서 만날 사람들을 떠올리며 흐뭇해하나요?

아마 많은 사람들이 '어디까지 가려면 어디를 어떻게 경유해서 가야 한다. 그러면 몇 시에 도착할 수 있다.' 이런 생각으로 운전을 할 것 같습니다. 때로는 급한 마음에 가속 페달을 밟기도 할 겁니다.

우리가 어딘가로 가는 것은 자동차를 타기 위한 것이 아닙니다. 그곳에 가서 할 일을 하고, 보고 싶은 사람을 만나기 위한 것입니다. 그런데 아름다운 풍경도 다 놓치고 페달만 밟아서 목적지에 이르는 게 무슨 소용이 있습니까? 그건 목적만을 위해서 수단을 소홀히 하는 것입니다. 좋은 목적은 좋은 수단이 동반될 때 비로소 완성이 되는 것입니다. 목적을 이루기 위한 속도, 이것은 건전한 삶의 태도가 아닙니다.

삶은 미래가 아닙니다. 지금 바로 이 순간이에요. 바로 지금 이 순간을 살 줄 알아야 합니다. 바로 지금 이 자리를 벗어나지 않아야 돼요. 여러분 옆을 보세요. 큰 인연으로 우리는 이렇게 모여 있습니다. 이것이 진정한 목적이지, 늙은 중이 하는 잔소리 듣겠다고 자동차 타고 빨리 도착하는 게 목적이 아닙니다. 우리는 흔히 현재에 살면서도 생각은 과거에 두고, 또 오지도 않은 미래 쪽으로 달리기도 합니다. 그렇게 되면 현재가 소멸되고 말아요. 내 몸뚱이만 현재에 걸려 있지 실존은 현재에 있지 않습니다. 바로 지금, 바로 현재 이 자리를 소중하게 생각하십시오.

지난여름에 연꽃을 좀 볼까 싶어 갔는데 보지 못하고 돌아왔습니다. 요즘은 어디를 가 봐도 연꽃다운 연꽃을 보기 힘들어요. 미당 서정주의 「연꽃 만나러 가는 바람같이」라는 시를 아시는지 모르겠습니다. 거기에 보면 "연꽃 만나러 가는 바람 아니라 만나고 가는 바람같이"라는 구절이 있어요.

참 좋지 않습니까. "만나러 가는 바람"이 아니라 "만나고 가는 바람" 같다고 말해요. 연꽃을 '만나러 가는 것'은 들뜸이나 기대이겠습니다만, '만나고 가는 것'은 여러 가지로 해석할 수 있겠습니다. 보고 난 후의 충만일 수도 있고, 두고 돌아서야 하는 아쉬움일 수도 있습니다. 시는 해석하는 것이 아니라고 합니다만, 가끔은 그 내면을 들여다보고 싶기도 합니다. 나는 충만이었습니다. 이런 시를 외고 있으면 연꽃을 보지 않아도 내 안에서 연꽃이 피어나요.

시는 대체로 짧습니다. 하지만 아무리 짧은 시라도 읽는 데에는 오랜 시간을 들여야 합니다. 한 호흡, 한 호흡 긴 숨결로 음미해야 합니다. 시를 앵커가 뉴스 대본 읽듯 해서는 안 됩니다. 느리게 그리고 깊게 읽어야 합니다. 그래야 시의 참맛을 알 수 있어요. 이것을 올림픽 구호 외치듯 '더 빨리, 더 높이, 더 힘차게' 읽어서는 정신의 심연에 이를 수 없습니다. '더 느리게, 더 깊게, 더 울림 있게' 읽어야 합니다.

호젓한 산길을 차로 씽 지나치면 흙먼지만 일뿐입니다. 눈 깜짝할 사이에 지나쳐 버린 풍경 속에 무엇이 있었는지 알지 못한 채, 속도에 취해 목적지만을 향해 달려갑니다. 고무신 신고 나긋나긋하게 걸어야 비로소 주변의 풍경이 마음에 스며듭니다. 흙의 감촉을 느끼며 고개를 들어 하늘을 보면, 그곳에는 하얀 구름이 연꽃처럼 피어 있습니다. 하늘의 연꽃, 마음의 연꽃은 결코 속도와 조급함 속에서는 피어나지 않습니다. 천천히 걷고, 자연을 느끼고, 내면을 돌아볼 때 비로소 피어나는 법입니다.

느리게 시를 읽으십시오. 한 줄 한 줄, 단어와 단어 사이에 담긴 시인의 숨결을 음미하듯 천천히 읽어 내려가십시오. 느리게 시를 읽으면 속도에 지친 몸과 마음이 쉴 수 있습니다. 어느새 시의 언어가 삶 속으로 스며들어 잊고 있던 생기가 되살아납니다. 그 생기는 우리의 내면을 환하게 비추고, 몸과 마음에 푸른 기운을 불어 넣습니다.

그러나 컴퓨터의 사각 스크린 안에는 인간의 온기가 없습니다. 아무리 많은 정보를 품고 있어도 차갑고 기계적인 편리함만 있을 뿐, 인간의 향기와 따스함은 찾아볼 수 없습니다. 우리의 마음을 어루만지고 감동을 주는 것은 스크린 속 차가운 빛이 아니라, 자연 속에서 느끼는 구체적이고 생생한 접촉입니다.

산으로, 들로 나가 보십시오. 그곳에서 느리게 걷고, 바람을 마주하며, 풀잎과 나무, 구름과 새소리를 만나 보십시오. 손끝으로 나뭇잎의 결을 느끼고, 발아래 흙의 촉감을 느낄 때, 비로소 인간의 향기를 되찾을 수 있습니다.

무엇이든지 빨리 이루려고 서두르지 마십시오. 인간이 성숙하는 데에는 시간이 필요합니다. 하나의 씨앗이 움트고 꽃피고 열매 맺기까지는 계절이 바뀌어야 합니다. 사계절의 순환이 받쳐 주어야 합니다. 오늘 씨 뿌리고 내일 꽃 피기를 바라지 말고, 오늘 꽃 피었다고 모레 열매 맺기를 바라지도 마세요. 미당이 말하지 않았습니까. 한 송이 국화꽃을 피우기 위해 봄부터 소쩍새는 그렇게 울었던 것이라고. 이 울음의 깊이를 알아야 인간으로서 향기를 낼 수 있는 것입니다.

한 점과 또 다른 한 점을 잇는 가장 짧은 선은 직선입니다. 가장 짧다는 것은 가장 빠르다는 의미이지요. 그래서 직선은 현대 문명을 상징합니다. 이 직선은 거침이 없습니다. 가로막는 것은 모두 뚫고 나갑니다. 굽이굽이 흘러야 하는 냇물을 곧게 바꾸고, 흐르는 물을 조절하는 바위를 치워 버립니다. 자연스럽게 흐르던 유속을 문명이 현대화라는 이름으로 가속하고 있습니다. 그러다 보니 왜곡이 생깁니다. 지구 곳곳에서 벌어지는 재해들은 바로 이 직선이 만든 왜곡입니다. 자연스러움을 거부하고 다 끊어 버리니까 이런 왜곡이 벌어지는 것입니다. 유속을 견제할 수 있는 장치가 없으니 그대로 뚫고 나가는 거예요.

문명은 직선이에요. 이때의 직선은 비정함입니다. 자연은 곡선이에요. 이때의 곡선은 다정함입니다. 비행기를 탔을 때 해안이나 산자락을 보세요. 얼마나 유연합니까? 아주 자연스러워요. 곡선의 묘미가 잘 살아 있습니다. 이 유연柔軟은 불가에서 말하는 유연有緣과도 맞닿아 있습니다. 곡선이지 않으면 다정할 수 없고, 다정하지 않으면 인연이 생길 수 없습니다. 즉 유연柔軟하지 않으면 유연有緣일 수 없는 것입니다. 여기에 인간사의 비밀이 있습니다.

우리가 칠십이건 팔십이건 한 생애를 살면서 사는 길이 뻔히 보인다고 생각해 보세요. 자신의 인생이 어떻게 펼쳐질지 보인다면 무슨 의미가 있겠습니까. 답을 알고 있는 직선 인생은 위험합니다. 위험한 걸 떠나서 재미가 없습니다. 구불구불 돌아도 가고, 앞이 보이지 않는 길을 가기도 하면서 새로운 꿈도 꾸고 희망도 찾는 것입니다. 그렇게 참고 견디면서 살아가는 거예요. 곡선에는 그런 묘미가 있습니다.

그러니 뭐든지 성급하게 이루려고 하지 마세요. 지난날 우리 조상들의 느긋하고 여유 있는 유유자적한 생활 태도를 다시 배우고 익혀야 합니다. 때로는 천천히 돌아가기도 하고, 가다가 쉬기도 하고, 또 길을 잃고 헤매기도 해야 돼요. 여유란 단순히 물질이나 시간이 넉넉한 것이 아니라 마음이 넉넉한 것입니다. 인생을 경제 논리로 따지지 마십시오. 시간 낭비라는 말로 삶의 여유를 단죄하지도 마십시오. 경제는 이차적이고 부수적인 것입니다. 일차적이고 본질적인 것이 아닙니다. 인간을 탐구하는 일이 우리 인간의 본질입니다.

인간의 몸은 어느 하나 직선인 것이 없습니다. 직선으로는 인간을 이해할 수 없습니다. 곡선일 때만 가능합니다. 이 이해를 다른 말로 하면 삶의 기술이라고 할 수 있습니다. 또 다른 말로 하면 지혜예요. 이와 같은 삶의 기술과 지혜를 통해서 자기 자신을 보다 잘 이해하게 되고 또한 타인을 받아들이게 됩니다. 이웃과 아름다운 유대를 이루게 돼요. 자기 자신에게 주어진 상황을 어떻게 받아들이느냐에 따라서 삶의 질이 달라집니다.

늘 "바쁘다, 바빠!" 버릇처럼 말하며 시간에 쫓기는 사람들이 있습니다. 시간에 쫓기는 사람은 죽으러 가는 사람이나 마찬가지예요. 인생의 종점은 죽음인데, 시간에 채찍질을 하면 그 죽음에 더 빨리 이르고 맙니다. 반면에 시간을 즐기는 사람은 영혼의 밭을 가는 사람입니다. 이 밭에 무엇을 심고 가꿀 것인지를 생각해야 합니다. 시계를 들여다보며 허둥대는 사람과, 열심히 밭을 일군 후 잠시 쉴 때 곁을 지나는 바람에 땀을 식히는 사람은 서로 다른 시간을 보낼 수밖에 없습니다. 그리고 이 시간은 분명 삶에서 다른 여정과 무늬를 만들어 낼 겁니다. 어느 여정과 무늬가 아름다울지는 굳이 말할 필요가 없겠지요. 시간을 등에 모시고 가지 마세요. 시간의 노예가 되면 안 됩니다.

또한 사람은 홀로 사는 존재가 아닙니다. 사람 인人 자를 보십시오. 작대기 두 개가 서로 의지해서 하나의 글자를 이루고, 이 글자가 뜻하는 것은 관계입니다. 작대기 하나만 있어서는 바로 설 수 없습니다. 사람은 서로 의지해서 살아야 합니다. 관계를 떠나서는 살 수 없습니다. 산골짜기에서 혼자 사는 저도 시간적으로 또 공간적으로 많은 사람들과 인연을 맺고 삽니다. 특히 자연 속 수많은 생물들과 함께 어울려 살면서 커다란 생명의 조화를 이루고 있어요. 이 세상에는 사람만 살지 않습니다. 많은 생물들이 함께 살고 있어요.

어떤 작물이든 농사를 지어 본 분들은 아시겠습니다만, 벌레가 참 많이 꼬입니다. 그걸 막자고 만든 것이 살충제입니다. 그런데 약을 뿌리는 건 부분에만 집착해 전체를 내다볼 줄 모르는 처사입니다. 살충제를 쓰면 없애고자 하는 벌레만 사라지는 것이 아니고 전체가 위기를 맞습니다. 약제의 성분 때문이기도 하지만, 그보다는 먹이 사슬 자체가 깨지기 때문에 그렇습니다.

이 세상에 있는 만물은 다 모두 필요해서 있는 거예요. 파리나 모기 같은 해충은 없으면 좋을 것 같지만, 이들을 인위적으로 없애게 되면 생태계에 어떤 큰 변이가 올지 아무도 모릅니다. 우리가 해충이라고 부르는 벌레들도 거대한 우주의 질서에 따라 세상에 존재하는 것입니다. 그런데 여기에 대고 살충제를 뿌려 버리면 결국 그 독성에, 그 함정에 우리가 고스란히 빠져 버리고 맙니다. 이런 관점에서 보면 해충이라는 표현도 잘못된 거예요.

제가 사는 강원도 얘기입니다. 전에는 산에 열매가 많이 맺혔는데 요새는 보기가 쉽지 않아요. 돌배 같은 거, 산자두 같은 거 많이 맺혔는데 이젠 안 맺혀요. 왜 그런가 했더니, 솔잎혹파리를 없애겠다고 가끔 항공 방제를 하는데, 그때 벌이나 나비가 같이 죽어 버려서 그렇다고 해요. 곤충들이 사라져 버리니까 충매蟲媒가 안 이루어지는 거예요.

전체를 봐야지 어느 한 부분만 보아서는 안 됩니다. 소위 과학자니 전문가니 하는 사람들도 한 부분밖에 볼 줄 몰라요. 과학을 맹신하지 말고 자연을 이해해야 합니다.

지금 지구 환경이 말할 수 없이 매우 불안합니다. 얼마 전에 신문에 보도된 걸 보니 지금 지구 환경 위기를 시간으로 치면 밤 아홉 시 십오 분이래요. 열두 시가 종말이니까 이제 고작 두 시간 남짓 남은 거예요. 두 시간 후면 우리 모두 다 죽는다는 뜻입니다. 이 위기는 결국 그 속도로부터 시작된 거예요. 이런 현상은 우리 생활 자체가 변하지 않으면 갈수록 더 심해질 게 분명합니다. 하나밖에 없는 지구, 우리 삶의 터전을 누가 이렇게 병들게 만들었어요? 바로 우리들입니다. 우리들 탓이에요. 속도에 미친 산업 구조와 그 구조 속에서 소비와 낭비를 일삼은 우리가 지구를 위기에 빠뜨린 거예요.

자신의 삶을 제대로 살 줄 아는 사람은 움켜쥐기보다는 쓰다듬기를 좋아합니다. 움켜쥔다는 것은 가지려고 하는 것입니다. 욕심을 표현하는 말입니다. 이 욕심이 소비를 낳고 낭비를 낳았습니다. 움켜쥔다고 해서 자기 것이 되는 게 아니에요. 쓰다듬을 줄 알아야 돼요. 쓰다듬는다는 것은 즐기되 소유하지 않는 것입니다. 쓰다듬을 줄 알게 되면 자기 세계와 하나가 되고, 쓰다듬을 줄 모르고 그냥 움켜쥐기만 하면 자기 세계와 분리가 됩니다. 집 안에 쌓아 두었다고 해서 자기 것이 되는 것이 아닙니다. 그것은 잠시 거기에 놓여진 것일 뿐입니다. 내 것이 될 수 없어요.

우리가 보고 듣고 말하고 생각하고 행동하는 것은 업이 됩니다. 업, 제가 요즘 어디 가나 이 업에 대해서 이야기를 많이 합니다. 나 자신, 즉 개인의 업을 별업別業이라 하고, 여럿이 같이 짓는 업, 사회적으로 짓는 업을 공업共業이라고 부릅니다. 지구를 오염시킨 것은 별업이기도 하지만 공업이기도 해요. 개개인이 잘못을 모른 채 모두가 같은 방식으로 살았기 때문에 그런 결과를 빚은 것입니다.

업이라는 것은 우리 마음밭에 뿌리는 씨와 같습니다. 이 업이라는 씨는 인간이 예상하지 못하는 결과를 낳습니다. 이게 업의 파장이고 흐름이에요. 이 흐름은 결코 한 방향으로만 흐르지 않습니다. 그래서 별업은 공업이고, 공업은 또 별업입니다.

공동체란 무엇입니까? 각각의 개인이 모여서 무리를 이루고 사회를 이루고 나라를 형성한 것입니다. 개별이 모였지만, 이를 개별로 나눌 수 없는 것이 공동체의 속성입니다. 이 과정에서 어찌 별업이 따로 있고 공업이 따로 있겠습니까? 하나의 고리 안에서 이루어지는 것입니다.

남들도 다 적당히 사는데, 나 혼자 유난을 떤다고 뭐 세상이 달라질까, 이렇게 생각하지 마세요. 어떤 것이 값진 삶인지, 또 가치를 부여할 수 있는 삶인지 생각해 본다면 아무렇게나 살 수 없습니다. 그렇게 한 사람, 한 사람이 자기 삶에 충실히 임한다면 세상은 달라져요. 이 위기에서 벗어나려면 새롭게 덕을 쌓아야 돼요.

인류가 살아남으려면 현재와 같은 반자연적인 생활 방식을 버려야 합니다. 자연의 순리에 따르는 친자연적인 생활, 생명의 원리를 받아들이는 자연 순응적인 생활을 해야 합니다. 그래야 공존공생共存共生, 모두가 다 같이 행복하게 살 수 있습니다.

공존과 공생을 이루려면 이제라도 속도를 늦춰야 합니다. 천천히 흘러야 합니다. 시를 읽듯 내면을 들여다보아야 합니다. 구호가 아닌 실천을 해야 합니다. 그런 마음들이 모였을 때 그곳 하늘에 구름이 흐르고, 그곳 연못에 연꽃이 피어납니다. 가만히 눈을 들어 내면의 강을 보십시오. 거기에 흐르는 삶의 윤슬을 읽으십시오.

2003년 10월 2일
맑고 향기롭게 10주년 기념 부산 모임

눈에 안 보이는 것이

영원한 것입니다.

눈에 보이는 것은

일시적인 것입니다.

눈이 내리고 꽃이 피는 이유

제가 강원도에서 길을 나설 때 눈이 내렸습니다. 어제도 눈이 많이 내리고 오늘 아침에도 내려서 혹시 이곳에 오지 못하는 것이 아닌가 걱정했는데 다행히 이렇게 여러분을 뵙게 되었습니다. 늘 그렇듯 고마운 일입니다.

여기 오니까 목련이 피어 있습니다. 같은 나라 안에서도 이렇게 계절감이 다른 걸 보면 신기하면서도 또 경이롭습니다. 목련이 저리 환하게 핀 이유를 제가 다 헤아리지는 못하겠습니다만, 여러분의 환한 얼굴을 보니 아마 이곳에서 좋은 인연을 쌓으라는 뜻인가 보다 그런 생각이 듭니다.

이 세상 모든 것은 우리가 그것을 눈으로 인식하기 전부터 존재합니다. 꽃이 피지 않았다고 해서 꽃이 없는 것이 아닙니다. 꽃망울 속에 꽃이 들어 있음을 우리는 잘 알고 있습니다. 오늘 이 자리에 모인 우리들도 여기 오기 전까지는 보이지 않는 상태로 존재했습니다. 그러다 오늘 '맑고 향기로운 음악회'가 있다고 해서 이렇게 모였습니다. 모인 것은 곧 나타난 거예요. 안 보이는 상태에서 인因을 쌓고, 그것이 드러나 연緣이 되는 것입니다. 우리가 꽃씨처럼 인연을 품고 있다가 오늘에 이르러 저 목련처럼 피어난 것인가 봅니다.

눈에 안 보이는 것이 영원한 것입니다. 눈에 보이는 것은 일시적인 것입니다. 이 몸이라는 것은 무엇이겠습니까? 이 육체란 마치 콩이 들어찬 콩깍지와 같은 것입니다. 표현을 콩깍지라고 했습니다만, 이것은 사과의 껍질이 될 수도 있고, 호두의 껍데기가 될 수도 있습니다. 겉모습은 수만 가지로 바뀌고 소멸하지만 그 안에 든 생명은 소멸하지 않습니다. 만약 소멸했다면, 우리가 어떻게 부처님의 뜻을 따르고 지킬 수 있겠습니까. 부처님은 이미 오래전에 입적하시고 이 땅에 보이지 않는데 말입니다. 즉 눈에 보이는 것은 사라져도 그 안에 든 것은 사라지지 않는 것입니다. 생명은 우주의 영원한 원리이기 때문에 그렇습니다.

근원적으로 죽음이란 존재하지 않습니다. 다만 변화하는 세계가 있을 뿐이에요. 이미 이 세상을 떠난 사람들도 다른 이름으로 어디선가 존재하고 있습니다. 따라서 어떤 삶을 사느냐, 어떤 삶을 이루느냐 하는 것이 중요합니다. 그리고 그것은 우리가 어떤 마음을 가지고 살아가느냐 하는 것에 달려 있습니다.

우리가 몸으로 움직이는 동작과, 입으로 하는 말과, 마음으로 하는 생각은 모두 업이 됩니다. 업이라는 것은 하나의 행위입니다. 좋은 행동이라든가, 좋은 말이라든가, 좋은 생각을 하면 좋은 업을 쌓게 돼요. 이와 반대로 행동하면 어두운 업을 쌓게 됩니다. 나쁜 업이 자꾸 되풀이되면 하나의 힘으로 변하게 돼요. 그것을 업력業力이라고 합니다. 혹은 업장業障이라고도 해요. 업력이 커지면 이성의 힘으로는 도저히 억제할 수 없게 됩니다. 마치 물리학에서 말하는 관성 법칙처럼 멈추지 않고 계속 가게 돼요. 내 정신으로, 내 의지로 억제할 수 없는 힘, 자제할 수 없는 그런 힘이 되어 버립니다.

우리가 수도를 한다든가 혹은 수행을 한다든가 하는 것은 무엇 때문입니까? 이 업을 맑히는 일이에요. 흔히 번뇌를 끊는다, 욕망을 끊는다, 이런 말들을 합니다. 그러나 그것은 쉽게 끊을 수 있는 성질의 것이 아닙니다. 마음만 먹으면 쉽게 할 수 있을 것 같아도 실제로는 매우 어려운 일입니다.

하지만 질적인 변화를 일으킬 수는 있습니다. 탐욕으로 흐르는 에너지는 베푸는 일로 전환할 수 있고, 남을 미워하는 에너지는 염려의 정과 자비심으로 전환할 수 있습니다. 또 어리석음으로 흐르는 에너지는 지혜로 전환할 수 있습니다.

내 마음이 지극히 맑고 청순하고 평안할 때 중심이 잡힙니다. 그때 온전한 내 마음을 지니게 되는 겁니다. 중심이 잡히지 않을 때는 흔들리는 거예요. 정서가 불안정하다는 것은 중심이 잡히지 않은 상태입니다. 어느 한쪽으로 기울고 있다는 거예요. 그렇기 때문에 마음에 없는 일도 저지르게 되고 순간적인 충동에도 휘말리게 되는 겁니다. 불쑥 일어나는 한 생각이 천당도 만들고 지옥도 만들어요. 일체유심조一切唯心造, 모든 것은 마음이 만든다는 말이 있는 것처럼 불쑥 일어난 한 생각이 천당도 만들고 지옥도 만듭니다.

요즘 여기저기서 '무한 경쟁 시대'라는 말을 많이 합니다. "정복하지 않으면 정복당한다." 이런 말도 심심찮게 흘러나옵니다. 이런 광고 속 구호를 무심코 받아들이는 것은 위험합니다. 개인 경쟁력이니, 국가 경쟁력이니 하는 말들도 마찬가지입니다.

막연히 이것을 강조나 독려를 위한 구호로만 생각해서는 안 됩니다. 그런 구호에 속지 마세요. 무한 경쟁 시대라니? 어떻게 사람이 무한히 경쟁하면서 살 수 있습니까? '정복할 것인가, 정복당할 것인가?' 이런 말은 협박이나 마찬가지예요. 우리가 무엇 때문에 다른 사람을 정복하고, 다른 사람으로부터 정복을 당한단 말입니까?

이런 말에 기죽지 마십시오. 단호히 거부하세요. 그런 구호는 그저 한때일 뿐이에요. 이런 구호가 범람하는 비정한 시대에 맞서십시오. 이런 극단의 정신에서 어떻게 벗어날 것인지 고민하십시오. 그게 우리에게 주어진 과제입니다.

한 신문에서 외국 사람들이 한국인을 어떻게 생각하는지 다룬 기사를 본 적이 있습니다. 그들이 공통적으로 하는 얘기가 우리나라에서는 따뜻한 눈빛을 만나기 어렵다고 합니다. 이와 비슷한 이야기를 종종 듣습니다. "사람들 표정이 너무 무겁다.", "모두 각자 자신만의 길을 간다.", "바쁘게 움직이는 사회 속에서 각 개인은 단절되어 있다." 등등 이런 식의 평가가 우리 곁을 맴돌고 있어요. 가끔은 내 자신도 그렇다는 생각이 들기도 합니다. 이것이 오늘의 내 모습이고 우리 사회 그대로의 얼굴인지도 몰라요. 한마디로 말해 불친절하다는 거예요. 다시 말하면 이기적이라는 거예요.

따뜻한 눈빛이란 곧 따뜻한 마음입니다. 우리 생애에서 중요한 것 중 하나는 '우리가 이웃에 얼마나 따뜻한 마음을 기울였는가?' 또 '그 따뜻한 마음의 본질은 무엇인가?' 아는 일입니다. 그것은 바로 친절과 사랑입니다.

오래전에 들은 이야기입니다. 조그마한 제과점에서 있었던 일이라고 해요. 어느 날 일을 마친 점원 아가씨가 가게 문을 닫고는 퇴근해서 집으로 걸음을 옮기려는데, 승용차 한 대가 와서는 가게 앞에 서더래요. 한 남자가 차에서 내리더니 문 닫힌 가게를 안타깝게 쳐다보더랍니다. 그날 눈이 펑펑 왔는데, 늦은 시간에 가게를 찾아온 게 마음에 걸리기도 하고, 눈을 맞고 서 있는 모습이 눈에 밟히기도 해서 운전자에게 물었대요. 왜 가게 앞에 서 계시느냐, 혹시 도와드릴 일이 있느냐 하고요. 그러자 남자가 사정 이야기를 합니다.

"지금 어머니가 병원에 계십니다. 의사가, 보고 싶어 하는 사람 있으면 만나게 해 드리고, 드시고 싶어 하는 거 있으면 드시게 해 드리라면서, 마음의 준비를 하라고 하더군요."

그래서 그 남자가 어머니께 여쭈어보니 대전 어디에서 먹었던 빵 생각이 난다고 하셨대요. 그 길로 바로 고속도로를 타고 달려왔는데, 눈이 너무 많이 내려 차가 밀리는 바람에 가게 문이 닫힌 다음에 도착한 거예요.

사정 이야기를 들은 점원 아가씨가 다시 가게 문을 열고는 자기가 직접 빵을 골라서 주었답니다. 병석에 계신 분이니 소화가 잘 되는 것으로 드리려고 말이지요. 게다가 한사코 돈을 받지 않았대요. 그냥 눈길에 조심히 가시라고 그렇게 인사만 하더랍니다. 남자는 그럴 수 없다면서 돈을 내려고 하는데 점원 아가씨가 이렇게 말했습니다.

"이 세상 마지막 길에서 우리 가게 빵을 잡수시고 싶다는 분께 돈을 받을 수는 없어요. 제가 마음으로 드리는 것이니 어머니께 가져다드리세요."

그렇게 따뜻하면서도 단호한 친절 앞에서 어떻게 할 수 없었던 남자는 나중에 다시 찾을 마음으로 일단 돌아가면서 명함을 하나 놓고 가요. 그런데 나중에 그 점원 아가씨한테서 전화가 왔다고 해요. 꿈을 꾸었는데 자기가 드린 빵을 드시고 노인께서 고생을 하셨다는 거예요. 꿈이었지만 마음이 너무 불편해서 전화를 해 보았다고, 어머니는 괜찮으시냐고….

그날 노인이 돌아가셨다고 합니다. 하지만 빵도 맛있게 드시고, 고생도 하지 않고 잘 떠나셨다고 합니다. 그제야 그 점원 아가씨도 마음을 놓았다고 해요.

나도 건너 들은 이야기라서 실제와는 조금 다를 수 있습니다. 원래 이야기라는 것이 입을 건너고 귀를 건너면서 조금씩 달라지기도 하지 않습니까. 하지만 본질이 달라지는 것은 아닙니다. 그 점원 아가씨가 보여 준 친절은 이야기 틀에 갇혀 있는 것이 아니라 실존으로 우리 곁에 있기 때문입니다. 그런 친절이 우리들 마음을 따뜻하게 합니다. 부처가 따로 있는 것이 아닙니다. 그 점원 아가씨가 곧 부처의 모습이지 않습니까. 그 마음을 따라서, 정성스레 빵을 담은 손길을 따라서 병석에 계셨던 어머니도 극락왕생하셨으리라 생각합니다. 오늘 길을 나섰을 때, 강원도에 내리는 눈을 보면서 이 이야기를 여러분께 해 드려야겠다는 생각을 했습니다. 아마 앞으로도 눈이 오면 이 이야기를 몇 번이고 꺼내 제 마음에 담아 둘 것 같습니다.

친절은 무엇입니까? 또 사랑은 무엇입니까? 나 아닌 타인에게 베푸는 마음입니다. 마음에서 우러나서 행하는 일입니다. 친절과 사랑을 어렵게 생각하지 마세요. 지극히 일상적인 우리 마음 씀씀이입니다. 낯선 이웃에게도 너그럽게 대하는 것이 친절과 사랑이에요. 문 닫힌 가게 앞에서 애처롭게 서 있는 사람을 외면하지 않고 따뜻한 손길을 내미는 것, 이것이 친절과 사랑이에요. 누군가를 향해 다정한 미소를 보내는 것, 이것도 친절과 사랑입니다. 부드럽고 정다운 말씨를 쓰는 것, 이것도 친절과 사랑이에요. 다정한 미소로 바라보고, 부드럽고 정다운 말을 건네면 이 세상은 늘 온기로 가득할 것입니다. 마음을 여는 일 하나로 우리 모두가 행복하게 살 수 있는 거예요. 이처럼 작은 것 하나가 세상을 크게 바꾸는 겁니다.

친절과 사랑이 없는 지식은 자칫 파괴의 수단으로 전락합니다. 삶이란 교과서에서 배우는 것이 아닙니다. 누구에게서 배우는 것도 아니에요. 우리가 순간순간 내 눈으로 직접 보고 귀로 듣고 이해하면서 새롭게 펼쳐 가는 가운데 스스로 배우는 거예요. 산다는 것은 무엇입니까? 막연히 그냥 숨 쉬고 세 끼 밥 먹고 직장 왔다 갔다 하는 거? 그런 건 사는 게 아닙니다. 그건 숨 쉬는 거예요. 아름다움이 무엇인지 이해할 때 우리는 친절과 사랑을 알게 됩니다.

주위 사람에게 친절을 베푸세요. 지금보다 더 친절해지는 거예요. 내일은 오늘보다 더 친절해지는 겁니다. 다음 날은 더 친절해지는 거예요. 친절에는 한도가 없습니다. 무한히 퍼서 쓸 수 있는 우물이에요. 이런 마음이야말로 모든 삶의 기초가 됩니다. 우리가 더 친절하고 사랑한다면 우주가 그만큼 확장돼요. 눈에 보이는 것만이 전부가 아니지 않습니까? 지금보다 더 친절을 베풀고 더 사랑을 나눈다면 우리의 우주는 그만큼 확장이 됩니다.

오늘 강원도에는 눈이 내렸고, 이곳에는 목련이 피었습니다. 눈도 하얗고 목련도 하얗습니다. 여러분의 마음도 하얗다는 것을 잊지 마십시오. 여러분 마음에 늘 맑고 향기로운 빛이 가득하기를 바랍니다.

1995년 3월 27일
맑고 향기롭게 대전 모임·음악회

다관茶罐에서 물이 끓기 시작하면

그게 꼭 솔바람 소리처럼 들립니다.

소나무 사이를 스쳐 가는

바람 소리 같습니다.

이 글은 강연이 아니라 법정 스님께서 사람들과 차 한잔 나누듯 하신 말씀을 옮긴 것
입니다. 당시 분위기를 전하기 위해 본론으로 하신 말씀 외에 농처럼 건네는 말씀들도
함께 옮겨 적었습니다. 스님과 차 한잔 나누신다는 느낌으로 읽어 주시기 바랍니다.

차를 마시면서

오늘은 좀 편하게 이야기를 나눠 볼까 합니다. 차를 주제로 삼았지만, 여기 오신 분들, 평소 마음에 지녔던 일들도 있으실 테고, 중간중간 그걸 쏟아 놓을 수 있는 기회도 드리겠습니다. 차를 마시는 이유가 있다면 아마 그런 여유를 찾기 위해서일 겁니다.

　주변에 보면 차 좀 마신다고 하는 사람들이 있어요. 무슨 예를 갖춰야 한다면서 한복을 입고, 오른손은 어떻게 하고 왼손은 어떻게 하고, 눈은 또 어디다 두고, 뭐 이런 식으로 말이죠. 저도 차를 좋아합니다만, 그렇게 격식 따지는 걸 보면 조금 유난스럽다는 생각이 들기도 합니다. 그게 싫어서 "아이고 복잡하다. 나는 그냥 차

안 마시련다." 이런 사람들도 많아요.

그런데 차가 그런 게 아니잖아요. 목마를 때 그냥 찻잎 넣어서 마시고 그러는 건데, 이걸 가지고 법도가 어떻다, 절차가 어떻다 하다 보니 차 문화 자체에 거부감을 보이는 사람들도 있는 게 아닌가 하는 생각이 듭니다.

모든 것이 그렇듯 문화나 제도가 사람 위에 있을 수 없어요. 차를 마시는 것도 사람, 차를 즐기는 것도 사람이지, 차가 규약을 만들어 내는 것이 아니에요. 차는 그냥 마시는 것이고, 그냥 즐기는 것입니다. 과도한 격식은 경계해야 합니다. 제 생각은 그래요. 차는 검소하고 소박한 것입니다. 따라서 마시는 일도 검소하고 소박해야 합니다.

산중에 있으면서 내가 가장 한가롭고 가장 맑은 시간이 차 마시는 시간이에요. 좌상坐想하고 나서든, 방 청소를 하고 나서든 어떤 일을 마친 후에 이렇게 차 한잔 마시고 있으면 그게 참 좋아요. 꼭 마음이 청소가 되고 정화가 되는 것 같다니까요. 여기 모이신 어머니들도 그럴 거예요. 남편 회사 보내고, 아이들 학교 보내고, 이것저것 치우고 나서 차 한잔 마시고 있으면 아주 맑고 향기로운, 삶의 운치가 우러나오는 걸 느끼실 겁니다.

이렇듯 차는 고급스러운 문화도 아니고, 사치도 아니에요. 그냥 우리 생활의 한 부분이에요. 시간이 남아돌아서 유흥처럼 즐기는 것이 아니니, 지나친 격식을 차릴 필요도 없고 이를 너무 곱지 않은 눈으로 볼 필요도 없습니다.

근래에 차를 즐기는 사람들이 늘어나고 있습니다. 이렇게 거칠고 삭막한 세태에서는 맑은 것을 가까이할 수 있는 그런 시간이 있어야 돼요. 사람이 밥만 먹고는 못 사니까 술도 마시고 차도 마시고 그렇잖아요. 그건 누가 시켜서 되는 것이 아닙니다. 살다 보니까 그런 마음이 저절로 생기는 것입니다. 차를 마시는 것도 비슷해요. 우연이든 의도적이든 그 잎을 따서 우려먹어 보니 괜찮았던 거죠. 그게 오늘날 차 문화로 이어진 겁니다.

정확한 역사는 잘 모르겠습니다만, 아마 차는 중국에서 처음 마시기 시작하지 않았을까 하는 생각이 듭니다. 적어도 문화로서의 차 마시기는 중국이 먼저일 듯해요. 또 차의 첫 쓰임은 아마 약용藥用이 아니었을까 싶어요. 식문화라기보다는 어디 아플 때, 즉 머리가 아프다거나 배가 아프다거나 할 때, 차를 약처럼 마시지 않았을까 그렇게 짐작해 봅니다. 그런 유습이 지금도 남아서 어디 깊은 산골 같은 곳에 가면 기침 날 때도 쓰고 열 내릴 때도 쓰고 합니다. 차는 그렇게 약용으로 쓰이다가 점차 하나의 기호품으로 바뀌어 우리 생활 가까이 들어온 것이죠.

흔히 차를 기호품嗜好品이라고 하지요. 기嗜는 즐기다, 호好는 좋다, 이런 뜻입니다. 좋아서 즐기는 거예요. 하지만 적당히 즐겨야지 이를 너무 지나치게 가까이하면 해가 됩니다. 무엇이든지 그렇지 않습니까? 아무리 좋은 보약도 과하게 먹으면 탈이 나는 법입니다. 차도 마찬가지입니다. 적당히 거리를 두고 즐겨야지 시도 때도 없이 마시는 건 좋지 않아요. 차 자체가 검박하고 담박한 것이기 때문에, 차를 가까이하는 사람들도 생활 자체가 검소하고 단순해야 합니다. 그게 차의 덕을 지키는 길입니다.

세상에는 식물이 참 많습니다. 경이로울 정도로 많아요. 그런데 제가 생각하기에, 그 많은 식물 가운데서 찻잎을 키워 내는 차나무가 가장 맑고 향기로운 그런 식물인 것 같습니다. 차나무가 자생하는 환경을 보면 대개 깊은 산중이에요. 요즘은 대량으로 출하하기 위해 조금 아래 차밭에서 재배하기도 하지만, 원래는 깊은 산중에서 자라던 식물입니다. 산중에서 맑은 별빛이라든가 달빛이라든가, 혹은 이슬이라든가 바람이라든가 이런 걸 먹고 자라던 것이 차나무예요. 말하자면 찻잎이 산의 신선한 정기를 받아들이며 자라나는 겁니다. 그래서 차를 즐기다 보면 산의 기운이라든가 맑고 향기로움 같은 것을 느끼게 됩니다.

임어당은 『생활의 발견』에서 "차에는 우리들을 한가하고 고요한 명상의 세계로 이끄는 힘이 있다." 이렇게 말해요. 차를 마시고 있으면 마음이 차분해지고 머리가 맑아집니다. 저절로 어떤 중심이 잡혀요.

또 "차는 고결한 은자와 결합하고 있는 것만 같다. 그러므로 차는 청순의 상징이다. 찻잎을 따고 달이고 우려서 마시기까지 가장 우선해야 하는 것은 청결이다." 이런 말도 했어요. 차 마시기의 어려움을 표현한 말 같지만, 실제로는 차 마시기의 즐거움을 표현한 말이라는 생각이 듭니다.

차가 자라는 산은 깨끗한 곳이기 때문에 거기서 난 차도 깨끗할 수밖에 없습니다. 기름기가 돌거나 화장품 냄새 같은 강한 향이 가까이 있으면 그 차는 망치게 돼요. 차는 아주 민감하기 때문에 다른 향과 접하게 되면 자신 본래의 향이 살아남지 못해요. 간혹 입술연지를 바른 채 차를 마시는 걸 보기도 하는데, 그러면 찻잔에 연지가 빨갛게 묻습니다. 연지만 묻는 게 아니고 그 냄새가 차를 침범해 버리고 맙니다. 그렇다고 화장을 하지 마시라는 건 아닙니다만, 차가 그만큼 민감한 것이라는 건 말씀드리고 싶습니다. 순수라는 것은 그만큼 어려운 겁니다. 무엇인가가 조금이라도 섞여 버리면 그때부터는 순수가 아닌 게 됩니다.

차는 갓난아이들한테서 나는 냄새와 같아요. 냄새 자체가 같다는 것이 아니라 그 순수함이 같습니다. 아이들이 세속에 물들지 않은 것처럼 어린 떡잎에서도 순수한 향기가 나요. 이게 향의 세계에서는 아주 신비롭습니다. 신비로운 일이에요. 요즘 보면 인사동 근방에서 차를 팔고 있던데, 차를 파는 곳은 많아도 좋은 차를 파는 곳은 많지 않아요. 드뭅니다. 거의 없어요.

　그러다 가끔 좋은 차를 만나면 참 좋습니다. 정성스럽게 달인 차를 보면 아주 신비로운 그런 기운이 남아 있습니다. 그런 기운을 느낄 수 있어요. 그처럼 순수하고 오묘한 것이기 때문에 다른 기름기라든가 화장품 냄새 같은 것이 섞이면 본래의 순수함이 소멸되고 마는 것입니다. 바르게 차를 즐기려면 온갖 허식과 사치스러움 같은 것을 눈과 마음에서 말끔히 지워야 해요. 그래야 제대로 차를 즐기는 것이라고 할 수 있습니다.

　차는 한마디로 청적淸寂의 세계입니다. 청淸은 맑다는 뜻이고 적寂은 고요하다는 뜻인데, 그렇다고 단순히 맑고 고요하다는 의미만 있는 것은 아닙니다. 이때의 적寂은 모든 집착으로부터 벗어난 상태, 모든 복잡함으로부터 벗어난 상태를 뜻합니다. 조금 다른 의미에서 말하자면 침묵의 세계예요. 차를 가까이하다 보면 인품 자체가 청적으로 그렇게 승화가 됩니다. 즐기시는 분들은 아시겠지만 차는 무슨 소주 털어 넣듯이 홀쩍 마셔 버리는 거 아니잖아요. 빛깔과 향기와 맛과 색을 즐기고 감응하는 것입니다.

　차를 마시는 법은 크게 두 가지로 나눕니다. 하나는 생잎을 덖은 후 마시는 것이고, 다른 하나는 발효를 시킨 후 마시는 것입니다. 녹차가 전자이고, 홍차나 보이차 같은 것이 후자입니다. 좋은 차는 빛깔과 향기와 맛을 두루 갖춰야 돼요. 이것은 꼭 차만이 아닙니다. 음식도 그래요. 아무리 맛있는 음식이라 하더라도 음식 빛깔이 죽어 있으면 먹고 싶은 생각이 안 들잖아요. 또 그 음식 나름의 어떤 향취가 있어야 돼요. 물론 맛도 있어야 되지요. 이렇게 빛깔과 향기와 맛을 두루 갖춘 것이 좋은 차입니다.

차 역사를 보면 옛 성현들은 대부분 차를 좋아했어요. 문헌마다 다를 수 있겠지만, 한반도에서도 삼국 시대부터 차를 마시기 시작했다는 기록이 있고, 고려 시대에 들어서면 굉장히 성했다고 해요. 성한 정도를 지나쳐 사치스러웠다고도 하고요. 또 이게 조선까지 이어지는데 불교가 박해를 받으면서 차 문화 역시 서서히 쇠약해져요. 절에서도 간신히 명맥만 이어 가고 일반에서는 차 마시는 문화가 축소됩니다.

그래도 다산 정약용 같은 분은 유배를 가서도 차를 즐겼다고 해요. 다산이 유배지에 갔을 때 한 스님을 알게 되는데, 스님으로부터 차를 배웁니다. 그런데 하루는 그만 차가 떨어졌어요. 그래서 그 스님한테 글을 하나 써요. 그 글이 바로 「걸명소乞茗疏」입니다. 걸乞은 빌린다는 뜻이고, 명茗은 차의 싹이니 요즘 말로 하면 "차 좀 빌립시다." 이런 뜻입니다. 그 첫 구절을 보면…,

여인근작다도旅人近作茶饕

여기서 여인旅人은 나그네라는 뜻이지만 유배를 온 자신을 뜻하는 말이겠지요. 그보다 이 문장의 핵심은 바로 도饕에 있습니다. 도는 탐한다는 뜻입니다. 이것을 다소 장난스럽게 우리말로 옮겨 보면 '나는 욕심쟁이'라는 뜻이 됩니다. 무엇에 욕심을 내는 것인지는 굳이 말씀드리지 않아도 되겠지요.

큰일 난 건 이 글을 받은 스님입니다. 다산이야 걸乞을 청하면 그만이지만, 이를 받아 든 스님은 어찌해야 좋을까요. 지금처럼 차가 흔한 때도 아니었을 테니 말입니다. 스님이 글을 보고는 "이를 어쩐다? 우리 절에 차라고는 부처님께 올릴 것밖에 없는데…."고민했지만, 글이 워낙 명문인지라 이에 감탄한 나머지 부처님께 올릴 차를 그만 다산에게 보내고 말았다는 일화가 남아 있습니다.

물론 전하는 이야기이니 어느 정도는 감해서 들어야 할 겁니다. 그래도 다산이 차를 얼마나 좋아했는지는 잘 알 수 있는 대목입니다. 그가 유배지에서 어려운 생활을 하면서도 다수의 저술 활동을 할 수 있었던 것은 바로 차 덕분이었다고 말하는 사람들도 있을 정도니까요. 차를 가까이하면서 많은 위로를 얻고, 그 힘으로 방대한 저술 활동을 할 수 있었다는 거예요. 또 추사 김정희 같은 경우도 초의 스님이라는 분과 교분을 나누면서 차 인연을 맺었다고 해요. 아무래도 불가와 차는 관련이 깊을 수밖에 없는 것 같습니다. 꼭 불가와 관련이 없더라도 역사적으로 차를 좋아한 분들은 많습니다. 여성들도 규방에서 차를 마셨다는 기록이 여럿 남아 있습니다.

그럼 왜 옛 현인들은 차를 좋아했을까요. 아마도 차가 지닌 품성 때문이 아닐까 싶습니다. 차는 마치 군자와 같아서, 어진 군자와 같아서, 그 품성에 삿됨이 없기에 많은 성인과 현인이 좋아했을 테지요.

당나라 때 사람 육우라는 이가 『다경茶經』이라는 책을 씁니다. 제목에서 알 수 있듯 차에 대한 책입니다. 여기에 보면 이런 구절이 나옵니다.

"깊은 밤 산중 집에 앉아 샘물로 차를 달인다. 불이 물을 데우면 다로茶爐에서 솔바람 소리가 들리기 시작한다. 이윽고 찻잔에 차를 따른다. 부드럽게 활활 타오르는 불빛이 어두운 둘레를 비추면 그 아름다움이 한이 없다. 이때 누리는 잔잔한 기쁨은 속인들과는 도저히 나눌 수 없다."

흔히 한 편의 그림 같다고 하는데, 이 글을 읽으면 딱 그 장면이 떠오르지 않습니까? 요즘에는 커피포트 같은 데 끓여 가지고 그냥 손쉽게 먹습니다만, 옛날에는 전기가 없으니까 차를 한잔 마시려고 해도 상당히 공을 많이 들여야 했을 거예요. 옛 그림 같은 거 보면 동자들이 다로 옆에 앉아서 부채질하는 장면이 나오잖아요. 한갓지게 보이지만 상당히 힘들었을 거예요. 물도 길어야 하고, 숯불도 피워야 하고, 또 연기를 마셔 가며 차도 달여야 했겠지요. 겉으로 보기에는 한 폭의 그림 같지만, 차를 대령하는 일도 어렵고, 그 차를 마시는 일도 쉽지만은 않았을 겁니다. 그래서 더 그 맛이 각별했을 테지요. 너무 쉽게 얻으면 그것이 얼마나 소중한 것인지 모르니까요.

차를 마신다는 것은 이런 의미입니다. 홀짝 차를 들이켜는 것이 아니라, 그 과정 자체에 차의 정신이 스며 있는 것입니다. 한겨울에도 샘에서 물을 떠다가, 또 다로에 이렇게 불을 지펴 가지고 끓입니다. 그것도 제대로 끓여야 하니까 얼마나 어려웠겠어요. 이게 바로 차의 정신이라고 할 수 있습니다.

"다로에서 솔바람 소리가 들리기 시작한다."라는 구절도 인상 깊습니다. 차를 끓이는 주전자 같은 그릇을 다관茶罐이라고 합니다. 이 다관에서 물이 끓기 시작하면 쏴 하는 소리가 납니다. 그게 꼭 솔바람 소리처럼 들려요. 마치 소나무 사이를 스쳐 가는 바람 소리 같습니다. 쏴 하고 말이지. 이 소리가 또 기가 막힙니다. 그래서 차를 하는 사람들은 다관에서 물이 끓는 소리를 각별하게 여깁니다.

차를 끓일 때 필요한 불도 차를 마시는 한 요소입니다. 부드럽게 활활 타오르는 불빛이 둘레의 어둠을 밝히는 것입니다. 그 불빛을 바라보면서 차를 마신다고 생각해 보세요. 그 기쁨을 "속인들과는 도저히 나눌 수 없다."라고 한 것은 육우가 교만한 사람이기 때문이 아니라, 그 아름다움이 끝이 없기 때문입니다. 자신 또한 속인이어서 그 아름다움을 나눌 수 없다고 한 것입니다.

이제 좀 있으면 남쪽에서 찻잎을 따기 시작할 거예요. 보통 곡우 전후해서 찻잎을 따요. 그런데 처음 딴 찻잎은 그렇게 좋은 건 아니에요. 장사꾼들이 곡우경에 수확한 걸 우전차니, 곡우전차니 해서 비싸게 파는데 나는 그런 건 좋지 않다고 생각해요. 성숙한 맛이 없고 써요. 되게 비싸기만 하지. 두 번째로 올라온 찻잎이 좋습니다.

차 생산에는 수량水量도 중요한데, 비를 충분히 맞으면 부드러워집니다. 그래서 두 번째 딴 찻잎이 좋다고 하는 겁니다. 이때 제대로 맛이 숙성이 돼요. 처음 나온 찻잎이라고 해서 좋은 게 아닙니다. 그러니까 그런 장삿속에 속지 마세요. 참, 오늘 오신 분 중에 차 장수는 없으시겠지요?

찻잎은 적기에 따야 돼요. 지난겨울이 그리 춥지 않았고 마침 봄에 비가 자주 와서 올해는 차 작황이 좋을 거예요. 곡우에서 입하 사이에 따는 차가 제일 좋습니다. 찻잎은 아주 섬세해야 돼요. 찻잎이 무슨 고춧잎처럼 커지고 그러면 섬세한 맛이 없어요. 섬세한 차는 양이 많이 안 나옵니다. 그래서 비싸요. 참, 처음 차를 시작하는 사람들은 비싼 차 사서 마시지 않아도 돼요. 처음에는 비싼 거 마셔 봐야 뭔지 몰라요. 나중에 차 맛을 좀 알게 되면 그때 사도 됩니다.

차는 보관도 잘해야 합니다. 잘못 보관하면 아무리 좋은 차도 그 맛이 변해요. 녹차는 일 년 지나면 못 먹습니다. 중국이나 일본 갔다 온 사람들이 선물로 차를 사 가지고 오잖아요. 포장만 거창한 거. 그래도 일본은 상미賞味 기한이라고 해서 맛을 제대로 즐길 수 있는 날짜를 써 놔요. 그런데 중국은 없어요. 그래서 번번이 속아요. 일전에 한 보살님이 자기 아들이 아주 유명한 차를 하나 사왔다고 해서 마셔 봤어요. 껍데기는 거창한데 아무 맛이 없더라고. 차 모르는 사람들은 껍데기에 속아서 사기도 하는데 그럴 필요 없어요. 보관이 잘된 차가 좋은 차입니다. 보관은 냉동실에 해야 돼요. 냉장해도 안 돼요. 그런데 차 파는 집에 가 보면 냉동 시설이 없는 곳이 많아요. 그러면 엽록소 보존이 안 돼요. 엽록소가 파괴되면 차의 싱그러운 맛이 사라집니다.

물도 중요합니다. 샘물이라든가 산의 계곡물이 좋긴 한데 매일 떠 올 수는 없잖아요. 또 중국 문헌에 보면 어디 물이 제일이고 어디 물은 어떻고 하는 이야기도 있습니다만, 그것도 우리랑은 상관없는 것입니다. 돈푼이나 있는 사람들은 생수 같은 걸 사다 먹기도 하는데, 물을 사 먹는다는 생각을 못 하던 때도 있었지요. 그 시절에는 중동이라는 곳에 가면 석유보다 물이 더 비싸다고 해서 다들 '그것참, 희한한 세상도 다 있네.' 그렇게 생각한 적도 있습니다. 그런데 이 파는 물은 어디서 길었는지 알 수 없잖아요. 우리는 그냥 수돗물을 쓰면 됩니다. 정성을 좀 부린다면 하루쯤 받아 놔요. 그러면 침전물도 거를 수 있고 냄새도 사라져요.

차를 우릴 때는 물을 충분히 끓이세요. 그렇다고 또 물을 너무 오래 끓이면 안 돼요. 그러면 좋은 성분이 파괴됩니다. 또 물을 끓일 때는 그 옆을 지켜야 돼요. 그냥 포트에 꽂아 놓고 딴 일 하면 안 됩니다. 그러면 물의 기운이 다 없어져요. 옆을 지키고 있어야 돼요.

물이 끓으면 다기를 가십니다. 다기를 가신 후에는 물을 알맞게 식혀야 돼요. 바로 뜨거운 물을 부어 버리면 데치는 거랑 마찬가지이기 때문에, 그건 참 맛없습니다. 찻잎이 섬세할수록 물을 잘 식혀야 돼요. 차 좀 안다는 사람들이 간혹 "물은 몇 도에 맞춰야 된다. 뭐는 어떻게 해야 된다." 뭐 그러는데, 누가 차 마시면서 온도계 꽂아 온도 재고 그러겠어요. 느낌으로 아는 거지. 느낌으로 아는 거예요.

우리는 것도 중요합니다. 우리는 것에 묘미가 있어요. 너무 오래 두면 쓴맛이 일고, 빨리 따르면 덜 우러나요. 내가 처음 출가해서 절에 갔을 때, 그때는 차가 뭔지도 몰랐을 땐데 노스님들이 법문을 하면 동자들이 차를 끓입니다. 그런데 동자들이 뭘 잘 모르니까 펄펄 끓는 다관에다 차를 넣고 삶듯이 해요. 그러니 그게 차라고 할 수 있겠어요. 스님들은 영문도 모르고 차가 왜 이렇게 쓰냐고 하고, 동자들은 자기가 뭘 잘못했는지 몰라 어리둥절하고….

또 홍차 같은 것은 한 잔 우려 마시면 그만이지만, 녹차는 석 잔까지도 우릴 수 있기 때문에 처음에 물을 가득 붓지 말아야 합니다. 잔의 한 절반쯤 차도록 부어야지 처음부터 그냥 가득가득 부으면 먹기 전에 배부르다니까. 한 절반쯤 붓는 게 좋아요. 그래야 그 차에 운치가 담겨요.

그렇다고 이런 데 신경 쓰다 보면 차를 마시는 게 일이 되기 때문에 너무 내 말에 팔리지는 마세요. 나는 그저 순서만 얘기할 뿐입니다. 마시다 보면 저절로 요령이 생겨요.

나도 젊었을 때는 차를 잘 몰랐습니다. 불일암에 가서 혼자 살면서 차하고 가까이 지내다 보니 조금 묘미를 알게 됐어요. 누구든지 처음에는 다 시행착오를 거치기 마련이에요. 차뿐만이 아니에요. 살림살이도 그렇지. 막 시집가면 뭘 알아요? 살다 보면 손에 익는 거지. 삶에 그런 과정이 있는 것처럼 차도 그렇습니다. 어렵게 생각하지 마십시오. 차 한잔 마시려면 그런 정성, 그런 집중 같은 게 있어야 된다, 그런 정도로 이해하면 돼요. 그래야 차 맛을 알아요. 차를 마셔야 되겠다고 하면 조금은 기원하는 마음으로, 그렇게 해야 내 심성이 맑아집니다.

그렇다고 괜한 격식을 차리자는 건 아니에요. 차 마시는 시간, 그게 이십 분이 됐건 삼십 분이 됐건 그 시간만이라도 그렇게 순수하게 홀로 있으면서, 혹은 친구와 같이 있으면서 맑음을 받아들이자는 거예요. 그런 과정을 통해서 우리 안의 어떤 청정의 씨앗이 움터서 피어납니다.

여기에도 차 마시는 분들이 있는 걸로 아는데, 각자 집에 있는 다기를 가지고 와서 이렇게 둘러앉아서 같이 차 마시는 시간을 보내는 것도 좋을 겁니다. 그런 행사를 해 보도록 하면 좋겠네요. 그런 기회를 마련해 봅시다.

자, 또 차를 좋아하게 되면 그릇을 따지게 됩니다. "그릇이 있기에 차를 마셔야 된다." 이런 말도 있어요. 좋은 그릇, 아주 사랑스럽고 마음에 드는 그릇이 있으면 차 마시고 싶은 생각이 든다는 뜻이에요. 물론 그릇이라는 건 차를 마시기 위한 도구이지만, 차를 마시다 보면 차만 훌쩍 마시는 게 아니고 다기를 매만지는 즐거움이 있어요. 차를 마시다 보면 그릇을 보는 심미안審美眼이 열립니다.

그런데 차 좀 마신다 싶게 되면 인사동으로, 어디로 다니면서 좋은 그릇 고른다고 정신이 없는데, 그것도 한때예요. 빨리 그런 집착에서 벗어나야 돼요. 그릇으로부터 자유로워져야 된다니까. 거기에 얽매이지 마세요. 그릇으로부터 자유로워져야 집착으로부터도 벗어납니다. 꼭 갖고 싶다면 이것저것 많이 살 필요 없습니다. 그냥 한두 개, 계절 따라 여름에는 시원하게 보이는 것으로, 겨울에는 따뜻하게 보이는 것으로, 그런 정도면 됩니다.

차를 마시다 보면 묘한 것을 알게 돼요. 바로 그릇도 쉬고 싶어 한다는 겁니다. 그릇도 사람처럼 쉬고 싶어 해요. 그걸 읽을 수 있는 마음이 있어야 돼요. 안 그러면 나중에 꼭 그릇이 깨지더라고. 그릇도 쉬게 해 줘야 돼요. 엄마들도 아이 표정을 보면 아이 기분이 어떻다는 걸 그냥 알 수 있잖아요. 그렇듯이 그릇도 표정을 짓습니다. 다기가 됐건 항아리가 됐건 그릇이 쉬고 싶어 할 때는 쉬도록 해 줘야 돼요. 사람도 마찬가지예요. 누군가 너무 피로해서 쉬고 싶어 하면 그걸 읽을 줄 알아야 해요. 그릇에 대한 것이든 사람에 대한 것이든 무감각한 사람들은 알아채지 못해요. 사랑을 지닌 사람만이 내면을 읽을 수 있습니다.

그릇에는 두 개의 생애가 있어요. 하나는 전반생前半生이고 하나는 후반생後半生입니다. 도공이 그릇을 막 만들었을 때, 그때 그 그릇의 생은 전반생입니다. 이때는 절반의 생명밖에 없습니다. 그릇을 볼 줄 아는 사람 그리고 그릇을 쓸 줄 아는 사람을 만나면 그때 후반생이 부여됩니다.

그릇을 가게에서 사 왔건 도자기 굽는 가마터에서 얻어 왔건 그것은 한 부분이에요. 그 그릇의 한 단면인 전반생이에요. 그것을 내가 보고 쓰는 과정에서 새로운 생명이 실립니다. 그게 후반생이에요. 처음에는 만든 사람의 입김이 그대로 남아 있어서 조금 낯설고 생소합니다. 그러다 그릇의 아름다움을 내가 발견하고 그릇의 쓰임새를 알면 그때부터는 내 따뜻한 정이 그릇에 들어갑니다. 내가 혼을 불어넣는 거예요. 그러면 그릇이 달라집니다.

일본에서 차 하는 사람들이 죽고 못 사는 그릇이 뭐냐 하면 우리 밥사발이에요. 막걸리도 담았다가 개밥 그릇도 했다가 그냥 함부로 막 쓰는 그런 그릇이에요. 일본 사람들은 이걸 다완茶碗처럼 써요. 완碗이 사발이라는 뜻이니까, 원래는 밥사발인데 일본에 가서 차사발이 된 거지. 이게 무슨 일류 도공들이 만든 게 아닙니다. 아무 생각 없이 하루에도 수백 개씩 만들어 낸 공산품 같은 거예요. 값도 비싸지 않아요. 내가 어렸을 때 시골 장에 가서 보면 장사꾼이 잔뜩 지고 나와 팔고 그랬는데, 그것과 같은 거예요.

그런데 차 좋아하는 사람들이 이 그릇을 발견했다고. 그런 눈이 있는 거지. 우리가 아무렇게 막사발로 쓰던 것을 다기로 써요. 그릇이 지닌 아름다움, 새로운 생명력을 캐낸 것이에요. 만든 사람은 그런 걸 생각을 안 하고 만든 것이지만, 쓰는 사람이 그걸 발견해 낸 거예요. 그걸 발견해 내는 눈을 가진 거예요. 사람도 그렇잖아요. 누군가 알아봐 주는 사람이 있어야 돼요. 짝을 제대로 만나면 자신이 지니고 있는 좋은 잠재력을 마음껏 발휘할 수 있어요. 십 년 전쯤에 인도에 간 적이 있는데, 그때 새삼스럽게 느꼈다니까. 여행을 할 때 어디를 가느냐, 이건 중요하지 않아요. 누구와 함께 가느냐, 이게 중요한 거예요. 여행길에서 스승을 만날 수도 있고 원수를 만날 수도 있는 거예요.

여행길이 그런 것처럼 인생길도 마찬가지입니다. 길벗을 잘 만나야 돼요. 그리고 또 내가 좋은 길벗이 되어야 합니다. 그러면 비록 전반생은 힘들고 어려웠더라도 후반생이 빛이 납니다. 스승은 우리 주변에 있습니다.

차의 성질이 그러하듯이 다기도 단순하고 수수한 것이 좋습니다. 수수해야 돼요. 어떤 그릇은 처음 보면 화려하고 예쁩니다. 그런데 이상하게 그런 그릇들은 쓰다 보면 싫증이 나기도 해요. 수수하고 무던한 거, 그게 좋은 거예요. 그런 그릇이 오래갑니다. 사람도 그렇습니다. 좋은 친구는 담담한 차와 같고 수수한 다기와 같습니다.

수수한 그릇에서 아름다움을 찾는 것은 마음에서 청정淸靜을 구하는 것과 같은 겁니다. 너무 완벽하면 피곤합니다. 긴장감 때문에 즐길 수 없게 돼요. 사람도 어디 빈구석도 좀 있고 어수룩한 점도 있고 그래야 친해지지 너무 완벽하면 가까이 지내기 힘들잖아요. 그릇도 수수하고 무던한 것, 마음 편하게 두고 쓸 수 있는 것이어야 싫증이 나지 않습니다. 싫증이 나지 않는다는 것은 마음이 가닿았다는 뜻입니다.

제가 얼마 전에 다산초당에 다녀왔어요. 거기 가면 다산이 차 끓여 마시던 부뚜막도 있고, 약천藥泉도 있고, 또 둘레에 차나무도 있고 합니다. 근처에서 다산 글씨 복사본을 팔길래 하나 사서 배접褙接까지 해서 놓고 보았는데, 복사품은 틀에 넣으면 답답해. 생명력이 없어요.

물건에 대한 집착이라는 건 참 묘한 감정입니다. 다들 그런 경험이 있으실 거예요. 새로 산 그림이나 글씨, 혹은 예쁜 그릇을 집에 들여놓고 며칠 동안은 정말 흐뭇하게 바라보잖아요. 그 매력을 탐닉하듯 하루에도 몇 번씩 들여다보며, 그 물건이 주는 기쁨이 영원히 지속될 것처럼 생각하죠. 하지만 시간이 조금만 지나면 어떨까요? 처음의 설렘은 온데간데없고, 그 물건이 거기 있었는지조차 잊을 때가 많습니다. 벽에 걸린 그림도, 선반에 놓인 그릇도 마치 집의 일부가 되어 버린 듯 눈에 잘 들어오지 않게 됩니다. 어쩌면 그것이 소유욕의 본질인지도 모릅니다.

그릇이라는 물건도 그렇습니다. 아름다운 그릇을 보면 당장 사고 싶은 충동이 밀려옵니다. 하지만 그럴 때일수록 잠시 멈추고 스스로에게 시간을 주는 게 중요합니다. 바로 지갑을 열지 말고 며칠

만 유예해 보세요. 그렇게 기다리다 보면 내가 정말로 그 그릇을 원했던 것인지, 아니면 단순히 일시적인 욕망에 끌렸던 것인지 명확히 알 수 있게 됩니다. 유예라는 건 단순히 행동을 미루는 게 아니라 자신과 대화를 나누는 과정이기도 합니다.

사실, 아름다운 물건을 꼭 소유할 필요는 없습니다. 우리가 그 아름다움을 느끼기 위해서는 마음의 눈만 있으면 됩니다. 박물관이나 미술관에 가서 마음껏 그림을 보고, 아름다운 조각들을 감상하면 됩니다. 그 감동은 우리가 물건을 소유하지 않더라도 충분히 느낄 수 있어요. 소유하지 않는다는 건 그 물건을 관리하거나 보관하며 느끼는 부담에서 자유로워진다는 뜻이기도 합니다. 물건을 집에 들여놓으면 청소도 해야 하고, 안전하게 보관할 방법도 고민해야 하고, 언젠가는 버려야 하는 순간과도 맞닥뜨려야 하니까요. 소유하지 않으면 벗어날 수 있습니다.

우리는 일상에서 너무 많은 것들에 집착하며 살고 있는지도 모릅니다. 물건 하나하나가 우리의 공간을 차지하고, 마음에도 자리를 잡습니다. 하지만 그것이 진정 나를 행복하게 하는 것인지, 아니면 집착하기 때문에 마음에 짐을 하나 더 올려놓는 것은 아닌지 생각해 볼 필요가 있습니다. 물건의 아름다움은 소유하는 순간이 아니라, 그것을 바라보며 느낄 때 마음에 이는 감동에 있는 것이 아닐까요? 소유하지 않는다는 건 더 큰 자유를 선택하는 일일지도 모릅니다.

    고려 시대 때 문신인 이규보 선생 아시지요. 이분이 또 차를 좋아해서 차에 대한 시를 많이 남겼어요. 전에 내 책에도 소개한 적이 있는데, 한 번 더 옮겨 보겠습니다.

    산승탐월색山僧貪月色
    병급일병중拉汲一甁中
    산에 사는 스님, 달빛이 탐이 나서
    물병 속에 함께 길어 담았네

    밤에 개울가에 가서 물을 긷다가 달도 함께 길어 담은 거예요. 꼭 보지 않아도 눈에 떠오르게 하는, 그림 같은 표현입니다. 그런데 이어지는 이야기가 있어요.

    도사방응각到寺方應覺
    병경월역공甁傾月亦空
    절에 이르면 깨닫게 되겠지
    병을 기울이면 달도 사라진다는 것을

    비록 달빛을 탐하여 병에 담아는 왔지만 끝내 그 달빛을 가질 수는 없는 거지요. 앞의 묘사도 참 좋지만 뒤의 깨달음도 참 좋습니다.

이 시가 전하고자 하는 바를 굳이 설명할 필요는 없을 것 같습니다. 그저 가만히 눈을 감고 그 장면을 떠올리면 저절로 알게 되겠지요.

또 목은 이색도 있지요. 이분도 고려 때 사람인데, 고려 때 좋은 시들이 참 많아요. 목은이 쓴 시에 이런 구절이 있어요.

찬 우물물 길어다
맑게 갠 창가에서 차를 우리네
목을 축이니 오열을 다스리고
뼛속까지 스민 삿된 생각 지워지네

요즘은 수도 틀어서 전기포트에 끓이면 그만이지만 옛날에는 차 한잔 마시기 위해서 많은 공을 들인 거예요. 그래서 "뼛속까지 스민 삿된 생각"도 다 지울 수 있었을 테지요.

또 『다경』이나 『생활의 발견』에서 공통적으로 하는 이야기가 차를 마실 때는 사람이 많으면 안 된다고 해요. 사람이 많으면 시끄러울 수밖에 없고, 시끄러우면 아늑하고 그윽한 분위기를 맛볼 수 없다는 것이지요. 즉 아취雅趣가 줄어듭니다.

차를 마실 때, 나 홀로 마시는 것을 이속離俗이라고 해요. 세속을 떠났다는 의미예요. 차를 마시는 가장 높은 경지입니다. 또 둘이 마시면 즐겁다고 해요. 서넛까지도 괜찮아요. 그런데 다섯이 넘어가면, 이건 참 곤란해요. 그때부터는 차 마시는 거 아니에요.

이와 관련해서 제 경험인데, 서울에서 살다가 불일암에 처음 내려가서 얼마 안 되었을 때예요. 내가 화가 장욱진 씨하고 친분이 있는데 이 양반이 사람들 몇이랑 같이 왔어요. 그래서 차라도 대접해야 되겠다 싶어서 풍로에다가 숯으로 불을 피워서 물을 끓였어요. 그때는 불일암에 전기도 들어왔을 때라서 그냥 전기로 끓여도 되는데 일부러 풍로를 가져다 썼습니다. 그렇게 고풍스럽게 끓여 가지고 차를 대접했어요.

그런데 이 사람들이 차 마실 줄을 몰라. 어떤 사람은 훌훌 불어 마시기도 하고, 어떤 사람은 그냥 훌쩍 마셔 버리기도 하고, 또 어떤 사람은 그냥 코로 킁킁 씽씽 셰퍼드처럼 냄새를 맡고 말이야. 그 사람들이 떠나고 나니까 차가 어찌나 아까운지! 대접을 한다고 숯불까지 피워 가면서 그렇게 온 정성을 다했는데, 마시는 태도를 보니까 차가 아깝더란 말이지. 내가 누구 뭐 주면서 한 번도 아까운 줄 몰랐는데 그때는 아깝더라니까.

그때 알아차린 거예요. '그래, 이건 내 불찰이다. 여럿이 그렇게 떼 지어 있을 때 차 마시는 거 아니다. 그냥 냉수나 먹여서 보냈어야 했는데, 괜히 내가 천진해 가지고, 뭘 몰라 가지고….' 그 뒤로는 두 번 다시 그런 허물을 내가 범하지 않았는데, 그때는 그게 그렇게 아깝더라고.

그런 거예요. 번잡하게 여럿이 먹으면 그건 차한테 미안한 일입니다. 차는 좋은 친구와, 마음 활짝 열어 놓고 얘기할 수 있는 친구와 마실 때 즐겁고 좋은 겁니다. 이 즐거움이 마음을 포근하게 해요.

또 차를 마실 때는 모든 일손을 놓아야 돼요. 마음이 한가해야 됩니다. 차분한 마음으로 다기도 매만지고 차의 빛깔과 향기도 음미해 보세요. 여건이 되면 다실을 하나 만드는 것도 좋아요. 그렇다고 무슨 방을 따로 하나 만들라는 것은 아닙니다. 원래 있는 방에서 식구들끼리 같이 차를 마실 수 있으면 됩니다. 형식이 중요한 것이 아니라, 그것을 함께 나눌 수 있는 마음이 중요한 것입니다.

뭐 나머지 잔소리는 그만하고, 중국 당나라 때 시를 하나 들려드리면서 이야기를 마치겠습니다.

한 잔을 마시니 목구멍과 입술이 촉촉해지고
두 잔을 마시니 외롭고 울적함이 사라지며
석 잔을 마시니 가슴이 열려 문자로 그득하고
넉 잔을 마시니 가벼운 땀이 나서

평소 불평스럽던 일들이

모두 땀구멍으로 흩어지네

다섯 잔을 마시니 뼈와 살이 맑아지고

여섯 잔을 마시니 신선과 통하게 되며

일곱 잔을 마시려고 하니 양 겨드랑이에서

맑은 바람이 솔솔 일어난 듯하구나

봉래산이 어디멘고

이 맑은 바람 타고 훨훨

그곳으로 돌아갈까 하노라

어떻게 차 이야기 잘 들으셨습니까? 제가 오늘 차 이야기를 길
게 한 것은 이 거칠고 삭막한 세상에서 차 한잔 여유를 즐겨 보자
는 뜻입니다. 직장에서 동료와 가정에서 가족들과 차를 마시면서
지친 마음을 달래 보도록 하세요.

저도 오늘 여러분과 함께 차 한잔 나눈 듯 즐거웠습니다. 가시
는 길에 옛 시 한 수 놓아 두었습니다. 맑은 바람 타고 훨훨 잘 돌
아가시기 바랍니다.

1999년 4월 9일
길상사 설법전 불교문화강좌

점다 點茶

냉정재수경 冷井才垂綆

청창편점다 晴窓便點茶

촉후공오열 觸喉攻五熱

철골소군사 徹骨掃群邪

한간월중락 寒硐月中落

벽운풍외사 碧雲風外斜

이지진미영 已知眞味永

경세안혼화 更洗眼昏花

이색(1328~1396) 고려 말기 문신

차를 우리다

찬 우물물 길어다
맑게 갠 창가에서 차를 우리네
목을 축이니 오열을 다스리고
뼛속까지 스민 삿된 생각 지워지네
산골짜기 찬물에 달빛 떨구고
푸른 구름은 바람 밖 비스듬히
이미 진미의 무궁함 알았으니
다시 흐린 눈을 씻네

진짜 나를 찾아라

1판 1쇄 발행 2024년 4월 30일
2판 1쇄 발행 2025년 2월 25일

지은이 법정
펴낸이 김성구

기획 홍정은
책임편집 고홍준
디자인 표지 이영민 | 본문 고영원 | 삽화 조윤정
콘텐츠본부 고혁 양지하 김초록 이은주 류다경
마케팅부 송영우 김지희 김나연 강소희
제작 어찬
관리 안웅기 이종관 홍성준

펴낸곳 (주)샘터사
등록 2001년 10월 15일 제1-2923호
주소 서울시 종로구 창경궁로35길 26 2층 (03076)
전화 1877-8941 | 팩스 02-3672-1873
이메일 book@isamtoh.com | 홈페이지 www.isamtoh.com

ISBN 978-89-464-2301-5 03810

책값은 뒤표지에 있습니다.
잘못 만들어진 책은 구입처에서 교환해 드립니다.

샘터 1% 나눔실천
샘터는 모든 책 인세의 1%를 '샘물통장' 기금으로 조성하여 매년 소외된 이웃에게 기부하고 있습니다.
2023년까지 약 1억 1,200만 원을 기부하였으며, 앞으로도 샘터는 책을 통해 1% 나눔실천을 계속할 것입니다.